向心而行 王阳明

梁洪涛 著

江苏凤凰文艺出版社

图书在版编目（CIP）数据

向心而行：王阳明 / 梁洪涛著. — 南京：江苏凤凰文艺出版社，2023.10
ISBN 978-7-5594-7886-3

Ⅰ.①向… Ⅱ.①梁… Ⅲ.①纪实文学—作品集—中国—当代 Ⅳ.①I25

中国国家版本馆CIP数据核字(2023)第153388号

向心而行：王阳明

梁洪涛　著

责任编辑	白　涵
特约编辑	丛龙艳
装帧设计	熊　琼　璽中DESIGN WORKSHOP
特约印制	赵　明　赵　聪
出版发行	江苏凤凰文艺出版社
	南京市中央路165号，邮编：210009
网　　址	http://www.jswenyi.com
印　　刷	天津中印联印务有限公司
开　　本	880毫米×1230毫米　1/32
印　　张	8.5
字　　数	209千字
版　　次	2023年10月第1版
印　　次	2023年10月第1次印刷
书　　号	ISBN 978-7-5594-7886-3
定　　价	58.00元

江苏凤凰文艺版图书凡印刷、装订错误，可向出版社调换，联系电话：025-83280257

目录

序　章　向心而行　浴火而成

第一章　百炼筑基　圣心多涤
　　纵是天才，路也崎岖　　8
　　别样童年，心学序曲　　15
　　有父如师，鞭策终生　　20

第二章　见猎心喜　十年彷徨
　　成婚当天失踪　　30
　　为了遇见更好的自己　　35
　　仁者心动　　40
　　山重水复阳明路　　44

第三章　事上练心　务实归真

接过"烫手山芋"　　　　52
行路难　　　　　　　　58
伯安终于变心安　　　　64

第四章　投身入狱　对境磨心

三试身手，一肩担当　　　　72
重量级的朋友与重量级的对手　78
道不远人　　　　　　　　　　89
廷杖之下　　　　　　　　　　95

第五章　问心叩道　选择流放

佯装投江以求隐　　　　102
武夷山上卦"明夷"　　　108
此地一为别　　　　　　113
贬谪之路，诗意之旅　　117

第六章　龙场悟道　心即是理

蛮云瘴雨好修心　　　　126
龙场悟道　　　　　　　132
师心自用　　　　　　　137
人生无常道有常　　　　141

第七章　大道印心　去伪存真

四两拨千斤　　　　　　　148
自助者，天助之　　　　　156
终身共学　　　　　　　　160
自我弹劾　　　　　　　　170
论道山水间　　　　　　　174

第八章　破山中贼　破心中贼

想不到的伯乐　　　　　　180
担心后路，即是心贼　　　187
炼心如炼金，除私如扫尘　194
讲学不辍，警心杀魔　　　201
纸糊的身体，钢铁的意志　206

第九章　良知常在　圣学心脉

宁王不安宁　　　　　　　212
心法兵法无定法　　　　　217
宁王不宁，安庆甚安　　　220
胜利有罪　　　　　　　　224
圣学血脉　　　　　　　　228
斗智斗勇　　　　　　　　234
致良知　　　　　　　　　239

尾章　心体光明　湛然成圣

"大礼议"中的"微态度"　　248
直心才是道场　　252
心体光明，亦复何言　　256

参考文献　　265

序 章

> 向心而行
> 浴火而成

清朝康熙年间的马士琼在《王文成公文集原序》中，称赞王阳明：

> 求其文起八代之衰，道济天下之溺，忠犯人主之怒，勇夺三军之气，所云参天地，关盛衰，浩然而独存者，惟我文成夫子一人而已。

王阳明自然是天才，然而终生受着"天劫"。

传闻，王阳明自幼体弱多病，饱受病痛折磨。十五岁那年（《年谱》记载王阳明格竹时为二十一岁，颇不合适，束景南先生在《年谱长编》中考证为十五岁，今从束说），为求证格物之学，王阳明在父亲的官署中格庭前竹子，一连格了七天，劳思致疾，得了一场重病，险些送了性命。

入仕之后，由于公务繁忙，加上每日苦读至半夜，不过三十岁左右，王阳明竟已患上呕血之症。

三十五岁时，为营救弹劾"八虎"的言官，王阳明冒险上《乞宥言官去权奸以章圣德疏》，得罪了"八虎"之首刘瑾，被下诏狱，受廷杖，险些毙命，身体大受摧残。谪贵州龙场驿后，因为生活环境恶劣，身体更难吃消，还新添了脊椎疼痛等病症，王阳明形容当时"日有三死"。

四十岁时，王阳明在给父亲的信中说，自己的精神、气血消耗都特别严重，脊椎疼得厉害，担心不能返乡，等等。可见，王阳明此时虽值壮年，但身体状况已经很差了。

五年之后，王阳明意外获得升迁，升任都察院左佥都御史，巡抚南、赣、汀、漳等地。他在巡抚任上运筹帷幄，标本兼治，纵横捭阖，妙计频出，只用一年多时间便平息了大明东南数十年难灭的匪患。然而，王阳明的身体每况愈下，可谓大病连连，小痛不断。刚到南赣，王阳明便牙疼不止，吃不下饭，睡不着觉。接下来带兵打仗的日子更苦，他先是患上"风毒"，头痛发热，疲倦乏力，后皮肤上又生出风疹，出疹部位变红、发痒，不久发展为恶疮，流脓不止，后来竟致关节僵硬、手脚麻痹，最严重的时候，他只能坐着或卧着。

五十六岁再度出山平复思、田之乱时，王阳明连马也骑不动了，加上饱受炎毒、湿气侵蚀，他遍身肿胀，日夜咳嗽，每天只能喝点稀粥，稍多吃一点就上吐下泻……

身体之痛，已然苦不堪言，精神之痛，却比疾病折磨还要剧烈。

早些年王阳明平定宁王朱宸濠叛乱后，得到的不是奖赏，而是灾难。

因为王阳明平定宸濠之乱的速度太快，反倒招致了明武宗的愤恨。这个爱玩战争游戏的皇帝好不容易找到个打仗的借口，遂带着自封的军衔，领着浩荡大军，兴致勃勃南下，准备痛痛快快玩一场。可王阳明不但迅速平息了叛乱，还劝皇帝不要滥动军队、浪费钱粮，赶紧回京。

明武宗的宠臣也是恨王阳明恨得牙根痒痒。他们想从王阳明处得到宁王与朝中大臣的来往信件，好借机搞一次政治洗牌，排除异己。对此，王阳明拒绝得很干脆：所有信件，全都烧了！这帮人为讨皇帝欢心，生出了一个荒唐主意：把朱宸濠放掉，让他再演出一次反叛大戏，好让皇帝大展神威，当众擒拿叛王，在文武百官面前秀一次英勇神武。王阳明对此嗤之以鼻，连战俘都拒绝交接了。

宠臣们恨王阳明也就罢了，满朝文武也是落井下石者居多。一时间，猜忌、造谣、陷害接踵而至。平叛功臣被毒打，阳明弟子入诏狱，最后，权臣江彬等人竟然伙同朱宸濠一起栽赃王阳明……好不容易熬到武宗驾崩，阁臣们又排挤王阳明，阻止他进京，安排他到南京任闲职……

王阳明对此都是一笑而过，只是上疏请求回家省亲。

嘉靖六年（1527年），王阳明再次接到朝廷的任命——平定思恩、田州叛乱。这一次，他兵不血刃，就令叛军头目卢苏、王受迅速归降，思、田之乱平定。随后，他又调兵遣将平定了让朝廷头疼不已的八寨、断藤峡匪患。

礼部尚书方献夫、詹事霍韬等联名上书，表彰王阳明的功绩，他们在奏表中说道：

"臣等都是广东人，深知广西瑶人作乱的危害有多大。在王守仁平叛之前，朝廷先后调拨三省兵马若干万人，花掉官银若干万两，费去米粮若干万石，结果军队减损了一大半，也仅仅换来了田州五十天的平静。叛军死灰复燃，田州的败军又与新宁、白水等地叛军联合起来，声势浩大，四下劫掠，官军元气大伤，官府无可奈何。

"王守仁到后，未杀一卒，不费斗米，只写一封信，就把叛军头目卢苏、王受招安了，思、田就此归顺，如此人格魅力，如此德行修养，就算舜帝再生，也不过如此。

"至于八寨、断藤峡的匪盗，地处深山绝谷之中，自明朝开国以来,没有敢轻易征讨的。如今在王守仁的带领下,一举荡平,摧枯拉朽,一连创造了八个奇迹……"(本疏原文见于《渭厓文集》卷二《地方疏》、《王阳明年谱长编》。)

然而,王阳明的"不世之功"换来的却是嫉妒、攻讦和罪过:取消子孙世袭爵位资格,钦定阳明心学为伪学,严令禁止传播。

但身处旋涡中的王阳明始终保持知行合一,他早已经超越了个人得失和政治算计,步入圣境,念念是良知,一心为苍生。

阳明心学的伟大之处就在于它是从无数次出生入死中参悟出来的人生至理。国学大师梁启超说:"王学绝非独善其身之学,而救时良药,未有切于是者。"

阳明心学简洁、笃定,启迪智慧,给人力量,融儒、释、道智慧于一炉,持知行合一为整体,贴近日常生活,强调事上磨炼,既有人情温度,也有原则硬度,更有灵魂高度。

在日益网络化、虚拟化、碎片化的时代,阳明心学的"大我"之路还会走得更远。

阳明先生曾说:"今人于吃饭时,虽然一事在前,其心常役役不宁,只缘此心忙惯了,所以收摄不住。"

当你看到这句话时,是不是心有同感,默然点头?

阳明先生曾说:"无事时将好色、好货、好名等私逐一追究,搜寻出来,定要拔去病根,永不复起,方始为快。常如猫之捕鼠,一眼看着,一耳听着,才有一念萌动,即与克去,斩钉截铁,不可姑容与他方便,不可窝藏,不可放他出路,方是真实用功,方能扫除廓清……"

当你读到这段文字时,是不是心头一凛,怦然心动?

若是,说明你已经迈上阳明心学的大道了。

第 一 章

百炼筑基
圣心多涤

没有状元之才的父亲王华,难有天纵奇才的儿子王阳明;没有王华特殊的培育模式,也不会有影响后世的阳明心学。重新审视王阳明的童年,会发现他的家庭教育相当关键,而父亲对他的影响至关重要。

成化十七年（1481年）三月十五日早，一支特殊的队伍在紫禁城内行进。他们一律穿着镶黑边的宽大襕衫[1]，有的白发苍苍，有的稚气未脱，但在金黄琉璃瓦的映照下，每个人的脸上都浮着一层诚惶诚恐。

这些贡士的目的地是奉天殿。稍后那里将举行殿试，万岁亲临，重臣监考，一朝得中者将成为名副其实的天子门生。

会试成绩第三十三名的王华，就趋走在贡士队伍中间。此刻，他没料到自己会是这次殿试的状元，更不曾料到自己将来会是"帝师"。他唯一确定的是，这是自己多年科考之路的最后一站。

百余年来，王氏族中，王华是第一个走进紫禁城的人。没有人不激动，没有人有理由不感慨……

纵是天才，路也崎岖

王华，字德辉，行二，哥哥王荣，弟弟王衮。兄弟三人的名字加在一块儿，就是其父王伦"荣华富贵，公卿满门"的愿望写照。

---

[1] 襕衫属于汉服体系，明清时期秀才、举人公服，颜色多样。

哥仨当中，王华最受父亲王伦器重，只因他天资聪颖，过目不忘，过耳成诵。诗礼传家的门第得了这么一个天才儿子，王伦自是欣喜，誓要让他在仕途大展身手——王氏家族很渴望一个功名。

王伦字天叙，生性洒脱，人称竹轩先生，生平最喜书、竹、琴。书籍之最爱是《仪礼》《左传》和《史记》。翠竹栽满院，琴在幽篁弹，加上清风朗月，配上王伦的歌诗讲史，一派逍遥景象。在当时的人们眼里，王伦简直就是陶渊明一般的人物。但王伦的心性远比陶渊明复杂，他自己追求隐士之风，却要求儿子走功名之路，看似自相矛盾，实则是人之常情。

大明朝开国百年，社会已然稳定，世风早就转变，耕读不仕的门风不再适用现实情况，科举已经成了必然选择——科举是平民百姓进入官场的唯一正途，也将是王氏一族发展、强大的有力保证。此生不为五斗米折腰，何妨子孙追求千钟粟？所以，王伦一点点打破了祖上耕读传家、隐耕不仕的传统。

王伦给王氏子弟讲得最多的就是《后汉书》中《逸民列传》和《列女传》提到的那个王霸的故事：

"东汉初年，太原有个贤能之士叫王霸，他生性恬然，立身高洁，志向坚定，从不趋炎附势，宁愿隐居乡里，也不肯为五斗米折腰。光武帝刘秀连番征召他入朝为官，王霸就是无动于衷，宁肯吃糠咽菜、箪食瓢饮，也要享受高贵的清贫之乐。

"相反，王霸的好友令狐子伯却选择了一条看似平庸的人生道路——入仕为官。几年之后，令狐子伯的儿子也学而优则仕，年纪轻轻就当了官。某日，令狐子伯派儿子带着自己的亲笔信去拜访王霸。

"当令狐公子一行抵达王霸家门口时，那副盛大排场自然让农夫们瞠目结舌。王霸的儿子当时正在田间劳作，听说家里来了客人，扔下农活赶了回来。万没想到,没见过世面的他一见令狐公子,顿时手足无措,像个孩子似的,连头都不敢抬。

"待令狐公子告辞后,王霸一声长叹,清高之态全无。他沉思良久,对妻子说:'令狐公子相貌俊朗,衣着光鲜,举止大方得体。再看我们的儿子,蓬头垢面,不知礼数,畏畏缩缩,一点风度也没有,心里真不是滋味啊……'"

听完故事,王家子侄大都茫然不语,唯有王华朗声说道:"儿子在别人面前抬不起头,是父母先祖的耻辱;父母在别人面前抬不起头,是儿孙后辈的耻辱。"

王伦轻抚着王华的后背,说道:"咱们王氏门楣的高低都扛在你的肩上了,好好用功,莫负了你这颗读书种子!"

世间聪颖人不多,好学者亦少,既聪颖又好学者少之又少。偏王华就是这样的人,求学举一反三,读书如饥似渴,乡人皆视其为神童。但只有王华自己知道这个"神童"之名背后是怎样的艰辛。

在功课上,王华比同龄人做得多,要求也高。小伙伴们才开蒙,他已开始读四书;别人刚读四书,他已经看五经了。王华喜欢《左传》,可父亲偏偏要他多背《尚书》——这本书晦涩难懂,看着难受,读着聱牙,更不消说背诵了。可只要他放松一点点,或读书任务完不成,父亲轻则竖眉,重则打手,毫不随和。王华当然也闹脾气,但他闹脾气的方式很独特,不是跟父亲吵闹,而是跟自己较劲,难背的书使劲背,悟不透的反复看,直到完成目标才罢手。

王伦每时每刻都关注着二儿子,他喜欢儿子读书,又怕他读成书呆子,所以格外注意在为人处事上教导儿子。家族邻里的事,他时不时跟王华说说;交游乡宦,他经常带上王华;至于人情世故,他也总要反复叮咛。

在父亲刻意训练下，王华的情商与心智远超同龄人。

有一次，王华在村外河边玩耍，远远地看到一个醉汉在河边洗脸，随手将一个布囊扔在草地上，而后踉跄远去。王华走近时，那个醉汉已然走得很远了。他打开布囊一看，里头竟有几十两黄金。这在当时可谓一笔巨财！王华四下里看看，略一思索，拿起布囊放到浅水中——那里有草丛挡着，别人根本发现不了。而后，他便坐在河边等待。

王华心思缜密：如果把这笔意外之财拿回家，就有了昧金的嫌疑；若拿着这笔钱财等待失主，太过显眼，万一被居心不良的人盯上，不仅金子保不住，自己的性命也会有危险；把这个布囊放入水中，既能保证这笔钱财在自己视线之内，又能保证自身安全。

天快黑的时候，那个醉汉一路寻来，待到河边一看，空空如也，不禁放声大哭。王华没有着急上前，而是仔细观察了许久，直到确定此人是失主无疑，才把河里的那个布袋指给他看。那人从河里把那个布袋拿出来细瞧，感激得连连作揖，又掏出一锭金子给王华，以示感谢。王华推辞不受："这一袋子金子我都不拿，怎会要你那一锭金子？"说完便转身回家去了……之后，王华拾金不昧之名传开。

后来，王华拜名儒钱希宠为师，入了县学。钱先生先教王华练习对句，不足月余，王华便完全掌握。先生接着教他作诗。学诗仅仅两个月，王华诗文精进，文采斐然。于是，钱先生又教他写文。仅几个月之后，王华的文章水平就超过了县学所有学生。钱先生不得不感叹："小小年纪就能如此博学精进，照这个节奏，很快我就没什么可以教给你的了。"

然而，让钱先生吃惊的不只是王华的才气，还有他的定力。

一日，县令来学塾视察。同学们一听是县官大人到了，都感新奇，纷纷丢了书本，一股脑儿地跑了出去，夹道围观欢迎。唯有王华稳坐不动，读书不辍。

钱先生见状，问王华道："你为什么不出去看看呢？"

王华答："回先生，县令也是人，有什么可看的？"

钱先生摇头，"他是一县之长，不是一般人。如果大人到教室巡察，见你纹丝不动，会认为你不懂事，极有可能会训斥你态度倨傲的。"

王华回道："读书才是学生正业，大人怎么好意思训斥干正事的人呢？"

只这一句，便让钱先生对他竖起了大拇指。

王华十四岁时，与亲朋子弟到山里龙泉寺寄宿学习。到达寺庙第一天，王华便给自己定下日课，每日课业按时完成。自此，他不敢有丝毫怠慢，极少操心学习之外的事情。

龙泉寺位于余姚龙泉山，始建于晋代，背山面水，殿阁林立，环境清幽，算是一处胜境。既是寺院，便有禁忌，僧人告诉这些学生，旁边的蟠龙阁中经常闹鬼，让他们收敛言行，不可胡闹。学生之中的富贵子弟丝毫没有敬畏之心，不但戏神骂鬼，还捉弄僧人，惹得人神共怒。之后，寺庙之中接连两晚都发生了灵异事件，学生中不断有人倒霉甚至受伤。这让其他学生大惊小怪，心神恍惚，以致狼狈奔逃，只有王华稳如泰山。

僧人们大感惊异：一个小娃娃哪儿来的这般定力？鬼神都不能让他害怕吗？在好奇心的驱使下，僧人们接着装神弄鬼吓唬王华，比如扔石头、掷瓦块、半夜捶墙、摇床，可这少年依旧心在圣贤书。僧人们见这些方法都不管用，便趁着狂风暴雨、惊雷闪电时搞恶作剧，想把王华唬住。可不管他们怎么闹，装鬼也好，扮神也好，王华都不为所动。

僧人们只好摊牌，当面问王华："你真不害怕吗？"

王华反问："害怕什么？"

僧人说："当然是妖怪了。"

王华再问："妖怪什么样儿？"

僧人生怕王华不害怕，便细致描述妖怪生得如何恐怖。

王华笑问："鬼神向来飘忽不定，你们竟然如此清楚。莫不是'来说鬼神者，便是弄鬼人'？"

众僧连连摆手，矢口否认。

王华正色道："你们是如来弟子，寺庙是清静之地，妖邪出没，你们应当惭愧才对，为什么如此兴奋，津津乐道？依我看，鬼怪不在庙中，而在你们心中。"

一干僧众如被当头棒喝，面面相觑，哑然失声。

《礼记·大学》云："心不在焉，视而不见，听而不闻，食而不知其味。"在王华看来，无论是僧人还是身边的同学，心都不在正事上，修行的不专心，读书的不用心，鬼神自然会来搅扰。

王华的事迹渐渐闻名于文人雅谈、街谈巷议……王华又以文章赢得当地官员的赞赏，得"龙山先生"的雅号。一时间，各地都纷纷出重金聘请他为塾师。

当时大宗族的子弟要读书，都希望找到一位德才兼备的良师，而当时的读书人，尤其是家境一般的儒生，在科考之前也都愿意去做塾师，一则可以挣钱养家，二则可以教学相长。

王华在准备参加乡试之前就被聘到祁阳，在某大宗族做塾师三年。三年后，王华告辞，准备返乡备考乡试。

在他临走前，主人家在祁阳当地一座湖心岛上设宴送行。湖心岛环境清幽，酒席之后，众人纷纷告辞。王华酒醉起身时，突然发现主人、宾客都不见了，门一开，却进来两个妆容俏丽的女子，她们拉拉扯扯就要服侍王华就寝。

原来，这是主人以及好友们设的局。王华年纪轻轻，却品学兼优，定力超强，大家想借机考验他一下。王华吓了一跳，急忙开门往外走，却发现船都被划走了，湖心岛上就剩下他和两名歌妓。

一瞬间，王华想到了宋朝的二程兄弟。兄长程颢，为人洒脱，在宴会上与歌妓们说笑唱闹；二弟程颐，面目肃然，威严端坐，与环境格格不入。散会之后，程颐责怪兄长道："你太轻浮了，怎么能同歌妓那么亲近呢？"不料大程却道："我早就放下了，你怎么还想着她们？"王华自忖潇洒不如大程夫子，严谨比不上二程夫子，更不相信自己是金刚不坏之躯，索性把门板卸下来，以门当筏，以手为桨，冒险划出了湖心岛……

童年时金钱迷惑不了，少年时鬼神恐吓不了，成年后美色引诱不了，王华像闯关一样，一步一步塑造自己的心性。

然而，身负厚望的王华屡试不中。从二十余岁参加会试落榜起，王华的功名之路便开启了"坠落模式"，身上的光环似乎也被吸入命运的黑洞。

王华像所有落榜者那样，深感惭疚、耻辱，心中愤懑、迷茫，他不再吟诵"天降大任于斯人也"，而是把书袋丢入江中，黑夜独坐，遥望渔火发呆，直到长夜将尽，朝霞灿烂。

就在黎明到来的那一瞬间，郁闷无比的王华突然体会到了命运的本来面目——命运就是天地。天地有多广阔，命运就有多难测。天地有多复杂，命运就有多复杂。天地是合理的存在，命运也是合理的存在。人有什么资格怨天尤人？倒是人，怨天尤人，格局会越来越小。比如自己，只盯着科举成功，目标倒成了深坑，自己再也走不出来了。孔子周游列国，何尝成功？孟子游说诸侯，其志难行。可这并不妨碍他们成贤成圣。读书人就算不能鱼跃龙门，也应该脚踏实地，怎么能像赌徒那般计较、愤恨呢？

别样童年，心学序曲

步入中年，王华越发质朴、稳重，耕读自奉，教书养家。

妻子郑氏与王华门当户对，端庄能干，持家勤俭，既能与公婆妯娌和睦，又支持丈夫学业，把小家打理得井然有序，日子说不上富裕，但家庭和美，心气十足。特别是长子王云出生后，家里就显得更有生机了。

王守仁，生于明宪宗成化八年（1472年）农历九月三十日，先取名云，后改名为守仁，字伯安。因为王守仁后来曾筑室阳明洞，在那里读书、修炼，遂自号"阳明山人"，后世便称其阳明先生、王阳明。

王守仁出生时，王华已经二十六岁，妻子年龄比王华还大，她在当时绝对算是高龄产妇。

王守仁出生时，王华母亲梦见天神怀抱婴儿乘云飞来。王伦根据这个不一般的梦兆，给孙儿起名为云，王家那座简陋的小木楼遂被称为"瑞云楼"。然而，真正的祥瑞迟迟未来。

王守仁幼时尽管耳聪目明，却迟迟不能说话。刚开始，大家都以"贵人语迟"相互安慰，可等到王守仁四五岁时，绝大多数时间还是如哑巴般沉默,无论别人怎么教,他连个完整的句子都吐不出来。这下,不仅郑氏焦虑,就连王华也坐不住了。然而几番寻医问药过后,王华收到的回答如出一辙:孩子正常,无病可医。

在那段漫长难挨的日子里,王华经常思绪纷飞。他自己出生时,他的母亲曾梦见她的婆婆抱来个绯衣玉带的孩子,并预言王家会世代荣华,于是自己取名为华。儿子降生,母亲梦见天人乘云送子,于是儿子取名为云。征兆吉祥,可现实糟糕:自己天赋异禀,却接连多次落第;儿子貌似聪慧,却像个哑巴。或许,这两个梦境并非美好预兆,而是一条警示——荣华富贵如浮云。也许曲肱而枕才是自己应该有的生活吧。

传说王守仁近六岁时,某日,他正与伙伴在门口玩耍,恰巧有一个僧人路过。那僧人看见王守仁后,不由得注视片刻,而后走上前去,仔细端详了半天,最后竟叹了口气,抚着王守仁的脑袋感慨道:"好个孩儿,可惜道破。"

王伦听说这件事后,仔细琢磨多时,突然明白了这个僧人的意思——所谓"道破",就是道破了天机,人与名字犯冲了。

古汉语里,"云彩"的"云"(写作"雲")与表示"说话"的"云"是同音字。那个僧人的意思也许是说,这个孩子本是天命之人,名字却泄了天机,结果自然会受到口不能言的天罚。

王伦想通了这个道理,立即予以补救,要给孙子改名字。改成什么呢?他恍然记起《论语》有云:"知及之,仁不能守之;虽得之,必失之。"于是便为孙子重新取名守仁,字伯安。

也是巧合,改名后不久,王守仁的哑症自愈了。当听到同族兄长结结巴巴地背诵《孟子》时,王守仁忽然朗声诵读起来。他不光诵念本文,连注释也背得滚瓜烂熟,就连祖父和父亲平日里读过的书、吟唱的文，他也都牢牢记住了，对其中一些内容竟然有所发挥。王华一把抱起儿子，再高高举起，薪火得以相传的愿望在内心荡漾开来……

此时的王华不再是那个全然膜拜程朱理学的年轻学子，而是参学了心学思想的博识儒者。在长期的教学、交游中，他早已接触并研究了陈献章的心学思想，再经生活打磨，眼界不断拓宽，学养逐渐深厚，见识日益高明。没错，在王华的学术思想中，心学味非常浓厚。特别是在对王守仁的教育上，王华所坚持的也是异于时代的"心学模式"。

王守仁的童年显然比父亲王华舒适多了，也"野"得太多。他非常聪明，读书天分极高，因此没怎么受管束，平日里要么玩棋，要么进行文辞游戏，要么野跑、疯癫，要么习武强身，至于学习，多是耳濡目染、随性随机。

王守仁六岁时，王华为儿子启蒙，之后就开启了亲自带娃的模式——这个孩子天生聪慧，对文字有着极高悟性，思维天马行空，一般塾师教不了；同时，王守仁好奇心极强，有着强烈的求知欲，别人未必能应付；更要紧的是，王守仁身体天生虚弱，偏偏又有着近乎亢奋的专注力，这就需要随时督促他休息。

成化十四年（1478年），王华南下东阳任子弟师时，坚持带上七岁的王守仁同行。王华授课时，王守仁可以旁听；闲暇时，王华就带着儿子四处闲逛。

东阳县西岘门外水竹坞有个万松湾，此处曾是南朝著名道士、炼丹家陶弘景的隐居之所。陶弘景主张儒、佛、道三家合流，思想深邃，行事低调，梁武帝每有大事，总要派人到山里征求陶弘景意见，所以他又有"山中宰相"之称。

王华父子多次到此地游赏，王守仁对道家的兴趣差不多就在那时培养起来的。王华对此并不反对，只要儿子喜欢，定然有喜欢的道理。诸子百家之学，犹如五谷杂粮，都有营养，何必挑食？

当然，王华也不会浪费大好时光，得空便传授儿子对句、作诗之法。王守仁悟性极佳，一点就通。父子二人常于山水间对句吟咏，其乐融融。

某日，父子二人游玩途中见杂技艺人在高竿上表演。兴致勃勃观看一番后，王华便出上联道："百尺竿头进步。"王守仁则望向不远处的河流，对道："千层浪里翻身。"王华又补充说道："做学问、做人，都应该如此，永不止步。"王守仁当然不甘示弱，紧追着父亲的话音："求功名更是像水中游鱼，面对重重波浪，逆水而行，一跃过龙门。"

父亲希望儿子好好学习，儿子勉励父亲争取功名，彼此唱和，应景应情，毫无违和。

又一次，父子二人夏日游亭园。见池塘中荷盖挺立，花鲜叶翠，一年光阴转眼即将过半，王华若有所思，遂出句："藕花盈池，竹简蕉书安可写。"王守仁一下子就明白了父亲的意思，紧接着就对出了自己的下句："苔衣满地，秧针柳线不能缝。"

王华的语气里带着些许无奈：满池塘的荷花荷叶，如纸张一般展开，可却如竹简、芭蕉叶子一般，难以书写内容。王守仁的下联里带着一丝理解：如绿绸缎般的青苔、如针般的禾苗、细线般的柳丝，看上去都很漂亮，却无论如何不可能做成一件可穿的衣服。

…………

这些联句，见才华，见趣味，更见父子亲情。

第二年，也就是成化十五年（1479年），八岁的王守仁随父亲北上海盐县，寓居在资圣寺内。

海盐县素以"鱼米之乡""丝绸之府""礼仪之邦"著称。在这座繁华小城里，王华时常带儿子漫步于闹市街头看市井百相，或走过长长石堤，看海观云，吟哦唐诗宋词，讲授音韵，或兴致勃勃地观赏渔者撒网、晚舟归棹，而后又在暮鼓声中，带着王守仁赶回香气缭绕的资圣寺。

资圣寺比王华当年寄宿读书的龙泉寺要壮观许多，堪称名刹，历史悠久，规模气派，景观别致。寺中有杏花楼，楼前有古杏树，每年初春，杏花怒放，洁白一片。就在杏花丛中，王守仁打量着日照禅房，耳听着钟磬经咒，目睹了棒喝开示，不止一次盯着和尚们的茶褐色常服或绿绦浅红袈裟发呆，感受着超然出尘的宝相庄严，无数次想象着顿悟平生的玄妙境界……

王守仁曾写诗记录他在那里的生活片段：

落日平堤海气黄，短亭衰柳叙孤航。
鱼帆入市乘潮晚，鼓角收城返棹忙。
人世道缘逢郡博，客途归梦借僧房。
一年几度频留此，他日重来似故乡。

（《王阳明全集补编》）

不难看出，王守仁跟着父亲的日子很快乐，很自由，对资圣寺的情感也很深厚，他简直把这里看作第二故乡。

作为父亲，王华是温情的，他的父性觉醒远超自己所处的时代，筑牢了王守仁的精神底蕴；作为读书人，王华是开放的，非但没有禁锢儿子的思想，反倒极力开拓他的视野、胸怀；作为王氏族人，王华始终没有忘记肩头职责，虽在科举路上屡战屡败，还是没有放弃。

有父如师，鞭策终生

成化十七年（1481年）三月十五日辰时，紫禁城奉天殿内，贡士们小心翼翼接过皇帝陛下的策问题目，吞咽唾沫的声响此起彼伏。大殿里鸦雀无声，科考举子们心潮澎湃……

王华从回忆中收回心神，目光由飞鹤香炉回到手中的毛笔，神气渐定，思路清明，只见笔墨爽利，一行行隽秀的工楷自毫端流淌而出：

……丕承一祖四宗之鸿图，默契二帝三王之心学……

没错，"心学"一词，赫然出现在王华的殿试试卷中。

这一年，王华三十六岁，王守仁十岁。

试卷上交后，明宪宗朱见深亲自批阅打分，最后钦点王华为状元。两天后，朝廷举行了一个盛大的"归第"仪式，鸿胪寺官员唱名，礼部官员捧黄榜，顺天府张伞盖，鼓乐开路，仪仗浩大……次日，皇帝又赐状元服、进士宝钞，直至工部在国子监立石，刻下王华的名字。

明宪宗成化十八年（1482年），王华在京师立稳了脚跟，便迎接父亲王伦北上。十一岁的王守仁与祖父一同来到京师，居住在京官聚集的长安西街。

这一年来,王守仁的性子又"野"了不少。之前在父亲身边,他多少会收敛些。父亲进京后,他跟祖父生活在一起,而王伦生性洒脱,再加上隔辈亲,王守仁越发调皮。王华看在眼中,记在心里,决定等时机成熟再敲打他。

长安街是京师繁华热闹的去处,佛刹道观林立,三教九流杂聚,多有斗鸡走狗之辈、卖卦相命之处。"散养"惯了的王守仁初来乍到,一下子就被花花世界吸引,浑身散发出豪迈放逸、旷达不检的气息:衣衫不整,斗鸡走马,玩棋射箭,出入庙观,游走相卜摊子,身上哪还有半点读书子弟的影子?

某日,王华瞅准时机发了一通火,把王守仁的棋子尽数抛进水中,冷眼瞅了他好一阵子才转身离去。此后,王华对儿子的管束便越来越严格。然而,以王守仁的"散漫",绝不可能因为被训斥几次就会彻底转变。

于是王华以疏导为先,送儿子去习武,这既合乎当时王守仁身上少年的任侠意气,还能锻炼身体,也可借机消散他身上的顽劣气。

王华所谓的"习武"是指"习弓马",也就是练习骑射,这套功夫可不是花架子,而是实实在在的骑术与箭术综合,需要快马疾奔,需要箭术精准,还需要体力和胆力。

当时,习武的成本远高于读书。汉人要想练好骑射,更是难上加难。第一难就是要养得起战马——战马需要专门的驯养,必须有足够的场地供其撒欢奔跑。至于练习骑射,既需要专门的场地、专门的师傅,还需要日复一日的勤学苦练。

为了培养儿子,也为了引导儿子,王华不惜成本。王守仁也不负父望,用心琢磨,刻意练习,终有小成。

四年之后，在得到父亲允许后，王守仁独自出游居庸关外，查访各部"蛮夷"与大明帝国的边防守备实况。在这一个月的游历中，甚至发生了"逐胡儿骑射，胡人不敢犯"的情况。

送子习武，是快招、猛招，短期可以改变王守仁不羁的习性，但是要想持久改变其气质，还要通过芳邻、贤者的熏陶。

当时，与王华比邻而居的是林俊兄弟。林俊虽比王华小六岁，却比他早三年中进士，为人刚直廉正，明礼持节，疾恶如仇，爱才若渴。王华经常带着儿子到林府拜访，亲近贤达，让儿子近距离感知榜样的力量。这段时间内，王守仁的思想确实受到触动，他对林俊大为称道，赞其有"孝友之行，渊博之学，俊伟之才，正大之气"，也开始自我反思，深觉自己"薄劣"。

更有幸的是，早在成化十九年（1483年）三月，一代大儒白沙先生陈献章应召入京，几番辗转亦寓居在长安西街的大兴隆寺，不但与王华、林俊成了邻居，且与其往来密切，经常开办学术沙龙。十二岁的王守仁受益颇多。后来，陈献章在大兴隆寺开馆讲学，王守仁经常到现场听讲，眼光、胸襟又为之一新。

紧接着，王华又使出第三招，便是选择高明塾师，送王守仁入馆就学，系统读习经典，让他进一步收敛身心。

王华选的这个塾师是吴伯通。吴伯通字原明，号石谷，四川广安人，天顺八年（1464年）进士，有"天下第一士子"之誉。此公性格刚正，重才爱才，此时虽是他人生低谷时，却颇受儒林重视，世人争相聘其教学。正因为有这位吴塾师的严格教导和影响，顽皮的王守仁迅速回到向学的正轨，且似乎一下子长大了，读书思考的时刻越来越多。也正因如此，才发生了关于"第一等事"的著名讨论。

王守仁问吴塾师："什么才是第一等事？"

吴伯通顺口答道："当然是读书登第。"

王守仁对这个答案感到不满意，迟疑着说："登第恐怕算不得第一等事，真正的第一等事应该是读书学圣贤……"

王华听说了师生的这段问答，大感有趣，笑问王守仁道："你想做圣贤吗？"

王守仁这一问问到了根上，而王华这一笑既意味深长也满含欣慰——这才是他想看到的样子。

此时吴伯通也应该会心一笑：教了那么多学生，有谁问过这个问题？那些所谓的儒生，还有几个知道"儒"为何物？

孔子一心"克己复礼"，为传承天下大道而孜孜不倦，对个人得失荣辱全不放在心上。在孔子学生中，"忧道不忧贫"者不乏其人，贫居陋巷、箪食瓢饮而不改其乐的颜回便是代表，至孟子时，更是高举"富贵不能淫，威武不能屈，贫贱不能移"的旗帜。但当儒家作为一个学派真正立稳脚跟之后，尤其成为进入仕途的"咽喉要道"之后，许多儒生的脸面就变了，由温、良、恭、俭变成了居高临下——儒学经义成了科举考试的标准考题，儒家学术沦落为思想统治工具，儒者也就极易成为追求功利者。他们打着儒家招牌，迎合当权者的偏好，不断调整取舍，投机钻营，舍弃初心，甚至走向儒家主张的反面，一点点地玷污了儒学。

王守仁与塾师的这番对话简洁、深刻，关系到"君子儒"与"小人儒"，关系到理想与现实的激烈矛盾，蕴含着心学一脉的底层逻辑。

此后，王守仁的人生开始步入正轨，一步步走向父亲为他规划的路，后来也就发生了"格竹子"事件。

王守仁读朱熹的著作上瘾，看着窗外几丛竹子，心血来潮，想要实践印证书中"一草一木，皆函至理"的话，便约了一个钱姓同学，开始了格物之旅。他目不转睛地盯着竹子，集中精神思考其中道理。钱同学格了三天，结果劳神成疾。王阳明认为他精力不济，坚持不够，他自己强撑到了第七天，结果同样是精神恍惚，头痛身疲，彻底失眠。

这次格竹，后果很严重，王守仁说自己"卒遇危疾，几至不起"（语见郜永春《皇明三儒言行要录阳明先生要录》卷二）。

所谓"格"者，就是格物致知，是宋代理学中最重要的命题之一。格物，就是以刨根问底的精神探索事物的终极原理；致知，就是将已经通过格物获得的知识向外类推，触类旁通，最终由一事一物背后的终极原理而掌握万事万物的终极规律，达到一种近乎无所不知的境界。

"格竹"虽然失败，但展现了王守仁强大的行动力和专注力，也再次展现了王华育子的开放性和包容度。

成化二十三年（1487年）八月，宪宗驾崩，十八岁的皇太子朱祐樘即位，是为明孝宗，翌年改元弘治，王华担任经筵官。

经筵官相当于皇帝的儒学教师，并没有多大的实权，却是自宋代以来儒者眼中最重要的职位，因为其担负着培养圣明君主的神圣职责。

王华在这方面丝毫不含糊，不恭维皇帝，不避时政弊端，该说就说，言辞恳切、慷慨。当时太监李广得势，仗着圣宠，肆意贪敛钱财，无视言官。众臣对他颇为忌惮却敢怒不敢言。而王华在给皇帝讲《大学衍义》相关章节时，偏偏特意提到唐朝大太监李辅国。

李辅国是唐肃宗时期的太监，手掌大权，经常替皇帝做主，甚至一度联结张皇后把持朝纲。这虽然是唐朝旧事，却也是现实写照，话题太过敏感，极易引起内侍李广及其爪牙的猜忌。可王华却不回避，当着年轻皇帝的面大声诵说，毫无顾忌，吓得几个同僚都大吐舌头。

后来，太监刘瑾得势时，朝臣趋之若鹜，争相奔走其门下，以求免祸。王华同样特立独行，不趋炎附势，即使在刘瑾主动示好的情况下，他仍然避而远之。

如此的心性修养，如此的品格行径，仿佛就是"知行合一"的预演。王华日常的点点滴滴，王守仁都看在眼里，听在耳里，或潜移默化地受到影响，或直接受到老父的耳提面命，从小到大，从未间断……

正德六年（1511年），王守仁四十岁，这是他龙场悟道的第三年。在士人眼里，他的思想成就显然已经超过了他父亲，可他还是遭到了父亲的严厉训斥。

这一年四月，一份来自狱中的招供书震惊了官场。

事情源于一个叫刘淮的人。刘淮系书办官，原是刘瑾的死党。刘瑾受死，刘淮自然也被捕入狱。在审问中，他交代，已经致仕的原户部尚书顾佐、原刑部尚书屠勋、原南京吏部尚书王华等人都曾经托他给刘瑾送过礼，行过贿。于是朝廷命各巡按御史彻察此事，并予涉案官员进行相应的处罚。(《明武宗实录》卷七十四）

此时，王华已然退休在家，如果刘淮的举报是真，王老先生将晚节不保。但官员们都清楚，王华绝非这种人，根本不可能行贿刘瑾。可证人举证，证词白纸黑字，需要当事人出来对质、辩解。可王华始终三缄其口，一言不发，好像在等着受罚。

难道王华真的贿赂过刘瑾？当然不是。那位暗中委托刘淮贿赂刘瑾的不是王华，而是王华的同年加好友黄珣。

人们都劝王华上书为自己辩白，否则一生名节便毁于一旦，但王华最后竟然默不作声，宁愿吃这个哑巴亏。

王守仁自然要为父亲鸣冤，便就此事写了专门的疏奏，欲上报朝廷为父亲辩解。没想到王华却写来一封信，语气相当严厉，斥责王守仁道：

汝以是为吾耻乎？吾本无可耻，今乃无故而攻发其友，是反为吾一大耻矣。人谓汝智于吾，吾不信也。

（《玉堂丛语·五》）

其大意是，受诬告无所谓，你来辩白才是我平生的大耻辱。你想想，我本来问心无愧，顶多替人背背黑锅而已。你这么上书辩解，必然会暴露真相，闹得天下皆知，事实就变成我去揭发老朋友了，你这种不义之举不是我的污点，是什么？人人都说你的智慧超过我，现在看来却不一定呀。

王守仁看到这些，不由得冒出一头冷汗，打消了替父亲鸣冤的念头。

王华宁肯自己担责也不牵连朋友，正是坚守着心中的道义，面对荣辱，而此心不动，这般心性修养便是圣人气象。有父如此，王守仁怎能不精猛勇进，如何敢懈怠自傲？

正德十四年（1519年），宁王朱宸濠在江西造反，纠集群盗，千帆竞渡，指东而进，远近震动，一片惶恐。有人传言，时任巡抚南赣都御史的王守仁举兵讨贼不成，已然被害身亡。

此时，王华居住在会稽。人们纷纷劝说王华找地方躲起来。王华笑道："我儿正在平贼，我为什么要躲避呢？"人们都说，正因为如此才要躲避呀，他们王家是叛贼的仇人，应该防止他们派刺客暗杀。王华态度很坚决："我儿弃家平叛，我怎能背叛乡亲父老，独自逃命呢？王某誓与乡亲死守此城！"

此后，王华一边让人报告官府做好战备，一边做好舆论工作，安抚人心。但仍然还有人以小人之心度君子之腹，生怕王华明里一套暗中一套，最后一跑了之。可待他们偷偷窥探时，发现王华一如平常，这才都松了口气，彻底踏实下来。

此时的王华，与战场上从容淡定的王守仁是何其相似。

王华曾在自己的状元试卷中写过这样一段话：

> 盖人之一心至虚至灵，所以具众理者在是，所以应万事者在是。但为气禀所拘，物欲所蔽，其全体大用始有不明矣。陛下诚能先明诸心，复其本然之正，去其外诱之私，不为后世驳杂之政所牵滞，不为流俗因循之论所迁惑，则于道也，必能探求其精微，而见于日用彝伦之间，莫不各有以尽当然不易之则矣。（王华《廷试卷》，详见《王阳明年谱长编》。）

王华的主张是，心具众理，能应万事。内能明其心，外能去其私，便能探求大道精微。阳明心学的要义，可谓呼之欲出。

从宏观脉络上看，心学体系始于孟子，整合于程颢，发扬于陆九渊，大成于王阳明；从个人具体经历看，王阳明心学的建立，王华功不可没。

第二章

见猎心喜
十年彷徨

　　自十七岁至二十七岁,一心要成贤做圣的王守仁从未安心过。走走停停,兜兜转转,他看似无所不能,又一无所成。聪明是他的资本,也是他的包袱。好在他不断反思,不断修正,不断进步……

王守仁的十年青春，可谓大喜大悲、大起大落。洞房花烛，遇高人点化，是为喜；疼爱他的祖父去世，中断学业，是为悲；第一次乡试即中举，是为起，接连两次会试不第，是为落。面对坎坷颠簸的人生路，是像流沙般顺势流散，还是像流水般激荡前行，这是对王守仁的考验。

成婚当天失踪

弘治元年（1488年）七月某日，南昌城里传着一件新鲜事：江西布政司参议诸让诸大人的爱婿竟在新婚之夜失踪了。

这位失踪的新郎官，正是十七岁的王守仁。

诸让，字养和，号介庵。他与王华曾经一同在京师做官，有金兰之交。就在王守仁与塾师讨论"第一等事"那一年（1483年），诸让拜访王华，看到王守仁与小伙伴们戏耍时，王守仁扮"元帅"，指挥"大军"，居中调度有模有样，越瞧越爱，于是便与王华约为儿女亲家。弘治元年（1488年），诸让由吏部调职外任，做了江西布政司参议。

明朝有十三个布政使司，各司设左、右布政使各一人，布政使下属有参政、参议，前者别称大参，后者称少参，都是正四品高官。到任江西后，诸让便从南昌寄来书信，召王守仁前去完婚。古代婚姻有一套标准的程序，统称"六礼"，即纳采、问名、纳吉、纳征、请期、亲迎。虽然这套古礼发展到明朝时不再那么讲究繁文缛节，但必要的仪式还是有的，何况诸让贵为江西布政参议，热闹气氛自然又异于寻常人家。

婚礼当日，贵客盈门如流水一般，光是陪客人都能把脸笑抽。忙活到傍晚时，王守仁决意躲个清闲，于是走出官署，出章江门，经揽秀楼，信步游逛，一直到了铁柱宫。

铁柱宫又名万寿宫，位于南昌城南，是一座著名道观，始建于晋代。道观中祀奉的是净明道派的祖师许逊。传说观内的某口井里有作恶的蛟龙，被祖师许逊用铁柱镇压着，故而这所道观得名铁柱宫。

那日，铁柱宫里一片幽静，在院中石阶上，一名老道士正在打坐。王守仁不由得多看了两眼。眼前这道士须发皆白，但面色白净，肌肤平展，神态安详，呼吸绵长，如果染黑了须发，分明就是一个清瘦儒雅的中年男子。

而自己呢？王守仁不由得轻叹了一口气，自己天生体弱，尽管习武锻炼多年，筋骨有所变强，可先天之气不盛，加之这两年经常熬夜苦读，身子明显又弱了不少。这次来江西完婚，一路舟车劳顿，他颇觉疲累，肺部常感不适。

老道士缓缓睁开双眼，王守仁顿感眼前亮了一下。在夕光照耀下，他发现这道士的眼睛格外有神，黑眸如墨，眼白似霜，目光温润有力，犹如两道汩汩喷涌的泉眼，格外清凉。

两人对视片刻，相视一笑，王守仁施礼道："打扰道长清修了。"

道士颔首："既是清静修为，便无所谓扰乱，人过古稀，也不劳

第二章　见猎心喜　十年彷徨

什么修喽！追求自然而已！"

王守仁点点头："不错，道法自然。"

"你嘴里一说'自然'，倒是不自然了。"道士笑吟吟看着王守仁，指了指身边一个陈旧发黑的草蒲团。

王守仁拊掌一笑，径直盘坐到蒲团上，顿觉一股清气袭来，周身为之一爽，连眼神似乎都有了力量。那一瞬间，王守仁感觉此情此景很是熟悉，似乎是曾经历过的……

不知不觉间，两人畅谈了一整夜。老道士语速很慢，无形中也带慢了对方的节奏。王守仁本意是想展示一下自己对于道家典籍的深刻认识，却没想到一下子吐露了那么多心声，更没料到，在某些方面，这道士比自己还了解自己，轻轻一句话，就能说到自己心坎里。

王守仁道出了自己的疑惑：自己外练盘骨，内练导引，还经常静坐，为什么身体状态却不见明显改观呢？

老道在仔细盘问后告诉王守仁："你天生聪慧，悟性极高，但心性过急，目的性太强。这就像烹煮食物，武火烧开，文火慢煨，才能做出味道。你一味添柴加火，别说食物，连锅也会被烧坏的。"

王守仁若有所悟，便把前两年格竹子的事情讲述一遍。老道士点点头，总结道："这就是你身体不好的原因所在。你天生体质弱，偏又聪慧过人，特别善于聚精会神，体能支撑不住时，就会大量消耗生命元气，这就像小树上结了个大果子，随时都会压折树枝的。"

王守仁再问："那我这样多锻炼都不管用吗？"

老道解释一通："何止不管用，简直是有害。因为你悟性好，看东西一学就会，会了就容易上瘾，上瘾就贪多求全，自然耗散精力与体力。更何况，静息导引之术，掌握起来极为微妙，稍有偏差，便会落下病根。比如意守丹田，重点在'守'，不在'丹'。如果意念太强,凝神越快,越容易生火伤津……你格竹子受伤,也是这个道理,太看重一个对象,太注重一个结果,反而失掉了精明,伤了自己身体。"

王守仁心头为之一震,觉得这老道士说得有道理,自己确实是目的性太强了。一时间,许多画面从记忆的角落浮现:他在恍惚中看到了去世时的母亲,看到了那口黑油油的棺材,看到了满脸是泪的自己——没错,对于生命的紧迫感,早在十三岁那年就已然在心里深深扎根了。他恐惧死亡,害怕病痛,太渴望长生之术了……

外边传来一声声更鼓响,把王守仁从沉思中唤醒。烛光将尽,鸡唱五更,两人不知不觉对坐了一夜,而且王守仁竟然错过了洞房花烛。他不由得连连摇头自嘲,边起身边说明原委。

老道士听得直瞪眼,不由得拍了拍王守仁肩头:"浑然忘我,这倒是个大境界!"

王守仁临走也不忘打趣:"朝闻道,夕死可矣;夕闻道,朝可活乎?"

"朝闻道,夕死可矣"是孔子语,意思是,早上听到大道,晚上死掉都不可惜。王守仁又把这句话意思颠倒了一下:"晚上闻得大道,第二天是不是就能活明白了呢?"

老道士说道:"都说读书人心眼活、杂念多,却不知文人练习入静最是方便。你我有缘,我就传授个练静的法子给你……"

王守仁兴冲冲赶回去,恰巧遇见在门口转圈的老岳父,赶紧施礼,说明缘由。诸让瞧着两眼放光的王守仁,沉着脸叱责一声,眼里却带着笑意——这样好学上进的女婿倒是让人放心的。

而对于新婚夜独守空房的发妻诸氏,王守仁心底是尊重的。后来,他与诸氏琴瑟和鸣,患难与共。在平定朱宸濠之乱时,诸氏与王守仁一起转战江西。为摆脱追兵，诸氏毫无慌怯之意，提剑挺身，反倒劝丈夫先走。此事既见夫妻二人感情深厚，又见诸氏的胆略与气魄。遗憾的是，诸氏一直未能生养。正德十年（1515年），王守仁四十四岁，子嗣问题已然迫在眉睫。于是，由王华出面，把王守仁堂兄弟王守信的第五子、当时八岁的王正宪过继给王守仁。虽然儿子不是亲生的，但王守仁对他的教育一直极为用心。在开赴南、赣、汀、漳地区平叛，军务繁忙的剿匪日子里，他也时时不忘寄诗写文，叮嘱儿子要"勤读书，要孝弟。学谦恭，循礼义。节饮食，戒游戏。毋说谎，毋贪利……"。这些都是后话。

新婚之夜铁柱宫奇遇后，王守仁找到了属于自己的修心之道。这个修心之道最为方便，那就是习书法，工具就是一支毛笔。

王守仁自述，他的书法练习之道分为三个层次：

第一个层次：临摹古帖，看一笔写一笔，只是追求外在的形似。

第二个层次："举笔不轻落纸，凝思静虑，拟形于心，久之始通其法"。先在心里把字摹写，将外在的字形变为内心的字形，再凝神运笔落墨，将心中之字外化为纸上之字，做到心、手、笔、字的合一。

第三个层次：不光练习笔法、字法、章法，更注重心法，写字时心存敬念，用心感知每一笔的运动轨迹，察觉笔毫的疾徐与浓淡，笔笔走心，处处练心。

这个法子确实好使，比内视存想、持咒导引等静修方法来得简易、自然。很快，王守仁就进入勿助勿忘的状态，下笔如行云流水，心中杂念却越来越少。

岳父的官署里积蓄了几箱纸，王守仁每天就拿这些纸来练习书法。在他回京之前，纸张全部用尽，他的书法水平大进，修心功夫也大有长进，体质增强了不少，面色也逐渐红润起来。

南昌铁柱宫奇遇，使王守仁初窥修道门径，尝到了修习甜头。可是以他的性情，注定不肯得一而足，一定会转益多师。于是，他又注意到另一位儒门大家。

为了遇见更好的自己

一年半后，王阳明带夫人诸氏回浙江余姚老家，路过广信时，拜访了大儒娄谅。这次拜访是他人生中的一次重大转折，而这次拜访实际上也是王华促成的。

王华与娄谅的长子娄性既是同年进士，又是同年出生，且性情相近，关系十分亲密。娄性此次特地给父亲写了信，郑重其事地推荐了王守仁。

在王守仁的印象里，娄谅是一个传奇，一个志在做圣贤，不惜舍弃官场的偶像。

娄谅，字克贞，号一斋，广信上饶人，少年时便有志于圣学，于是远游四方，求师问道。后来，他投到名师吴与弼门下，两人一见投契。娄谅性情豪迈，耐不得琐屑之事，吴与弼却要他对细小事务亲力亲为。于是娄谅决心痛改此病，凡是洒扫庭除这类琐事，他都亲自上手，不再使唤童仆，从此成为吴与弼的入室弟子。

娄谅治学，主张"居敬"，要求时时事事保持诚敬心，具体做法就是静坐收心、动时观心。他如是居家修习十余年，却从不着急科考之事。据《夏东岩先生文集》卷五《娄一斋先生行实》记载：

"……后为父兄强赴会试,至三衢,登舟风逆,飘然以归。家人讶之,先生慰之曰:'此行非惟不中,必有奇祸。'未几,春闱果灾,死者不可胜计。由是皆服其有神见。"大意是,娄谅在赴南京应进士考试的途中,因行船遇到了强劲的逆风,他便半途而废,转头回家。家人都不理解,一再追问原因,娄谅这才说道:"我这次如果真到了南京,非但考不中进士,还会遭遇生命危险。"没过几日,就有消息传来:南京考场失火,许多考生死于这场火灾。众人都赞叹他的预知能力。后来,娄谅以举人身份被授成都府学训导,到任不过两月,他便谢病而归,自号"病夫",杜门不出,竟日以讲学为事。

那年,王守仁步入广信城娄谅讲书之所时,映入眼帘的不是庄严授课的大场面,而是人影晃动的大扫除——十几名穿着青衫的老少正在洒扫。其中一老者见王守仁来,停下扫帚,静静注视着来客。

王守仁看一眼老者,莫名其妙地多了一种亲切感,又看了看他腰间佩带的那枚黄灿灿的象牙环,一眼断定该老者必是娄谅。王守仁早就听说,娄谅模仿孔老夫子佩带象牙环,以示"心中谦虚"。眼前这位老人透着平易又威严的气息,说他平易,是因为他穿着朴素,神色平淡;说他威严,是因为他气场强大,个头不高,身子骨不强,却如铁铸一般,牢牢夯在地上,似乎一抬脚就能踩出一个坑。就连他手里那把破扫帚,都宛如关公手中的偃月刀、韦陀菩萨手中的金刚杵,真可谓令人"望之俨然",根本不容人有一丝怠慢之心。

王守仁俯首便拜,娄老先生也不做作,待他拜过便邀其入室。周边弟子也放下工具,鱼贯而入,围坐在周边。王守仁本来放松的神经一下子又绷紧了,他赶紧挺直了身子。

落座,上茶,屋里始终静肃一片。王守仁开口:"请问先生,当年您老是怎么预知考场会失火的呢?"

"为什么要问这个?"娄谅捻捻胡须。

"好奇。"王守仁如实作答。

"好奇之事不好回答,越回答越会引发你好奇之心。"娄谅说道。

"老先生,您是答不出,还是怕我听不懂?"王守仁一脸坦然地望着娄谅,等着老人的答案。他固然好奇,但更多的是怀疑,他怀疑娄老先生当年所谓的预测不过是巧合,或者是撒谎,不过是为自己的半途而废找个借口。

此话一出,众弟子陡然一惊。要知道,娄老先生平素不喜别人谈论这些异端,更看不上狂妄后生,就算是县官、州官过来求见,稍有不敬,老先生都会嗤之以鼻,而这个瘦弱的年轻后生竟敢如此冒犯他,真是不知天高地厚。

然而,娄谅不但没怒,反倒笑起来,又上下端详了王守仁一阵,点点头,径直起身,踱步而出。王守仁也笑着跟了出去。众弟子一时不知如何是好,犹豫片刻后选择倚门而望,看着一老一少远去的背影,眼里一片茫然。

在这次闲庭信步中,王守仁的人生轨迹再次转变,他在娄谅的教导中明白了宋儒"格物之学"的精髓是"身心之学",而"身心之学"的精髓是时时处处保持诚敬之心,越是细节,越要严肃。

娄老先生很认真地告诉王守仁:"圣贤,学而可至,正如石头能炼出金子……"

这次拜访结束,王守仁临行之时,娄谅亲送他出门,再次嘱咐:"子曰:'君子不重则不威,学则不固'……"娄谅的意思是,君子要持重,要庄重,内心要有坚守,言行要有分量。这样的人,不可能处处讨巧、一帆风顺,反倒可能处处迎风受阻。总是"顺风顺水"的人,不是浮萍,就是飘絮。

第二章 见猎心喜 十年彷徨

弘治二年（1489年）十二月下旬，王阳明刚抵达余姚老家，恰逢祖父王伦病重。几天之后，王伦便撒手人寰，远在京城的王华遂丁忧返乡。

次年正月，王华兄弟把王伦葬于穴湖山。所葬之处，东、西、南三面环山，北面临水，不但风光秀丽，环境也颇为清幽，正可作为最佳学习场所。

王华便在墓边搭建草庐，一边守墓，一边为子弟们讲析经义，利用这段宝贵时光为他们参加科举考试做准备。王守仁也在父亲的草庐就学。

虽然早已与娄谅分别，可老人的形象始终如在王守仁眼前。特别是分别时娄老先生那番话，既有鼓励，也有批评——批评王守仁不够"持重"。王守仁开始反思自己，同时，他也对朱熹学问发生了浓厚兴趣，借着准备科考之际深研一番。此外，王阳明也留心观察着自己的父亲。之前父子太过亲密，日常言行都习以为常，而分别两年后再看父亲，他便有了一种别样的感受。父亲的许多言行分明与娄谅相似，透出一种大儒气象。

王华当然乐见儿子读书态度的转变，可又怕他转变得太急、钻得太深，便嘱咐他不要太过拘泥，还是要适当广泛涉猎，以增见闻。于是，王守仁日间和大家一起研习经义，晚上则津津有味地读起诸子百家和历史书籍，每每学到夜半才罢休。

读书之时，王守仁努力保持诚敬之心，书不杂读，心无旁骛，姿势端正，读到疲累处，则练习书法调整身心。天赋加努力，让他的文采以肉眼可见的速度提升。大家都不明白他为什么这么拼命，听他诉说志向后，便感慨道："伯安的心思已然超越学业了，我们哪能跟得上！"

转眼即到弘治五年（1492年），三年一届的乡试即将到来。三年来，王守仁常以"诚敬"自励，无论气质、修养还是经史功夫，都突飞猛进，自非昔日可比。然而，就在他自以为修养已然到家时，又被父亲敲打了一番。

乡试临行前，父子师徒几人再次游山漫步，话题自然就说到了此次浙江乡试。众人都一致说王守仁肯定能中，王守仁嘴里谦虚着，神色里却流露出傲态。

王华停住脚步，拈了拈日渐花白的胡须，轻声问王守仁："你可曾记得'见猎心喜'的故事？"

王守仁连忙点头："儿当然记得，此事出自《伊洛渊源录》。"

《伊洛渊源录》是朱熹编撰的一部理学名著，集中了周敦颐、程颢、程颐及其门人弟子的言行记录。书中记载了程颢的一则故事：程颢少年时活泼好动，最喜爱的就是打猎，但打猎之事毕竟伤生害命，与儒者气质不符。程颢便戒掉了猎瘾，此后又不断读书、修炼，性格、气质为之一变，自以为不会再有出门打猎的冲动了。但程颢的老师周敦颐对此颇不以为然，对程颢说："不要说得那么容易，你这份心只是潜隐未发罢了，不知道哪天就会故态复萌。"程颢并不信服。许多年后，他在一次暮归途中看到乡间行猎的场面，心中忽然蠢蠢欲动，很想跑过去拉弓射箭一试身手，这才晓得周敦颐的那番话果然没有说错。

王守仁自然明白父亲的意思，赶紧低下了头。

王华徐徐说道："你刚才言语谦虚，但神色傲慢，足见心中仍有狂躁气。人纵有百般能耐，一沾狂躁习气，便无足观了。这三年里，你用功甚勤，但须知'其进锐者，其退速'，精猛勇进的人也最容易快速后退。在这方面，我不担心别的，倒是怕你摔跟头啊！"

第二章　见猎心喜　十年彷徨

王守仁诺诺连声，但心里并不特别服气，他想用即将到来的乡试证明自己。

乡试是科举考试的初阶，属于省一级的选拔考试，一般每三年一届，在八月举行，故称秋闱。考中者称为举人，考中举人才有资格在来年春天进京参加会试。

这次乡试是在多年不遇的暴风骤雨中完成的，部分举子还因为考场被淹而集体闹事，但王守仁仗着自己的修养功夫，在雨水里泡两个时辰，气定神闲，正常发挥，最后取得乡举第六名的成绩。比起父亲三十五岁才中乡举的战绩，王守仁二十一岁中举已算相当优异了。

然而，王守仁终归还是被父亲说中了，他不但在接下来的闯关中接连失败，就连对身心之学的坚持也中断了。

仁者心动

翌年开春，京师会试，王守仁竟然落榜了。这不但出乎很多人的意料，也大大出乎王守仁的预计。尽管他入仕的念头并不强烈，可面子还是要的，自负还是有的。毕竟，他是少年天才，是诗界神童，是状元之子，考中是众望所归，怎么能落第？

要知道，王守仁早在头一年十二月入京时就已经志在必得了。乡试中举的得意让这个年轻人在不知不觉中飘飘然了。别说是父亲王华，就连岳父诸让都看得真真切切，忍不住提醒女婿道："你天资聪慧，成绩优异不假，但千万不能得意忘形、沾沾自喜，更不能狂妄自大、人前吹牛，否则是要栽跟头的。"

王守仁果然栽了跟头，而且栽得很彻底，以致他连个借口都没有。

京城会试那天天朗气清，京城又是王守仁的第二故乡，考试地点于他也是熟门熟路。至于考官，不是相识，就是故旧，而朝廷更是格外重视，评卷程序相当严密：院门加锁，墙外布置层层棘障，试卷姓名用纸糊住，卷面令人重新抄写，几乎没有作弊的可能。一众文坛巨擘评了又评，最终从四千举子中选中三百人，又精挑出二十篇文章呈给皇帝。

王守仁的前辈加文友李东阳是这届会试的主考官之一，他见王守仁摆出一副无所谓的模样，眼角眉梢间还带着不屑之意，便打趣道："你平时的奇思妙想都到哪里去了？莫不是要留到下次会试？哎——伯安，你这次不中，下次必能中，或许还能被钦点为状元郎哩！你干脆为自己这个'将来状元'写一篇赋吧！"王守仁本来就心中不平，一听此言，更觉意气冲脑，略一构思，拿起笔来，真就洋洋洒洒地写了一篇《来科状元赋》。

但"打脸"的是，三年后王守仁再试，依然落榜。相对第一次落榜，第二次落榜让他更觉没面子，受到的打击也更大。因为第一次会试落榜后，王守仁便进入国家最高学府国子监就学，专门学习举业辞章，而且一学就是三年。他在如何应对考试、如何练习八股文上下了相当大的功夫，而且以此为荣，经常与太学同窗比赛文章写作，几乎是全身心投入"举子之学"，至于成贤成圣的"身心之学"，他已无暇顾及了。

第二次落榜后，看到太学同宿舍的兄弟因为落第痛不欲生时，王守仁才恍然想到自己早已中断的修养功夫，才体悟到聪明并不是高明，才彻底明白修养之难，于是，才有了那句"世人以不得第为耻，吾以不得第动心为耻"。

王守仁的内心何止是"动"了，简直是发生了一场地震，几乎让他无法自持。这从他的活动轨迹中便可以看出来。二月会试落第后，他借助频繁参加各种活动来散心，文字应酬更是接连不断。

五月，户部郎中李邦辅出任柳州知府，王守仁作序送之。

同月，骆珑出任潮州太守，王守仁作序送之。

六月，娄原善被弹劾，挂冠归乡，王守仁参加送行，联句作诗饯行。

同月，佟珍升任绍兴知府，王守仁照例参加了送行宴，并作长序一篇。

七月，吕献升任应天府丞，王守仁作序文送之……（见《王阳明年谱长编》"弘治九年"卷。）

王守仁确实坐不住了，他需要这些热闹来消解自己的痛苦。

九月，王守仁离京回家，朋友们送他的诗大都是安慰、鼓励之语。可见此时的王守仁并不痛快，也不自然，更不超然。

直到十月，王守仁在济宁登上太白楼，独自一人对秋怀古时，才吐出久结于心中的一口"恶气"。他在《太白楼赋》中大声疾呼："慨昔人之安在兮，吾将上下求索而不可。蹇余虽非白之俦兮，遇季真之知我。"大意是说，真令人感慨啊，李白在哪儿呢？我上下寻找，却仍然找不到他。坎坷不顺的我虽不能与李白相比，李白有贺知章这个知己，又有谁真正了解我呢？

一番浩叹之后，王守仁再度陷入沉思。按他的本意，是先考中进士，再做身心功夫，一点点转化气质，成贤成圣。但三年时间转眼即逝，功名没取得，修养也中断了，当初父亲批评自己"见猎心喜"时，自己还不服气，现在看来，父亲真是一针见血。

王守仁站在萧瑟秋日中，不禁打了一个寒战。谆谆教导自己的娄谅先生已经仙逝，事事理解、疼爱自己的岳父大人也已西去，就连要好的朋友程文楷的身体也开始病恹恹的了，这人事变迁，世事无常，不动心，谈何容易？

就在这一片怅惘之中，王守仁再次踏上了问道之旅。他这次找的是南京城朝天宫的全真道士尹真人。这个尹真人又被呼作"尹蓬头"，日常是个怪异癫狂的家伙，但百姓都称他为"活神仙"。

朝天宫就在南京城中，周围生活、交通都很便利。王守仁干脆住在朝天宫内，天天跟着这位活神仙深入学习养生之术。

尹真人身上没有一丝所谓世外高人的做派，但也不像民间传言那么邋遢，他就是一个普通人。当年南昌铁柱宫的游方道人告诉王守仁，看一个人的修行先看其眼睛，再看其筋骨，最后看其气息。尹真人眼眸似墨，目光清澈却并不清冷，甚至带着一股暖暖的笑意。他的手上也没有瘢点，虽然微微有些皱纹，但皮肤极为柔软、细腻，如果光凭触觉，可能会被以为这是女人的手。还有他的气息，王守仁曾用心数过，他一呼一吸的间隔很长。

这位老道士并不拒绝王守仁的拜访，但也不亲近他。你若问，他就答，知就是知，不知就说不知。如果一时间谈得投机，王守仁马上就要滔滔不绝掉书袋时，老道士总有话头岔开，打断得恰如其分。王守仁也不再多说，只当他是朋友，见他闲时就聊两句，待他打坐时就陪着静坐，如碰上他"发疯"，就在旁边冷眼看着。

一晃数日过去，"尹蓬头"突然换了神色，对王守仁说："你是个有大聪明的人，很有慧根，只是你属于富贵公子，筋骨脆弱，不能效仿我。我之所以能入道，是因为吃苦太久，受了很多艰苦磨难。

常人是受不了这番苦难的,但我可以透露一点秘密给你:你与长生没有缘分,或许创建不世功勋更适合你。"("尹蓬头"事,可见束景南《王阳明年谱长编》考据第一册。)

王守仁面无喜色,只淡淡说道:"此刻我无欲无求,只想清静一下而已,不需要道长夸奖,也不需要相面算卦。"

"尹蓬头"点点头:"好,既然如此,我就授予你一套静心之法,可堪大用。"

王守仁随尹真人练习一段时间后,才回到老家余姚。他本来想隐居修炼,不承想再一次"见猎心喜",沉浸于诗文之中,难以自拔。

山重水复阳明路

弘治十年(1497年)前后,是王守仁的"杂家"时代。这一年多时间里,他如饥似渴,广学而博收。

王守仁刚回到家乡余姚,就被家乡的老少文士捧在手心——他们实在需要这个诗歌天才来撑场子。在文坛和政界老前辈魏瀚的倡导下,王守仁与韩邦问、陆相、魏朝端等人在龙泉山寺缔结诗社,开始了放歌田园的生活。他们或曲水流觞,或登山寻幽,或指今怀古,时时不忘对弈联诗。

其间,王守仁创作灵感迸发,频出佳句,以至于平时以雄放自居的魏瀚都自叹不如,连连道:"后生可畏,老夫当退避三舍。"本来就爱诗的王守仁,很快就沉迷在故乡的山水间,抛开了科举失意,撇开了圣贤之路,淡忘了修道入静,一味歌颂和向往隐士的生活,甚至自嘲起了当年的远大理想。

他在《雨霁游龙山次五松韵》其二中写道：

严光亭子胜云台，雨后高凭远目开。
乡里正须吾辈在，湖山不负此公来。
江边秋思丹枫尽，霜外缄书白雁回。
幽朔会传戈甲散，已闻南檄授渠魁。

（《王阳明全集·卷二十九》）

龙山有严光亭。严光是东汉光武帝的少年同窗。刘秀夺取天下之后，邀请老同学做官。严光只到京城走了一遭，在皇宫里做客几天，便隐遁山林了。而当年追随刘秀打天下的开国功臣，于东汉明帝永平年间被画上云台阁，人称"云台二十八将"。

王守仁这首诗大意是说，乡间的严光亭胜过皇家宫阙里的云台，这是因为在严光亭上可以凭高远眺，视野更开阔，景色更喜人；朝廷自有能臣猛将，我等自该惬意江湖。无论多大的功业，终归会烟消云散，云台二十八将不如严光，做官也不如归隐。

因为王守仁的名气太大，他也如父亲当年那样，做起了子弟师。山阴少年萧鸣凤就慕名向王守仁求学。萧鸣凤自幼禀赋不凡，十岁时已文采斐然。他这次找王守仁是来求教"身心之学"的。这让王守仁感到一阵由衷的喜悦，得天下英才而育之，可喜可贺，自己可能成不了圣贤，但引导后学踏上圣贤之路同样功德无量。后来，萧鸣凤不负所望，于正德九年（1514年）中进士，做官廉洁无私，时有"萧北斗"之称。

山阴白洋村的朱氏曾邀请王守仁为子弟师。王守仁本不打算去，但后来了解到这家情况特殊：朱氏丈夫朱和已逝世，全家都靠朱氏支撑，为了振兴家世，朱氏力排众议，坚决为子弟邀请名师，打听来打去，决定延请王守仁。王守仁知道了这段隐情，立即接受了教学聘请。他在白洋村教学时间不长，但效果明显，朱氏子侄中的箎、筌、篪、节等人都学有所成，名重乡里。

正是这两段塾师经历，让王守仁渐渐放逸的心又一点点收拢回来，也让他准备再次回归身心之学，而此刻国家动荡不安的边境局势又激起他建功立业、安邦定国的壮志豪情。

弘治十年（1497年），大明很不太平，边境动荡，狼烟相续，北疆的告急文书一封接一封飞入京都。

自明朝建立以来，北疆蒙古诸部一直是边患。正统十四年（1449年）的土木之变后，蒙古势力发展之快令大明帝国头疼，对北疆蒙古诸部逐渐采取守势。明宪宗成化元年（1465年），蒙古几大部落先后进入河套地区，他们本想按惯例四处剽掠，后来却发现此地是个近乎完善的前沿基地——三面有黄河为阻，水草丰茂，耕牧皆宜，前可攻，退可守。于是，他们驻扎下来，并依托此地年年深入明朝境内烧杀抢掠。

弘治十年三月，甘肃边境被劫掠，甘肃自游击将军以下七十三人被问罪追责；四月，大同云州卫被劫掠；五月，潮河川被掠，总指挥王玉带兵迎战，在泉水湾中了敌军埋伏，全军覆没；五月，蒙古兵入寇大同，连营扎寨三十里。明孝宗命宣府、大同相关官员各自进呈战守方略，并调动各地军队、战马、粮草、银钱支援，几乎举国骚然。对于这帮"套寇"，赶也赶不走，打又打不过，躲还躲不开，明朝军队一筹莫展，进退维谷。朝廷一再号召全国推举将才，凡懂兵法者都要被高看一眼……这自然激起了王守仁研究军事的热情。

这年秋后,王守仁遵父命把余姚的家迁到了绍兴光相坊。新家安定之后,王守仁进会稽山寻找静修之处,终于找到一处心仪之地——阳明洞。在寻找静修之处的过程中,王守仁遇到了隐士许璋。

许璋字半圭,精通军事,深研奇门遁甲之术,平时穿一袭白衫,履草鞋,经常枯坐不动,眼睛眨都不眨一下,宛如木雕,可一旦眼珠转动,则目光犀利如电,看得人头皮发麻。

王守仁去拜访许璋时,见其菜羹麦饭已然发霉,面前倒摆着许多石头与木块,石头木块中间还画有许多条曲线。当时王守仁正在研究军事,一眼就看出这是在推演阵法,石头、木块是敌对双方的"兵力",粗细不一的曲线正是地形、河流与道路。

大约过了一炷香的工夫,许璋猛地抬头,问王守仁:"谁赢?"

王守仁摇头:"两败俱伤。"

许璋头也不抬:"你是王守仁?"

王守仁施礼:"正是在下,特来拜访许先生,想学兵法。"

"你读过哪些兵书?"许璋问。

"《孙子》《卫公兵法》都读过——"王守仁话还没完,却见许璋一撇嘴,一张脸瞬时冷了下来,便皱眉问道,"这些兵书难道读不得?"

"这些是兵家的兵书,略知即可;儒家倒有一部大兵书,你可晓得?"许璋抬头,眼光如刺。

"您是说《春秋左传》?"王守仁若有所悟。

儒家经典之中,唯有《春秋左传》记载战争最为详尽,敌对双方兵力对比、主帅的心理状况、紧急情况下的部队反应、战略战术的具体运用均被描绘得生动、细致,如在眼前。

许璋霍然站起，眉毛上扬，嘴角上翘，他拍了拍王守仁的肩膀："见解与我齐平，必在我之下；见解超过我，方可传授之。我生平所学，当尽数与你！"

自此，王守仁除修炼道法，便是沉浸于学兵法，深钻细研典籍，推演实战应用，凡所游览处，除欣赏风光，尤其注意考察其地形地貌与军事应用。

学习军事领域知识期间，王守仁又到南京一趟，这次尹真人把一部奇书交给他。这部书名为《三悟真诠》，含有三部分，分别为《星悟》《穴悟》与《心悟》。《星悟》谈天文星象，《穴悟》谈地理堪舆，《心悟》则是谈理气心性及相术观。王守仁回到会稽山后，再配合兵法研习，颇有融会贯通之感，连呼高妙，陷之弥深，以至在参加宴席的时候拿果核与餐具模拟排兵布阵，演练攻杀战守。

许璋看到此景，摇头一笑："你兵法再妙，也是屠龙之术，无所用之。纸上谈兵终归是画饼充饥，不参加科举，焉能风鹏高举？"

王守仁冲许璋深施一礼："先生说到了紧要处，家父也来信谈及此事，我正在思虑。"

此前，王守仁收到父亲来信。王华在信中提示儿子：他马上就二十七岁了，对未来应该有一个具体的规划。接着，王华又回忆总结了自己二十七岁时第三次乡试落榜的情形，鼓励儿子参加科考，务实做事，印证学问，检验志向。

王守仁在翻阅朱熹著作时，见过朱熹给皇帝的一封疏，上边有一句话是："居敬持志，为读书之本；循序致精，为读书之法。"当时便感觉脑袋嗡了一下——读书的根本目的是什么？仅仅是获取知识见闻吗？不，是培养诚敬人生的态度并长久坚持。读书的方法又是什么？不光是循序渐进，一味广博，也要深刻思考，所谓"致广大而尽精微"。

再想到许璋那一问，王守仁悚然一惊，头上冒汗，再次反思自己的过往：因为聪明、好奇，所以博学杂收，在诸多学问中间跳来跳去，虽然学有小成，却很难说精益求精。近三年来，诚敬功夫是三天打鱼，两天晒网，再也没有三年前那股精进不止的狠劲了。学道、学武、写诗、求隐，只能解一时心宽，真能让自己安身立命吗？聪明自误，岂不正是自身的写照？要不要从头再来？自己有没有这个天分……

正当王守仁犹豫徘徊时，收到了他的叔父王衮去世的消息。王氏家族的发展有赖于两个人，即主外的王华与主持家族事务的王衮。致力于朝堂之上固然不易，打理家族事务也是千头万绪，王衮为家事奔走操劳，从不惜财惜力。可惜的是，王衮体质较弱，才四十九岁便驾鹤西去。

王守仁突然想起尹真人对自己的预测：与高寿无缘。自己会不会也像叔父这样早逝呢？自己近而立之年，如果寿命像叔父一样，存世就只剩下二十年时光，还有几年可以浪费？要想写下华彩，要想建功立业，还是要走向科举啊！

于是，王守仁的人生又迎来一个新的拐点。

第三章

事上练心
务实归真

圣由人立,佛由人修,仙由人度。滚滚红尘的人世间,才是超凡入圣的风水宝地。于国事多难之际,王守仁开始了自己的仕途生涯。无论是接管烫手山芋还是面对黑暗角落,王守仁都有意历练自己,反思自己。特别在经过阳明洞一段神奇经历后,他最终回归儒学,开始了创建"心学"的历程。

王守仁二十八岁金榜题名，踏入仕途，三十一岁辞职归隐，入阳明洞修道。从进士到隐士，这段历程折射出现实与理想的差距，也反映了其仕途之路与圣贤之路的矛盾，是苟且于眼前还是坚持初心，王守仁必须做出抉择。

无纠结，不人生；总纠结，是平庸；断纠结，是精英。

既能精猛勇进，又可急流勇退，王守仁的人生开始磨砺出耀眼的光芒。

接过"烫手山芋"

站在命运的高度来看，人生本没有弯路，所谓的弯路，只是一条更长的路。对于智者而言，路越长，风景越多，可能性越多，一味求取的捷径则意味着一条简短的人生。

王守仁并不顺利的仕途反而让他更多游走在佛、道、儒、兵家的世界中，更多穿梭在自然风光和高人异士中间，从而广泛积累了对社会、人生的体验，这让他会试中的文字不单单有冰雪般的凛冽、犀利，还有冰山般的高耸、浑厚。

弘治十二年（1499年），王守仁第三次参加会试，考取第二名，顺利过关，又在殿试中取得二甲第六名，也就是全国第九名，高中进士。举子在考中进士之后并不会立即被授予正式官职，而是被分派到各部实习，称为"观政"。王守仁"观政工部"，就是到工部实习。工部不但负责各地方的工程建设，也负责军队工程的营造与修缮。王守仁实习的岗位是工部屯田清吏司下的典簿之职。

王守仁接手的第一件公务，看似普通，实则棘手——到河间出差，督造威宁伯王越的坟墓。

明代历史上有三个"儒将"，他们都以儒生的身份建立了军事奇功，最后又都被封伯。王越就是其中之一，被封威宁伯。

王越是明代宗景泰二年（1451年）的进士，文武全才：文，博涉书史；武，力猛善射；谋，有雄才大略。他真正发挥才干是在明宪宗成化年间，当时蒙古"套寇"犯边，无人敢敌，偏王越不信邪，指挥部队驰骋前线，左突右冲，硬是在野战中击败气焰极盛的蒙古骑兵，红盐池之捷一次斩俘敌军三百五十人，威宁海子之捷斩首敌军四百三十余人……极大鼓舞了明朝军民的士气。

可能征善战的王越偏偏是个敏感人物，因为在士大夫的评价系统里，他是个没有节操的"小人"。

王越做事不顾惜名誉。为了搏前途，他曾依附名声极差而权势滔天的宦官汪直，并劝说汪直建立军功来巩固个人地位。汪直当然乐意，两人一拍即合。于是，汪直找到了得力干将，王越找到了有力靠山，两人通力合作，才能在威宁海子大破敌军。之后，王越因功受封威宁伯，爵位世袭，岁禄一千二百石。后来，王越和汪直兵出大同，在黑石崖破强敌，再次扬声威于朝廷内外。汪直非常得意，鼻孔简直朝天，而王越则被晋封为太子太傅，位列三公，增岁禄四百石。

然而，政坛云谲波诡，风口上的人物瞬间便有可能滑到谷底。

第三章　事上练心　务实归真

随着宦官汪直失势，本来就被官员们鄙视的王越自然难逃一劫，陷入墙倒众人推的境地，甚至险些自杀。

惊惧之下，已过耳顺之年的王越垂死挣扎：不停地鸣冤申诉，不断攀附新兴势力。最终，他巴结上当时最受宠信的宦官李广，从而得到平反，再次被重用，若不是因为言官谏阻，王越差点就出掌都察院这个权要位置了。

弘治十年（1497年），边情告急，朝廷在紧锣密鼓地调兵遣将。兵马好调，粮草也能凑齐，偏就选不出帅才。大臣们先后举荐了七人，结果全被孝宗否决，找来找去，目光又落在老将王越身上。于是，王越不但官复原职，还加授太子太保，总制甘、凉、延、宁四镇。第二年，王越领兵对敌作战，甫出战，便在贺兰山打了一场胜仗。朝廷非常高兴，再度加封王越。王越自然是意气风发，可偏偏就在这个节骨眼上，太监李广又失势了。

李广畏罪自杀之后，孝宗派人到他家搜检，找到了各级官员行贿的账目——其中自然少不了王越的。按照惯例，言官当然又要上疏弹劾奸党。此刻的王越恨不得头撞南墙，自己辛辛苦苦驰骋沙场，结果却要功亏一篑，他又担忧又懊恼，很快便郁郁而终。

老将虽死，边患仍在，皇帝无比郁闷。朝臣倒很识趣，知道皇帝是舍不得王越的，于是非但没追究王越攀附李广的罪名，还对他大大地褒扬了一番。

这次王守仁以钦差身份督造王越的坟墓，也属于落实朝廷的表彰政策。

但是明眼人都看得出来，表彰王越是官样文章，憎恨王越仍是官场主流，在"表面"与"主流"的夹缝中，干好不行，干不好也不行。换句话说，督造王越坟墓这活不好干，弄不好就里外不是人，还可能把自己的前途也葬送。

作为该项工作的总负责人，工部营缮司郎中李堂也非常头疼，他在为王守仁送行时赠长诗一首，说自己"百虑填肠胃，一宵便华皓"。整日担惊受怕，一夜便能白头，足见这类活多么费力不讨好。他话里话外都嘱咐王守仁要小心办理，别出差错。

王守仁对官场毫不陌生，很清楚自己接过的是个烫手山芋，但他没有任何顾忌。既然左右为难，那就走中间大道——按照规则，不看脸色，踏实干事。

法国社会心理学家古斯塔夫·勒庞在《乌合之众》中指出：当许多个体汇集成一个群体后，群体的智力不升反降，会低于个体平均智力水平，处在这个群体之中而不被其左右，必须要有强大的定力。

王守仁始终坚持自己的看法，从迈入仕途的第一步起，就把脚落在自己坦荡的心底，而不是踩在带有别人成见的脚印上。王守仁对王越的军事才能是钦佩的，对他的功绩是推崇的，自然不会首鼠两端，更不会在执行任务时偷工减料，应付了事。两个月中，他几乎走遍了大伾山，特别是对埋葬王越的大伾山西麓进行了详细考察。当然，他更借机与王越子弟和部下进行了兵法方面的探讨。

当年在阳明洞研究兵法时，许璋曾说王守仁的兵法是纸上谈兵，现在他手下就有大规模的人力，为什么不施行军事化管理呢？这么多民工，用来排兵布阵岂不比用果核强上许多？于是，王守仁以"什伍法"安排民工分组轮班，闲暇之时便指挥民工排演八阵图……在实际操练中，他的管理能力和指挥协调能力都得到了提升。

最难得的是，王守仁的识人能力得到了验证和提高。他在组织演练中充分意识到人才的重要性，选对一个人，用活一片人，选错排头兵，有令不能行。什么人适合当头儿、什么人应该做副手、什么人只能出力气,必须看准、配好,安排妥当。

此外,通过与民工们深入接触,王守仁对民间徭役情况有了进一步了解,知道百姓们要服的杂役极多,负担相当重。他便利用手中权力济难帮困,颇得人心,工程推进得非常顺利。

坟墓竣工后,王越的家人非常满意,拿出金帛酬谢,王守仁一概推辞。最后,王家人拿出王越曾经佩戴的宝剑相赠,王守仁欣然接受。他佩戴着王越的宝剑,登上大伾山,昂首远望,心潮澎湃,油然吟出"山河之在天地也,不犹毛发之在吾躯乎"的雄阔词句。

务实而有创见的王守仁如一股清流雪浪,注入弥漫着乌烟瘴气的官场,引起了上司的重视,随即接到另一个任务——到边关部队视察、调研。

奉檄出使关外,视察边戍军屯,在"官油子"那里就等同于游览观光,变相捞钱,但在王守仁这里,这不但是个苦差,还是个"雷区"。

王守仁曾在诗中描述,在整个视察途中,因为战事不定,他经常纵马如飞,虽然路上有悬崖、湍流,涉河登山,也要日行百余里,非常艰辛。但比起环境的危险,王守仁的言论更加危险——他写的《陈言边务疏》犹如投枪与匕首,句句都闪着犀利光芒。

《陈言边务疏》在开头稍微客套一下后,立即提出警示:

> 臣愚以为今之大患,在于为大臣者外托慎重老成之名,而内为固禄希宠之计,为左右者内挟交蟠蔽壅之资,而外肆招权纳贿之恶。习以成俗,互相为奸。忧世者谓之迂狂,进言者目以浮躁,沮抑正大刚直之气,而养成怯懦因循之风。故其衰耗颓塌,将至于不可支持而不自觉。今幸上天仁爱,适有边陲之

患,是忧虑警省,易辕改辙之机也。

(《王阳明全集·卷九》)

这段话的大意是,边患的根子不在于边疆,而在于朝廷,在于一些大臣。他们表面上老成持重,心里却在盘算私利,而皇帝身边的人只会阻塞贤路,揽权受贿。长此以往,形成了陋习,大官要员们自私利己成风,反而将忧国忧民的人看成傻瓜,把真心献计献策的人说成浮躁,正大刚直之风被抑制,怯懦守旧之风盛行,官场风气已然坏掉,需要大力整改。幸好上天仁爱,这个时候出现边患,这正是促进朝堂上下警醒反思、改革进取的机会啊!

王守仁一针见血,直指病根,认为头痛医头、脚痛医脚的办法是不行的,只要将朝廷的不良风气扭转过来,根本问题解决了,枝节问题便会迎刃而解。

目光高远又力戒空谈,这是王守仁的一贯做派,他随即提出了八条措施:"一曰蓄材以备急,二曰舍短以用长,三曰简师以省费,四曰屯田以足食,五曰行法以振威,六曰敷恩以激怒,七曰捐小以全大,八曰严守以乘弊。"同时,他在这篇奏疏里分析了基层军官的心理和敌方的客观情况,拿出了许多具体办法,操作性极强,其中许多措施完全可以直接拿来使用。

这篇奏疏不缺思想,不缺见识,不缺文采,更不缺胆量和热情,同时也无所顾忌,无视官场潜规则,一下子就得罪了许多人。

若干年后,王守仁对人说道:"是疏所陈亦有可用。但当时学问未透,中心激忿抗厉之气。若此气未除,欲与天下共事,恐于事未必有济。"大意是,当年那篇疏文所提出的问题和措施是可用的,但当时学问未到,太年轻,气太盛,过于犀利、直接,很难被人接受。

如果始终是这个做法，恐怕是干不成大事的。

后来人每每读到这里，往往认同中年王阳明的言论而轻视年轻王阳明的作为，往往把他后半段的论断作为成功要诀。殊不知，正是有了年轻时的一往无前，才有了成熟后的和光同尘。我们学习的重点恰恰是前者。

圆滑的本质，是经过打磨的坚硬，没有坚硬的本质，圆滑就无从谈起。而我们平常以为的"圆滑"，只是乌泥浊水的扁平"腻滑"而已，根本无"圆"可谈。但王守仁不是，他暂时放下了当圣人的高远志向，但情怀没变，锐气不减，担当仍在。

二十八岁这年，王守仁还有一个理论成果，他完成了对《武经七书》的点评。所谓《武经七书》，是形成于宋代的军事教科书，包括《孙子兵法》《吴子兵法》《六韬》《司马法》《三略》《尉缭子》《李卫公问对》七部军事著作。这是王守仁理论结合实践的军事思考，也是他刻苦研究军事的阶段性成果。

弘治十三年（1500年），时年二十九岁的王守仁结束实习生涯，接受了人生中的第一个正式任命——刑部云南清吏司主事，行政级别正六品。他将要走的路，更加漫长，也更加崎岖。

行路难

如果说王守仁的《陈言边务疏》是抽打官场的一记耳光，那么他接下来干的事就是在砸官场实力派的钱罐子。

刑部是中央六部之一，负责司法事务。清吏司是六部的下属机构，下设郎中（主管）一人、员外郎（副主管）一人、主事（最低一级官员）一至二人。刑部云南清吏司主事负责的是云南地区的司法审核，并不需要真的到云南就职。

在刑部任职的这段经历对王守仁相当重要。第一，这期间，他交到了几个意气相投的朋友，如潘府、郑瓛、郑岳等，这些人不但是平时的文友，有的更是日后平定宸濠之乱时的战友；第二，这段经历让王守仁进一步看到了官场的深层结构与黑暗，对命运与人生有了更为深刻的思考，对于心学的形成产生了莫大的推进作用。

在任清吏司主事期间，王守仁看到了许多像自己一样的青年，他们怀着满腔正义与一腔激情，想干事，能干事，但干不成事。这些同人天天加班熬夜，不是埋头于山丘般的案牍文书之中，就是置身于斗智斗勇的诉讼断决之中，恨不能二十四小时都粘在座位上，长出三头六臂干工作。可等待他们的大多是复杂的人际关系与钩心斗角，到处掣肘，到处是套路，到处是陷阱，往往真话还没出口，圈套与羞辱便落到自己身上；公平、公正的事情刚有眉目，自己就稀里糊涂掉进了别人挖的大坑。正所谓"言未出于口，而辱已加于身；事未解于倒悬，而机已发于陷阱"。

弘治十三年十月，王守仁被分配到提牢厅任主事。提牢厅是十三司所有监狱的主管部门。按规定，提牢厅的主事主管修缮监狱，负责门禁检查，检查有无滥用酷刑、克扣囚犯衣粮等事。这个位子关乎人命，所以王阳明履职格外仔细。他经常察看阴森黑暗的牢房、令人作呕的臭馊牢饭以及形如鬼魅的犯人。

人走在牢里，仿佛陷于泥沼之中，压抑、撕裂、孤苦无助，那种莫名其妙却又沉重的麻木感会瞬间令人丧失所有活力。偶尔几声

第三章　事上练心　务实归真

呻吟或者喊冤声，倒给这里增添了一丝生气。黑暗中的老鼠胆子特别大，奔跑的耗子会猛地撞到人的小腿，慢爬的老鼠会悠闲地蹬到人的鞋面上，而打架的老鼠则如车轮一般，叽叽啾啾地满地滚动。至于囚犯的饭食，一半石砾一半馊米，不吃饿半死，吃了噎半死。可即使是这样的囚饭，也时常有人克扣。王守仁当然知道，这一切都是延续了多少年的土规矩，没人怀疑，更没人改动。与这些大大小小、野蛮生长的土规矩相比，朝廷律条简直就像假花一样，除了装装样子，就是承接灰尘。

狱吏向王守仁介绍："这根本不算什么，您还没有去过锦衣卫大牢，与锦衣卫大牢相比，这里分明就是安乐窝。"

王守仁知道这些狱吏的小心思，他们极力渲染锦衣卫大牢的黑暗，分明就是为自己的贪污开脱。他便三令五申律文条款，杜绝贪污囚粮、虐待囚犯、勒索家属等行径。

当然有人劝王守仁："上上下下都是这样，你因循旧习就行，何必多管闲事惹麻烦？"

王守仁摇头道："如果人人都不管事，每个陋习最终都会变成新问题，新问题就会变成大祸端。我等取朝廷俸禄，如果连分内之事都不做，与偷盗有什么区别？心中愧疚之情，只怕比这监狱还要黑暗污浊许多呢！"

优秀的人是一道光，你可以看不惯，但不会看不见。王守仁的作为自然赢得了上级的关注。

弘治十四年（1501年），王守仁正好三十岁，三十而立的他迎来了独立办差的机会——受命到江淮一带"审决重囚"，即审核重要刑事案，复查各级是否存在冤假错案或重案轻审、要犯不决等严重问题。这种任务既是美差，也是恶差。所谓美差，可以营私舞弊，借机敛财，说不准还能攀附权贵；所谓恶差，则是因为案情复杂，牵扯太多，要担风险。

恰在此时，王守仁旧疾复发，身体虚弱，咳嗽剧烈，他为此专门上疏请病假，想辞去此务，但没有得到允许，他只得带病工作。按说，既然身体有病，工作中可以走走过场，睁一眼闭一眼，毕竟审理案件的大头是各地的巡抚和御史，王守仁大可不必较真，事后签个字就皆大欢喜了。可他绝非凑合了事的人：不参与怎么都行，若参与了便要较真。

审囚第一程，淮安，工作顺利。

审囚第二程，凤阳，无大纰漏。

审办第三程，南京，问题接踵而至。有被害人家属反映，官府里官官相护，包庇罪人。其他案件且不说，单说陈指挥杀人案，久拖不决，民怨极大。再查看案件卷宗，着实疑点重重，硬伤太多。

"指挥"是指五城兵马指挥司指挥，正六品官员。这个陈指挥，因为滥用权力，役使太过，用刑太狠，致使十八人死亡，案件证据确凿，依律应被判死刑。

大明对死刑案一向很重视，陈指挥案由刑部、都察院、大理寺三轮复审，一致同意死刑判决，尔后由皇帝勾决，最后刑科奉旨签发驾帖，罪犯就应该执行死刑了。但因为陈指挥出身富贵之家，身后有人，手里有钱，虽然被下了狱，却没有及时被行刑。拖来拖去，"斩立决"的处决结果竟然变成了"斩监候"，对他的处决一拖再拖，竟然一直拖了十几年。受害者家人对此事无不咬牙切齿，四处呼冤，却不见半点动静，此时只是抱着一丝希望，诉冤于王守仁。

王守仁知道，这种事不能拖，一拖就生变故。于是，他一坐堂就拿出中央官员的威风，直接点名处决陈指挥。万没料到，出来阻拦的人竟然是坐在他旁边的巡抚和御史。巡抚是一方主事，二品高官，说话分量相当重，此刻他竟公然袒护罪犯。

王守仁不急不躁，简明扼要陈述利害，声明非杀此人不可，不杀则上负皇恩，下激民怒。

御史狠狠蹾了一下茶杯，轻声道："伯安难道想当青天？"

王守仁愣了片刻，双手撑案，压低声音说道："守仁只是不想做污吏！"这句话，他说得很慢，却沉重有力，震得他自己的脑袋都隐隐作痛……

临行刑前，陈指挥满心不甘，愤恨难消，冲王守仁大呼道："姓王的，我做鬼也不放过你！"

王守仁笑道："如果不杀你，那被你害死的十八条鬼也不会放过我的。"

凶手被斩首于市，民心大快，但根据官场的通则，平反就意味着让初审官员难堪，意味着以挑剔同僚的过失来博取个人前程。特别是杀陈指挥这样的人，得罪的人肯定少不了，极容易让自己成为官场公敌，也就是说，王守仁工作越卖力，成绩越突出，捅的窟窿就越多。

还有一些案件，本来极为简单，可一旦有讼棍钻律法的空子，再加上乡宦的参与，案件就变得极为复杂。县、府是一个判法，巡按是另一个判法，到了巡抚又是一个结论，一件案子不但结不了，往往还会是非颠倒、牵连甚广，从小商小贩到寺观僧道，再到朝廷大员，看得人眼花缭乱，等你找到了关键处，自然就有人过来打招呼或者找麻烦……

尽心工作会得罪官场，维护前途则辜负苍生，这让心怀壮志的王守仁纠结了许久。从他这一时期的诗歌、文章来看，充满三种情绪：一是思乡之情、归隐之心异常浓厚；二是既有兼济天下之心，又有慕成仙得道之意；三是心中焦炽、顾虑，既怕自己不能特立独行，与官僚同流合污，又担心坚持己见招致太多非议。

做人、做官、做事之间竟然存在着鸿沟巨壑，圣道、世道、公道之间赫然存在这么多的岔路。那么多优秀的人在行走官场后生了锈，要么自我麻木，要么委曲求全，惹得一身尘垢，用这些尘垢堵塞良心或遮蔽五官。

好不容易审囚结束，王守仁没有立即回京。他两次登临九华山，游览茅山，观光北固山，凭吊圣迹，拜访高人，但藏在心里的问题和矛盾并没有解决。

回京复命之后，他又一头扎进书堆，白天忙工作，晚间便燃灯夜读，一遍遍翻阅着五经和先秦、两汉时期的书籍，间或掩卷长思，奋笔疾书，他要通过与古人对话，解开心中的疑团。

看着儿子近似疯狂地用功，王华越加担心他的身体，便禁止家人在其书房安置灯盏。但王守仁一心求知，早把身体置之度外，只要父亲一睡，他就又肆无忌惮地燃起灯烛，读书读到深夜方休。如此不但旧疾复发，又添了新病，正值壮年的王守仁竟然落下了呕血的病根。

最后，王守仁决定向朝廷递交病假申请，希望吏部能准他的假，待他病愈之后再回原职效力，以图补报。

从现实看，王守仁并不是毅然隐居，归隐田林，他是要让自己平静下来，消化古今学问，解决现实难题，借用道、佛手段，解开心中的困惑。

第三章　事上练心　务实归真

伯安终于变心安

王守仁这个决定，引来一片反对之声。

首先是他的朋友，他们一致认为：身在官场，就要遵守官场规则；若想清闲，可觅个闲差混日。纵然是要清高，洁身自好便是，何必一定要辞职呢？

最疼爱王阳明的祖母也不乐意：身体不好，留京养病就是，实在没必要钻回老家山洞里去啊！这是图什么呢？

王华没有贸然反对，而是问王守仁对未来到底做何打算。

王守仁答道："儿实在不是要搞什么洁身自好，也不是要故意对抗官场，只是感觉所学未成，想静下心来养养身体、做做学问。否则，再过几年，等身体、精神全都垮掉，可就什么事也干不成了。"

王华点点头："儿啊，你从政以来，表现甚佳，无论魄力还是能力，都可圈可点，纵然有出格之处，也是一番峥嵘气象，不同凡品。你这次辞职，除了养病、做学问，是否担心会给我王家闯祸？是否觉得自己大材小用，无用武之地？是否觉得官场黑暗、事务烦琐，不值得浪费时间？或者，你也想走走终南捷径，以退为进？又或者，你想去验证神仙之道？"

王守仁看着面容平和、胡须花白的父亲，不由得深施一礼："您老人家明鉴，这些小心思，儿子通通有，比例不同罢了。近期以来，心不能安，总觉得有大事未了。在官场这么混来混去，功效不大，纠结不少。这番回去，我想求道，既求神仙之道，也求学问之道，更求立身之道，给自己一个交代。"

王华沉默良久，提示他三点：第一，当今圣上仁慈，为政清明，官场风气还是不错的,他要懂得珍惜,异时异地,未必如此;第二,为官从政,机会重要,一步错步步错,将来他若想复出,困难可能更多,他要想清楚;第三,神仙之道,大都虚妄,一旦误入歧徒,回头无岸,务要慎重。

王守仁也没含糊,当场表示自己已然考虑清楚,请父亲同意。

王华见儿子态度如此坚决,也不再多说,轻轻拍了拍儿子肩膀:"祖母那边,我来劝说;你内心诸多纠结,自己解决吧!"

弘治十五年(1502年)九月,三十一岁的王守仁回到心心念念的阳明洞,"筑室阳明洞",行导引术,静坐习定,研习道经秘义。

所谓"筑室阳明洞",并不是直接住进山洞,而是在洞旁建造了一座小院。小院内房屋结实、精致,庭前有松竹,庭后种满了花草,还有仆人打理,环境幽静。王守仁也不是与世隔绝,独自面壁,而是与其他人一同修行。此外,阳明洞常有佛门高僧来访。这也足见王守仁做学问并不拘于哪家哪派,只要适用,他便兼容并蓄。

这次入洞与第一次进洞大有不同。其一,王守仁此次目标明确,且发了狠心,必须下足功夫,拿出成果;其二,王守仁不再是少年意气,而是有了四年从官经历,具备相当的社会经验与深刻的反思洞察能力;其三,此时的王守仁见解不同以往,且修养方法正确。无论是道家还是佛家经典,他都有了深入的理解,况且又得尹真人亲传,不再是盲修瞎炼,而且身边还有同修伙伴提供帮助。他先练吐纳导引,通畅经脉,接着循序渐进,进行打坐与冥想。有强大的悟性做支撑,王守仁进步得飞快。

弟子王畿在《滁阳会语》中较为详细地记述了王守仁在阳明洞中静坐修炼时的情况:

（阳明）乃始究心于老佛之学。筑洞天精庐，日夕勤修炼习伏藏，洞悉机要。其于彼家所谓见性抱一之旨，非惟通其义，盖已得其髓矣。自谓尝于静中内照形躯如水晶宫，忘己忘物，忘天忘地，与空虚同体。光耀神奇，恍惚变化，似欲言而忘其所以言，乃真境象也。

耿定向在《新建侯文成王先生世家》中，也有类似记载：

壬戌，秋，请告归越，年三十二。究心二氏之学，筑洞阳明麓，日夕勤修。习静中，内照形躯如水晶宫，忘己忘物，忘天忘地，混与太虚同体，有欲言而不得者。

据二位的记载可见，王守仁由静入定，杂念变少，脑际清明，呼吸深沉，能敏锐感知经络运行，很快，又进入物我两忘之境。随着功夫不断加深，他看到自己的身体变成透明状，如水晶一般。

王守仁如此精进不止，直到某日竟出了神异事件。他的弟子钱德洪和邹守益都记录了这次神异事件。

钱德洪《阳明先生年谱》：

久之，遂先知。一日坐洞中，友人王思舆等四人来访，方出五云门，先生即命仆迎之，且历语其来迹。仆遇诸途，与语良合。众惊异，以为得道。

邹守益《王阳明先生图谱》：

久之，忽能预知。王思裕四人自五云门来访，先生命仆买果殽以候，历语其过涧摘桃花踪迹，四人以为得道。

王守仁突然有了特异功能，可以在定中看到远处的事情——朋友王文辕（字司舆，又被写作思舆、思裕）等四人要来拜访自己。出定后，他便吩咐仆人预先到半路迎接。朋友们感觉不可思议，怀疑王守仁是推测出来的。结果王守仁竟把他们在路上的细节描述得清清楚楚，比如：他们在哪里休息过，某某过山涧时摘过桃花等。四人相当震惊，这才信服王守仁修炼得道了。王守仁对此也颇为得意。此后，他更加贪恋入定，且时时在定中看到幻境，奇妙自不可言说。

某日，他出定后又谈起定中看到的景象，却被同修的王文辕打断了："你若再沉迷于这些幻象，不但前功尽弃，还会走火入魔。那样的话，岂不是辜负了你的初衷？"

王守仁受此一喝，立即觉悟：自己的特异功能有什么用呢？仅仅是预知朋友何时来去吗？如果沉浸在这种小打小闹中，跟街头的杂耍戏法有什么区别？这些情况本来就要发生，早晚也会知道，何必去提前探察呢？万一再发起所谓的"他心通"，能知道别人心中的想法，那就更加麻烦。每个人都有杂念，每个人也都有怨念，就算至亲之间也有分歧，如果能听到别人的每一个念头，岂不要烦死、累死？如果怀着这种心机来学道，跟盗贼又有什么区别？

王守仁恍然有悟，大声道："这些只是在玩弄精神，根本不是道！"于是干脆舍去，继续专心致志静坐悟道。

转眼即到岁末。某日深夜，王守仁结束静坐，缓缓睁开眼睛，正见清冷月光把松竹的影子投到窗纸上，枝影俏丽，简直像一幅水墨画。他此刻心中一动,眼前立即浮现出祖母和父亲的身影,他们的笑脸如同一轮明月挂在广阔的天空中,一股暖意漫过全身。

蓦地,他又感受到天空中有一双巨手轻轻拍打了一下自己。那是一种奇异的感觉。这双手仿佛是父亲的,又仿佛是历代圣贤的,还仿佛是天下苍生的,一切如此模糊,又如此清晰。一种奇妙的开阔感如浩荡江水流入心胸,涤荡万里,天地突然变得如此熨帖……

王守仁突然醒悟,这是天命——没错,这就是上天赋予自己的使命,尽管不能看清楚,但自己显然感受到了那种力量。他缓缓站起身来,推开门,站到庭院之中,静立许久。他对着月光笑了笑,仿佛刚刚明白一个最基本的道理:人之所以为人,就是因为有情感,舍弃了亲情,无异于草木。世界之所以为世界,就在于每个人都有一份责任。没错!每个人都有一片天地,每个人都是一片天地,每个人都在顶天立地。正如莲花生长在污泥浊水中,圣贤自当以滚滚红尘为热土。

此时,身后传来笑声。王守仁回头,见许璋、王文辕并排站立,一脸喜气,不由得深施一礼:"多亏二位及时提醒,为我护关。"

许璋目光灼灼:"你这次静坐长达三天,看你神态气度,当有所得!"

王守仁点点头:"守仁已经窥见人间之道,至于天道,还未悟着。"

许璋问:"何为人间道?"

王阳明答道:"孔子之'仁'、孟子之'义',便是根本。人之所以为人,便是'仁';事之所以成事,便是'义'。之前只是空谈,如说食不饱,此时方知真滋味,决定一以贯之。请先生们多多指教。"

王文辕抚掌:"人道即是天道,既已入道,正好一往无前。"

"大道如青天,我得而出焉。我出山后,烦二位替我打理陋居,待我再来。"

弘治十六年（1503年），王守仁移居钱塘西湖，转年便再入仕途。这次出山后，王守仁出手不凡，接连干了三件事，件件都让世人瞠目结舌。

第四章

投身入狱 对境磨心

我不入地狱，谁入地狱？王守仁在圣贤路上一往无前，再无半点彷徨。他写给皇帝的奏章，貌似轻描淡写，实则细思极恐。面对黑暗的锦衣卫牢狱和刘瑾的报复，王守仁情感复杂，心绪波动，但他终究战胜了自己，安定了情绪，在九死一生之地，过出了诗书田园的味道。

弘治十七年（1504年），三十三岁的王守仁重新踏入仕途，再入官场的他非但没有世俗、油滑，反而更加气象峥嵘，敢说敢干敢担当，一步一个脚印地践行自己的学术主张。所谓圣贤之路，就是把信仰变成脚印，坚定前行。为此，王守仁步入过暗无天日的牢狱，面对过九死一生的廷杖，也在生死面前再次拓宽了人生格局。

三试身手，一肩担当

移居钱塘后两个月的时间内，王守仁先后参访了本觉寺、牛峰寺、净慈寺、圣水寺、胜果寺等寺院。按道理，既是参访，应当对佛、法、僧三宝怀着恭敬之心，可他却干了一件"毁坏"僧宝的事——他硬是把一名高僧劝得还俗了。

当地有一位远近闻名的禅僧，当时正在面壁闭关，已有三年之久。据说这位僧人既不讲话也不睁眼，专事打坐，功夫确实了得。如果换作登临九华山时的王守仁，一定会满怀敬畏地向这位高僧讨教一番。但此时的王守仁已今非昔比，论修炼境界，已经超过这名闭关僧不知多少。

王守仁近距离观察过这位僧人的状态，看出他的修为只不过是浅层次的静定，只是沉浸在一点幻象之中，离真心本源尚远，便高声呵斥他道："你这和尚终日口巴巴说什么？终日眼睁睁看什么？"

棒、喝，是禅宗法师教化入门僧徒的手段。即对于僧徒的疑问，不用语言回答，而用棒子打，或者大声呵斥，或者两者同时运用，目的在于打断日常思维，使人悚然一惊，截断意识，感知空相，返照佛性。

棒喝手段，要么是检验弟子的慧根，要么是帮助弟子顿悟。相传棒的施用始于唐代宣鉴禅师（住朗州德山院），棒、喝并用始于临济宗义玄禅师，故有"德山棒、临济喝"之说。后世也把警醒思想称为"当头棒喝"，正是源于此。

王守仁一声呵斥，闭关僧人惊醒。长久以来，这位僧人一直生活在自我封闭的环境和接受膜拜的氛围中，蓦然受此一喝，不觉慑于王阳明的强大气场，立即明白自己遇到了高人。

王守仁问这位僧人家里还有谁在，问他可否挂念亲人。这位僧人没有撒谎，直视内心，老实答道："母亲尚在，时常挂念。"王守仁便从骨肉亲情说起，开导他放下执念，直面本心，抛开假象，尽到人子之责。这位僧人边哭边谢，当天就还俗回家了。

无论哪种修行，终是修心，以何种形式修，要看机缘。王守仁之所以能劝走那僧人，绝不是凭借口舌之功，而是靠着深刻的洞察和静定的修为。那僧人能听劝，恰恰也是因为其功夫深，胸怀坦荡，才能毅然还俗归家。

某种意义上，劝僧还俗事件成了王守仁的"出山礼"，加上之前他在阳明洞的神奇传说，一时间名声大振，于是，就有了绍兴太守佟珍问王守仁求雨术的事情。

佟珍和王守仁是老相识，大王守仁九岁。七年前，佟珍自北京升任绍兴知府时，刚刚二次落榜的王守仁还专门为他写了一篇声情并茂的序文。当时佟珍还算得上意气风发，文质彬彬。

然而，七年之后，佟珍完全堕落成官油子，巧取钱粮，贪污受贿，热衷于官场作秀，无论是做人还是为官，都很不得人心。

弘治十六年（1503年）九月，绍兴大旱，佟珍知道王守仁来了杭州，又听说王守仁有了神通，便派山阴县丞、会稽县丞专程找到王守仁，咨询求雨之术。

堂堂太守大人，派了两名县丞，郑重其事地找王守仁学习画符念咒求雨之术，多少有些滑稽。曾几何时，那个饱读诗书的文人竟然堕落成了不问苍生问鬼神的官场油条，怎不让人顿足感慨？

王守仁在回复佟珍的信中大致说道："你这股求雨的真诚劲头，让我惶恐不安。天道幽远，岂是庸俗之辈能看明白的？古书记载，求雨的关键在于主政者修德爱民、节俭改过，这绝对不是画画符、念念咒就能解决的问题。你哪能指望只想捞钱的巫婆神汉能呼风唤雨呢？以我之见，你还是要听听百姓呼声，废掉那些劳民伤财的工程，认真反思自己的错误，为黎民主持正义公道，淳化民俗民风。你若果真做到这些，再带着部属真诚求雨，十天之内，应该是会下一场雨的！

"我算不上什么人物，更没有什么特殊能耐，如果我真有求雨之术，在事关民患的事上，怎会隐瞒呢？我又怎么可能让你抱希望而来、失望而归呢？这样吧，一两天内，我也会前去南镇祈雨，助你一份诚意。还是那句话，你要真心为民，别被歪门邪道迷惑，不要贪图好名声，天道虽远，心诚则灵。"

这封信虽然表面上客客气气，但实际上相当尖锐，批评得非常严厉。佟珍接到王守仁书信，不由得猛皱了一下眉头，脸上带着笑，眼里却藏着刺。他没想到，王守仁竟敢如此明目张胆地批评自己，不过看到最后，知道王守仁会亲自过来求雨，这才哈哈笑了两声。

佟珍又担心又喜悦，担心的是王守仁跟自己玩虚的，说来而不来；喜的是王守仁一旦过来参与求雨，自己肩上的责任就轻了，民间就不会再把干旱的责任全推到自己身上，官场上想整自己的人也可能因为王守仁的参与而有所顾忌。总之，只要王守仁来，他自己就有了退路。就怕王阳明不来。不是说王守仁有未卜先知的能力吗？佟珍心怀忐忑，一边先行赶到会稽山神庙，一边派人手去接王守仁。

两天之后，王守仁来到南镇庙。

南镇庙坐落于会稽山阴，庙中供奉着山神。这里松柏参天，香火旺盛，巫祝道士常驻于此。每年二月，南镇庙都要举行祭祀活动，若这一年有了天灾，会再次举行祈祷活动。

王守仁此行一切从简，甚至连衣服都是日常穿着，这让佟珍不由得怀疑他是来砸场子的。等到寒暄过后，他见王守仁严肃认真，这才放下心来，开始问询王守仁需要什么物品、该安排何等仪仗等。王守仁摇头告诉他，只须在庙中沐浴更衣，静守一晚，第二天给山神写一篇祷雨文即可。

第二日，日出东方，天色大晴，空中连片云彩都没有，庙内蝉鸣阵阵，热气躁动。巫术道士们都瞪着缓步出屋的王守仁，想看他如何求雨。佟珍接过属下誊抄下来的求雨文，鼻子差点气歪了。只见上边写道：

惟神秉灵毓秀，作镇于南，实与五岳分服而治。维是扬州之域，咸赖神休，以生以养。凡其疾疫灾眚之不时，雨旸寒暑之弗若，无有远近，莫不引颈企足，惟神是望。怨有归，功有

第四章 投身入狱 对境磨心

底，神固不得而辞也。而况绍兴一郡，又神之宫墙辇毂之下乎？谓宜风雨节而寒暑当，民无疾而五谷昌，特先诸郡以霑神惠。而乃入夏以来，亢阳为虐，连月弗雨，泉源告竭，黍苗荐槁，岁且不登，民将无食。农夫相与咨于野，商贾相与憾于市，行旅相与怨于途，守土之官帅其吏民奔走呼号。维是祈祷告请，亦无不至矣。而犹雨泽未应，旱烈益张，是岂吏之不职而贪墨者众欤？赋敛繁刻而狱讼冤滞欤？祀典有弗修欤？民怨有弗平欤？夫是数者，皆吏之谪，而民何咎之有？夫怒吏之不臧，而移其谪于民，又知神之所不忍也。不然，岂民之冥顽妄作者众，将奢淫暴殄以怒神威，神将罚而惩之欤？夫薄罚以示戒，神之威灵亦即彰矣。百姓震惧忧惶，请罪无所，遂弃而绝之，使无噍类，神之慈仁固应不为若是之甚也！夫民之所赖者神，神之食于兹土，亦非一日矣。今民不得已有求于神，而神无以应之，然则民将何恃？而神亦何以信于民乎？

某生长兹土，犹乡之人也。乡之人以某尝读书学道，缪以为是乡人之杰者，其有得于山川之秀为多，藉之以为吾愚民之不能自达者，通诚于山川之神，其宜有感。夫某非其人也，而冒有其名，人而冒以其名加我，我既不得而辞矣，又何敢独辞其责耶？是以冒昧辄为之请，固知明神亦有所不得而辞也。谨告。

（《王阳明全集·卷二十五》）

特别是中间一连串的问神之语，格外刺眼：天不降雨的原因是因为官吏失职，贪污者众，抑或是赋税太重、冤案太多，还是祭祀不敬、民怨太重……

结尾处，王守仁的口气虽谦逊，态度却强硬："我，王守仁，生长在本乡本土，乡亲们见我读书学道，错把我当成杰出人物，非让我来向您求助。我不认为自己有这个资格，但责任道义所在，推辞不掉，冒昧上书请雨，请神灵不要推辞。"

佟太守看后，暗哼道："这样能求来雨？"

祷文烧过之后，王守仁上香礼敬，半个时辰后，方才缓缓退出神殿。外面早有一干人等在仰头看天。不知不觉，天竟然阴沉起来，黑乎乎的云团像土丘般移动着，风吹高松，飒飒作响。

突然间，王守仁感觉额头一凉，几滴雨打在他的脸上，他轻轻抚了下，又轻轻拈了拈手指，肃穆的脸上漾起一丝笑容……

这是王守仁第一次求雨，此后还有若干次。从此，读书人都在传颂着那个"心到神知"的"阳明先生"，至于他的本名，倒很少有人叫了。

弘治十七年（1504年）四月，三十三岁的王守仁受到巡按山东监察御史陆偁的赏识，再加上其父王华（此时已升任为礼部右侍郎）的推荐，直接被聘请到山东做乡试的主考官。

能在孔孟故乡主持乡试，对王守仁来说既是莫大的荣幸，也是莫大的考验，更是复出的最佳时机。于是，王守仁欣然拟定考题，并亲自撰写了二十篇"程文"。

"程文"与"墨卷"相对。考试官拟写的就叫"程文"，也就是"范文"，供乡试举子揣摩、学习；举子们在考试中写的文章叫"墨卷"。这次主持考试，王守仁竟然写了二十篇程文，其中包括十三篇经义、一篇论、一篇表、五篇策问，足见他对这件事的重视程度。因为这不仅仅是王守仁回归仕途的新起点，更是他高举圣贤旗帜倡导身心之学的完美亮相，所以，王守仁所拟的试题也格外敏感，很有挑战性。

比如，选自四书的题目——"所谓大臣者，以道事君，不可则止"，意思是说，君子做皇帝之官，便要对天下负责，必须在君主面前坚持道义，否则就辞职。

比如，选自五经的题目——"不遑启居，玁狁之故"，以周代应对游牧部落侵袭的诗句，来启迪举子们思考如何应对明朝的边患。

再如，策论题——为什么佛教、道教长久以来蛊惑人心，那么多有识之士攻之排之，却始终无能为力？（《策问》其二："问：佛、老为天下害，已非一日，天下之讼言攻之者，亦非一人矣，而卒不能去，岂其道之不可去邪？抑去之而不得其道邪？将遂不去，其亦不足以为天下之患邪？"见《王阳明年谱长编》。）

看到天命的王守仁，心志已经被打磨得相当坚定，他坚决捍卫儒家正统，倡导经世致用、兼济天下的君子情怀。

九月，刚卸任主考官的王守仁改任兵部武选清吏司主事之职，负责考核武官的选授、升调、功赏一类事务。从级别来看，这属于平级调动，但明代六部以吏、户、兵三部为上三部，兵部下辖四司，武选清吏司为四司之首，所以王守仁实际上是得到了升迁与重用。然而，这根本不是王守仁的目标，他追求的是做学术领袖，是做圣学宗师。正由于他志存高远，才找到了重量级的朋友，也得罪了重量级的对手。

重量级的朋友与重量级的对手

弘治十八年（1505年）对于王守仁而言，具有非凡的意义。

据《年谱》记载，是年先生门人始进。从此时起，王守仁便开始了讲授圣学的生涯，掀起了多年不见的儒学盛况。只不过当时他讲授的不是"心学"，而是"身心之学"。

尽管他这个武选清吏司主事只是个六品官，但来求教者无不毕恭毕敬。也就在那时，学术界一位重量级人物来到了王守仁身边，他就是新晋的翰林院庶吉士湛若水。

湛若水，字元明，号甘泉，广东增城人，比王守仁大六岁，也是个富有传奇色彩的人物。湛若水原本和其他读书人一样，一心科举。会试落榜后，他心情郁闷地前往江门，拜大儒陈献章为师。陈献章一边指点他读二程经典，一边启发他放下功名心，培养圣贤志。湛若水心领神会，当下烧掉进京赶考的"准考证"，表示自己从此读书不为功名，只求真理。然而母亲并不同意他的做法，湛若水以孝为先，无奈之下于弘治十八年（1505年）进京参加会试。进士及第后，他与后来的首辅严嵩同时被授予翰林院庶吉士。

王守仁和湛若水这两位思想巨子，一见如故，执手订交。后来湛若水为王守仁撰写墓志铭时，回忆初逢的光景，仍感叹着彼此的优秀与契合，惺惺相惜、相见恨晚之情溢于言表。王守仁也曾在《别湛甘泉序》中深情地回忆道："晚得友于甘泉湛子，而后吾之志益坚，毅然若不可遏，则予之资于甘泉多矣……吾与甘泉友，意之所在，不言而会；论之所及，不约而同；期于斯道，毙而后已者。今日之别，吾容无言。夫惟圣人之学难明而易惑，习俗之降愈下而益不可回，任重道远……"

当年两人共约一起倡明圣学，这对于王守仁而言是莫大的支持和帮助。此时的湛若水已届不惑之年，虽然是"考场晚辈"，但已然是江门之学的学术宗师，名气比王守仁大得多。有了他的认可与砥砺，王守仁无比激动，也无比珍惜。两人都认为，圣学之道，不是出口入耳之学，不单是步入仕途的工具箱，而是人格的必修课，必须要内化于心，外彰于形，修炼自我，匡救时世。

两人志同道合，却又合而不同。二人在学术观点上多有深入探讨，对于"阳明心学"的贡献，湛若水更是功不可没。可以毫不夸张地说，湛若水是王守仁的良师益友、生死之交。

王守仁主张"知行合一"，湛若水主张"知行并进"，这是二者思想的大同之处。但在何为"格物"、如何"格物"上，两人又不尽相同。

正德十年（1515年），湛若水的母亲病故，南归葬母时途经南京，王守仁前去吊唁，两人展开了"格物之辩"。王守仁认为，格物即是正心，是改正心念。湛若水则认为此见解有"支离"之弊，并阐述了自己的"大心"学说，即人心与天地万物为体，心体物而不遗。认得心体广大，则物不能外矣。既然人心与万物本是一体，何来正心一说呢？

不得不说，湛若水敏锐地看到了王守仁学说的弊病：如果说朱熹学说有"倾向外求"的问题，阳明学说则有"倾向内求"的弊端。王守仁把老友的意见放在心上，时时考校，事事检验。他曾说："自我用兵以来，致知格物的功夫越来越精透了。""致知在于格物，正是对境应感实用力处。""对境应感"，也正是王守仁平衡"倾向内求"的举措。

正德十四年（1519年），湛若水撰写成《古大学测》《学庸测》，托阳明弟子杨仕德转交给王守仁，并附书信一封，提出"格物即造道""知行并造""知至即孔子所谓闻道矣"等观点。尤其"知至即孔子所谓闻道矣"的"知"，与王守仁的"致良知"关系密切（见《泉翁大全集》卷九)。王守仁阅读了书和信,发出"喜悦何可言"的感叹。

正德十六年(1521年),湛若水又通过书信与王守仁交流他对于"格物"和"心"的看法。正是在这一次次的思想碰撞中,王守仁的"格物"进入了湛若水的深层视野,而湛若水的"大心说""知行并造"又促进了王守仁"良知"说的最终完善。

嘉靖七年(1528年)九月,身患重病的王守仁已进入生命倒计时,可他路过广州时,除重修了先祖王纲的忠孝祠,还特意去了一趟湛若水的故居,有诗题壁道:

> 我闻甘泉居,近连菊坡麓。
> 十年劳梦思,今来快心目。
> 徘徊欲移家,山南尚堪屋。
> 渴饮甘泉泉,饥餐菊坡菊。
> 行看罗浮云,此心聊复足。

(《王阳明全集·卷二十》)

王守仁看着老友故居,也想移家于此,喝喝湛若水当年喝过的泉水,尝尝他故乡的菊花,赏赏老朋友看过的风景,内心深处也会感到幸福、满足。他不由得感慨道:"落落千百载,人生几知音。"

湛若水对王守仁也是披肝沥胆,曾为王守仁而犯上。

嘉靖七年(1528年)六月,湛若水升任吏部右侍郎,他进京之后的第一件事就是当面质问内阁重臣桂萼:"大家都说王守仁讨平思恩、田州,立大功而不赏,是因为你的陷害,有这回事吗?王守仁病重请假而朝廷不批,有人说是你擅自扣押了他的请假报告,事实果然如此吗?……"性格平和的湛若水用这种语气同上级说话,实为平生罕见。

湛若水性情以恬淡平和为主，志心学术，刻意远离权力中心，极少触怒当权者。王守仁则相反，以精猛勇进、刚正阔大为主，因此他遇到的阻力就多，遇到的对手也强。

王守仁就遇到过一个重量级对手——刘瑾。说起刘瑾，就必须得说一说明武宗朱厚照。

弘治十八年（1505年）五月，明孝宗驾崩，十五岁的朱厚照即位，是为明武宗，翌年改元正德。孝宗弥留之际，任命大学士刘健、李东阳、谢迁为顾命大臣，向他们交代遗言时特意叮嘱："东宫年幼，好逸乐，卿等当教之读书，辅导成德。"

年少时武宗既贪玩又任性，爱好冒险刺激，喜欢养野兽，尤其喜欢军事对抗活动，而与他关系最亲近的一群人是八个太监，人称"八虎"，"虎头"便是刘瑾。

刘瑾原本姓谈，陕西人，小小年纪就成了"京漂"，混迹于三教九流，最后被一个姓刘的太监收养为义子。刘瑾识文断字，素有心机，且有胆力，更善于察言观色，在皇宫最底层混了许多年，终于受到弘治皇帝的赏识，被派去东宫陪伴太子朱厚照。

刘瑾会玩，太子爱玩，太子爱玩什么，刘瑾就琢磨什么，两人一拍即合，几乎天天粘在一处，感情越来越深，彼此越来越信任。朱厚照登基之后，便让刘瑾执掌了钟鼓司。明代宦官机构有所谓二十四衙门，分为十二监、四司、八局，钟鼓司属于四司之一，掌管鼓乐和各色滑稽戏。

此时的刘瑾，权谋与手腕已然纯熟，戾气与贪婪更盛，越来越信奉唐朝大宦官仇士良的"经典教导"——一定不要让皇帝闲着，要用各种娱乐逗引他，占满他的时间和精力，只有这样，他们才能为所欲为；一定要让皇帝既没工夫读书，也没时间接触士大夫，否则他就会懂得历史上兴亡成败的教训，自然就会疏远他们。

刘瑾不断锤炼自己的一言一行，用心感知主子的一举一动，努力使自己的每个腔调、每个表情都恰好落在主子的兴奋点上，很快就博得了朱厚照的喜欢。

与此同时，刘瑾还加大了结党的力度。他早就明白，在深似海的皇宫之中，单打独斗是不行的，必须培植自己的党羽才能站稳脚跟。为此，刘瑾用心拣择，悉心培养了张永、谷大用、马永成等七人。他们"一步一个脚印"，用打虎的精神去拍马。尽管刘瑾只是负责一个小小的钟鼓司，仍然能让小皇帝欢呼雀跃。

原先，皇帝如想临幸嫔娥，并不能为所欲为，必须要通知"尚寝"宫，由相关部门做出安排，还要由他们登记造册，私生活变成了公共空间，一不小心还得挨太后训斥……在刘瑾等人的配合下，这些规矩一概打破，小皇帝遍游宫中，肆无忌惮，最后甚至跑出皇宫，随意折腾。

小皇帝喜欢摔跤、踢球，刘瑾他们就搜罗专门的人才，陪着皇帝角斗摔打，跟着万岁带球、射球。如果谁有反对意见，刘瑾则振振有词："角抵、蹴鞠之术，古来就有，盛行于军队之中，本来就是强身之术，主子习练这些，既能强壮龙体，又能感召军队，此乃国之大幸。其中奥妙，哪是文弱书生所能明白的……"

为了满足皇帝弹射钓猎的爱好，刘瑾他们搜罗来各式的鹰犬狐兔，征集了大量的虎豹熊狮，还专门挑选年轻有力的宦官组成"猎狩队"，陪皇帝驱驰游乐……

即便如此，刘瑾仍然不敢有丝毫的大意。他明白，让皇帝玩高兴，只能叫"过瘾"，保不齐小主子哪天开了窍，就会厌倦这些声

第四章　投身入狱　对境磨心

色犬马，也保不齐哪天大臣们就能让小主子回心转意。自己的位子要想坐稳，必须见缝插针，从理论高度对皇帝"洗脑"：奴才们才是主子的代理人，宦官们做事实实在在，不虚头巴脑，不考虑圣人说教，不受部门政治影响，只想着万岁爷受益多少；朝堂那帮士大夫，看似忠心耿耿，实则一肚子坏水，彼此间有着盘根错节的利益纠缠，做任何事情都瞻前顾后，处处受着儒家道德观念的限制，规矩太多，办事效率低下。这番论调，明武宗朱厚照很受用。他也曾亲耳听过父皇私下里抱怨大臣拖沓，赞扬宦官能干。

明武宗与刘瑾等人的作为，早就让文臣们忍无可忍。正德元年（1506年）九月的盐引事件，成了廷臣与宦官撕破脸的导火索。

九月二日，太监崔杲领旨往南方督造龙衣，趁机奏讨一万二千盐引为此行的经费。

所谓盐引，就是可以取盐、卖盐的特殊凭证。如果宦官们用盐引代替户部拨款，不但会扰乱盐政，还会随心所欲夹带私盐，中饱私囊，后果不可小觑。

对于宦官奏讨盐引的行为，文臣们一致反对，小皇帝则一意孤行。最后，三位顾命阁老明确表示拒绝拟旨。紧接着，刘健、李东阳、谢迁等人又集体撂了挑子。这确实把明武宗吓坏了，不得不收回成命。

朝臣们见皇帝退让，索性乘胜追击，打算灭掉"八虎"，斩草除根，便由户部郎中李梦阳操笔撰写疏奏，文臣们纷纷签名，请求处罚刘瑾等人，以正朝纲。

朱厚照打开奏章，实实在在见识了李梦阳的大手笔，文雄气阔，不容辩驳。文中历数历代宦官祸害国家、杀害皇帝的事实，感染力极强，看得小皇帝心惊肉跳。毕竟还是孩子，武宗感受到了前所未有的压力，决定向大臣一方妥协，处置"八虎"，便决定把刘瑾等人贬谪到南京。廷臣对这样的处置结果并不满意，刘健甚至掀翻了皇帝的桌子。声势越搞越大，最后连司礼监太监王岳等人也要求严惩刘瑾等人。

一时间，小皇帝寝食不安，最终决定放弃刘瑾等人。

然而关键时刻，吏部尚书焦芳悄然反水。他素与刘健、谢迁不合，便把王岳与刘健的密谋告诉了"八虎"。

骤然闻此噩耗，一群人瞬间蒙了，他们根本不相信会发生这样的事情。还是刘瑾最清醒，当机立断："找主子！"

张永问："找到主子后，咱们怎么说？"

"什么都不说，哭！"刘瑾一脸阴沉。

魏彬浑身打战："他们正恨咱恨得牙根痒痒呢，这时候找主子，不是自投罗网吗？"

刘瑾一甩袖子，急步出门。

张永踹了魏彬一脚："咱跟老大走，有泪找万岁流！"

"八虎"找到正德帝，先痛哭，后诉苦，一时间把小皇帝也搞得泣涕涟涟。刘瑾瞅准时机，说了句："主子呀，他们为啥肆无忌惮？不就是仗着自己结党营私、占有高位吗？不就是欺负万岁爷势单力孤没人手吗？这次顺了他们，惩罚我们，那以后他们再闹腾，您惩罚谁去？"

这句话，瞬间唤醒了明武宗，连日来积压在他心中的屈辱与恐惧瞬间化为熊熊怒火，他立即对阁臣们咬牙切齿，恨不能猛抽其脸。明武宗当即颁旨，抓捕王岳等人，命刘瑾担任司礼监掌印太监，兼提督团营，掌握军权，并让马永成做秉笔太监、丘聚提督东厂、谷大用提督西厂、张永等管理京营事务。一句话，内廷中枢、特务机构和禁军部队,全被"八虎"掌握。此时,刘健等人还沉浸在稳操胜券的喜悦中。他们怎会料到,仅一夜之间,形势就发生了一百八十度大转变。

随后,三位顾命大臣中反对"八虎"最有力的刘健、谢迁被迫致仕,只剩下一个立场温和的李东阳独自强撑。

朝廷文官当然不会甘心就此落败,于是北京、南京的奏章前呼后应,舆论声浪一浪高过一浪。十一月,南京户科给事中戴铣等二十一人再次上疏,请留刘健、谢迁。可他们得到的回应却是刘瑾的粗暴镇压——以皇帝的名义传旨,派锦衣卫校尉赶赴南京,将戴铣等人押解到北京问罪。

王守仁因为父亲的劝告,一直静观事态发展,直到听说戴铣等人被抓,他再也坐不住了:该来的迟早要来,自己要说的必须说,奏章可以没用,但不能不写,往大了说,这关乎国体,往深了说,这关乎信仰。他静坐案前,思虑着时局,琢磨着轻重——这篇奏疏并不难写,难点在于力度。戴铣他们的奏章力度太大,矛头直指"八虎",抨击谷大用,指责刘瑾,批评朝廷堵塞言路,指责官员们明哲保身、谄媚宦官,等等。而自己不能那么写,他要保护父亲,保证老人家不被卷到这股政治斗争的旋涡,所以要竭力克制,力求客观、公允,用语缓和、自然。

这封奏疏在《王阳明全集》里有收录,题为《乞宥言官去权奸以章圣德疏》,题目显然是后加的。因为奏疏正文一点也没有"去权奸"的意思,没有提到过宦官,也没提戴铣等人到底是对是错,仅仅是站在"爱护言官,维护圣德"的角度婉转替后者求情。

臣闻君仁则臣直。大舜之所以圣，以能隐恶而扬善也。臣迩者窃见陛下以南京户科给事中戴铣等上言时事，特敕锦衣卫差官校拿解赴京。臣不知所言之当理与否，意其间必有触冒忌讳，上干雷霆之怒者。但铣等职居谏司，以言为责；其言而善，自宜嘉纳施行；如其未善，亦宜包容隐覆，以开忠谠之路。乃今赫然下令，远事拘囚，在陛下之心，不过少示惩创，使其后日不敢轻率妄有论列，非果有意怒绝之也。下民无知，妄生疑惧，臣切惜之！今在廷之臣，莫不以此举为非宜，然而莫敢为陛下言者，岂其无忧国爱君之心哉？惧陛下复以罪铣等者罪之，则非惟无补于国事，而徒足以增陛下之过举耳。然则自是而后，虽有上关宗社危疑不制之事，陛下孰从而闻之？陛下聪明超绝，苟念及此，宁不寒心！况今天时冻沍，万一差去官校督束过严，铣等在道或致失所，遂填沟壑，使陛下有杀谏臣之名，兴群臣纷纷之议，其时陛下必将追咎左右莫有言者，则既晚矣。伏愿陛下追收前旨，使铣等仍旧供职，扩大公无我之仁，明改过不吝之勇。圣德昭布远迩，人民胥悦，岂不休哉！

臣又惟君者，元首也；臣者，耳目手足也。陛下思耳目之不可使壅塞，手足之不可使痿痹，必将恻然而有所不忍。臣承乏下僚，僭言实罪。伏睹陛下明旨，有"政事得失，许诸人直言无隐"之条，故敢昧死为陛下一言。伏惟俯垂宥察，不胜干冒战栗之至！

（《王阳明全集·卷九》）

奏疏一开篇先给武宗戴一顶大帽子："臣子之所以敢于直言，是君主仁爱的结果。"

接下来，王守仁说自己见到戴铣等人因为上书言事被抓问罪，虽不知道戴铣等人的意见是否正确，但肯定触犯了陛下。只是，进谏是言官的职责，就算说错话，也应该得到包容。推想陛下的心意，应该只是想对他们略做惩戒，如果真要处罚他们，恐怕以后再也没人敢说话了。更何况，现在天寒地冻，万一有谏者冻死在路上，陛下可就背负杀害诤臣的罪名了。倘若可以宽恕他们，彰显皇帝的仁德，岂不是一件大好事？

最后，王守仁仍不忘用皇帝的原话为自己打掩护："我是一介小官，本不敢说这些话，只因为圣旨里有允许大家直言政事得失的指示，所以才冒死献言。"

这封奏疏写得小心翼翼，提出的意见也绝不过分，更未对戴铣等人的意见表示支持，最后还拿圣旨里的话来当挡箭牌，可谓用心良苦。然而，即使是如此温和的言论，换来的仍是冰冷的镣铐。

抓捕王守仁的过程相当仓促。上疏之后，王守仁回家陪父亲王华吃晚饭。在饭桌上，他很想把自己上疏的事情告诉父亲，但见老人家神色凝重，一时间犹豫不决。不料王华已然知道一切，他怪儿子太过冒失，对此大为光火，又建议儿子最好先避一下风头。然而，王守仁还没来得及行动，锦衣卫已然闯进了家门。

刘瑾动手何以如此迅速？

原来京城上下早已风声鹤唳，皇帝不耐烦，刘瑾也杀红了眼。在这种高压形势下，不管是谁为戴铣等人求情，肯定一律都会被抓捕。

王守仁是新一代学术领袖，在读书人中影响大，他若带头，极有可能再掀起一波谏言高潮，更何况，被捕的二十一人中有九位是王守仁同年，有五位是王守仁的社友或社友亲属，还有一位是他的好友。特别是批评"八虎"的主力之一、南京兵科给事中牧相，既是王守仁的好友、同窗、亲戚，还是他父亲王华的爱徒。从这个角度看，王守仁即使一声不吭都极有可能被牵连，更不要说是上疏说情了。这分明就是火上浇油，结党营私，恶意抗上，不管他写什么，都会被抓起来。

之前大学士刘健、谢迁、户部尚书韩文弹劾宦官，请杀"八虎"的奏疏，王华是当面认同的。那时，刘瑾就想收拾王华了，之所以没有当即行动，是想等牧相等人到京后再想办法对付王华，这下可好，王守仁主动递来了把柄，怎能拖延半刻？

闯入王家的锦衣卫穿着飞鱼服，腰挎绣春刀，还亮出了驾帖。抓捕速度如此之快，形式如此正式，法律程序如此完备，足见刘瑾早有惩办王守仁之心。

就这样，戴铣等人尚未押解到京，王守仁已经被锦衣卫投入诏狱了。

道不远人

所谓诏狱，广义上讲，是指皇帝亲自下诏处理犯人、独立于司法系统之外的监狱；狭义上的"诏狱"，只指锦衣卫北镇抚司署理的监狱。

锦衣卫是皇帝的私人打手，锦衣卫诏狱里的人都是皇帝想要整治的人。锦衣卫往往为达目的不择手段，不达到目的决不罢手，所涉案件，刑部、大理寺、都察院都无权过问。

眼下，锦衣卫就完全掌握在刘瑾手里，他的意思就是皇帝的意思。

王守仁尽管早有思想准备，且有过提牢厅管理监狱的经历，可一进入铜浇铁铸的诏狱大门，脊背仍不由得一凉。

锦衣卫的部分监狱修在地下，一道石砌缓坡通向各个牢房。因为顾及保密和用刑，牢房墙壁厚达三尺，隔音效果极佳。门有两层，里层是栅门，外层是推拉式板门。最变态的是牢房入口处，装修奢华，灯火通明，玉石照壁上还雕了一朵盛开的牡丹花，透着诡异。

诏狱之中，让王守仁惊悸的不是潮湿、黑暗，不是腐浊之臭，而是一层又一层惨淡、凝滞的死寂气息，这种沉沉死气如黏稠泥浆一般糊得到处都是。他修过道，感觉灵敏，踏入地下的第一步，感觉竟像走进了一座冒着黑烟的窑，整个人硬生生退后了一步，呼吸也像被人截断。

为了镇定下来，王守仁数着自己的步子，跟着两盏吱吱作响的火把，尽量平稳地行进。他突然想起来，当年自己视察刑部监狱时，狱吏曾说过，刑部监狱跟锦衣卫的监牢比，就是天堂。他目前感觉自己确实身处地狱之中。

王守仁被推进牢房。黑暗中，他听到狱吏小声嘀咕着什么"刑罚"。是啊，锦衣卫的监狱从来不缺酷吏，更不缺酷刑。剥皮、拔舌、断脊、刺心，一百五十斤的大枷，周边煨火的铜缸，装满铁刺的狭窄木笼……王阳明想到这里，心不由得抽搐了一下。

必须要静下来，王守仁深吸一口气，盘腿坐下，他相信自己用不了多大工夫就能入定，并在定中深入调整身心。

然而王守仁失败了，他非但没有进入澄明境界，反倒像做了一场噩梦，昏昏沉沉之中看到了白发苍苍、披枷戴锁的父亲，看到了血肉模糊的自己。黑暗中，王守仁长叹一口气，惨笑一下。许久以来，他觉得自己已然悟道，放下了功名利禄，完全担起了圣贤之责。

现在看来，他实在差得太远，面对酷刑，依然感到恐惧加身……

一夜思虑，让王守仁焦灼不已。外面天空阴沉，监内黑暗阴森，空气越来越重，似乎能把骨头压折。

新的一天来临，王守仁裹着床破棉被，时而呆坐在烂草上，时而走来走去，直到一缕日光从头顶黑洞洞的窗口照射到黑灰油腻的墙上。闪耀的太阳光束中，密集尘埃翻滚，一张破蜘蛛网闪耀着金色光芒。牢房凹凸不平的地面上，渗着黑乎乎的血迹，有的砖面上留有深浅、长短不一的痕迹，像抓痕，又像鞭痕。

诏狱是一个没有规则的世界，人被关在里边，也许一二日，也许几十年，一切视皇帝的心情而定，看掌管监牢的人心情如何。犯人的命运都藏在他们嘴角的皱纹里，他们撇撇嘴，一条人命就断送；他们笑一下，一条人命也许就能存活。

真是这样吗？皇帝的心情、刘瑾的心情，难道就决定了王守仁的命运？果真如此，还要天地做什么？还要圣贤做什么？是啊，如果老天不想文脉断绝，刘瑾又能把自己怎样呢？于是，王守仁伸了个懒腰，裹在破被子里，沉沉睡去，直到被开门声惊醒。他猛地睁开眼，看见一个人缓缓走进来。此人右手拎一柄鸟喙状长嘴铁钳，像是拔舌的工具。铁家伙很重，拖在地上，发出冰冷而沉重的声音。

王守仁缓缓坐起，盯着眼前这个魁梧的汉子，见此人一脸方正之气，穿着半旧的武官常服，但后边又没随从人员跟着，感觉他不像是要对自己用刑。

"你是阳明子王伯安？"那人问道。

"正是。阁下是——"

"我是锦衣卫掌镇抚司事指挥佥事牟斌。"那人说着，蹲下身来，再问道，"都说你得了道，能隔空视物，真的还是假的？这监狱外边的情景,你可能看到?"

王守仁点点头,笑着说道:"我能看到戴铣他们正坐着囚车赶向这里!"

牟斌显然听出了王守仁话里的嘲讽意味,再问:"听说你还能预测将来,是真是假?"

王守仁摸了摸胡须,咳嗽一声,说道:"百年之后,我等俱是一堆白骨。"

牟斌大笑,咣当一声丢掉大铁钳,拱手施礼:"王伯安果然名不虚传。要知道,走进了这里,莫说寻常人等,就是身经百战的将领、呼风唤雨的阁老,也都腿软筋麻、说话发抖,王公却气定神闲,英气逼人。"

王守仁早就听说牟斌耿直豪迈、不惧强权,赶紧起身还礼。

牟斌指了指地上的铁钳,告诉他:"刚才有人要来动刑,被我拦下了。"他转了个圈,回头沉声说道,"只要我在一天,就绝不滥用酷刑、冤枉好人。"

王守仁没有说话,只是握住他的手,使劲抖了抖。

牟斌说话算话。戴铣等人被送到狱中后,立即受到审讯。戴铣在狱词中依然将刘瑾列为权阉第一人。刘瑾当然不干,便私下传令,让牟斌把他的名字从口供中抹去。可牟斌根本没理这套,而是据实奏报给皇上。一时间,同僚们人心惶惶,生怕被整治。牟斌却劝大家:"我们据实保住刘瑾的名字,将来就可以保住我们的清白。"

牟斌不隐刘瑾名字之事,是狱友林富悄悄对王守仁说的。此时的王守仁已经不再孤单,林富成为他的第一个同室狱友。巧的是,林富的字也叫守仁。王守仁见了林守仁,抵掌大笑。接着,又进来第二位狱友刘秋佩,他之前担任户科给事中,与王守仁私交甚好。

夜间，不知哪间牢房又在行刑，可能是门没关严，惨叫声穿过缝隙，如尖锐的铁钉，一根根地打在耳膜上。窗外寒风凛冽，如利刃般砍在狱墙上，屋内冰冷彻骨。王守仁旧疾复发，肺部疼痛，咳嗽次数越来越多。为忘掉疼痛，他只能暂时打坐入静。这一举动，立即把林、刘二人的好奇心挑动起来，缠着王守仁问神仙方术，最后又扯到了《易经》上，他们一致要求王守仁带他们演习周易，也好消遣。于是，三人齐动手，折烂草为蓍，王阳明讲解，又不断变易卦象，数古论今，论断阴阳，倒也乐而忘忧。

三天之后，王守仁又迎来一位狱友，此人名叫任诺，乃南京御史。他进来之后，一言不发，王守仁三人说话，他也远远躲在另一角落里，既像是冷眼旁观，又像是敌视众人。片刻之后，待任诺明白王守仁三人不是谈论政事，而是在讲易论卦时，立马来了精神。他紧走几步上前，请王守仁为他卜一卦，看自己何时能消灾解难。

王守仁见他眼窝深陷，眼神飘忽不定，既急迫又可怜，便问他说的灾难指的是什么。

任诺立即瞪大眼睛："当然是指这牢狱之灾呀，这不是飞来横祸吗？我被抓之时，老母正病重在床，我都不知道她老人家如今怎样了。"

"飞来横祸？"王守仁再问。

"对呀，戴铣他们上的那道奏疏，我根本就不知情，是同僚替我签署名字的，这根本不关我的事，这不是飞来横祸是什么？"

王守仁闻此，点了点头。可不是嘛，这几天，听动静又抓了不少人，全是受牵连者。任诺说得也没错，他只想过小日子，却稀里糊涂进了大牢。

"好吧，我为你卜一卦！"

此卦是坤之师卦。三人都盯着王守仁，听他解卦。王守仁铁口直断，直接说出结果："目前情况，宜静不宜动。很快，你就会遇到贵人，他会告诉你怎么做，听他的，无不利。"

第二天上午，任诺便被一位凶狠的狱卒唤了出去。看着他谦恭卑微的背影，刘秋佩摇头叹了口气，问王守仁道："任诺肯定会摘清自己的，说不准还会胡说八道，诬陷他人呢！你那一卦，是安慰他还是真的？"

王守仁点点头："我是据卦象而断，没有骗他。"

"这种人，一定会变节。如果有什么贵人的话，也一定是他主动投靠了某个权阉！"

两个时辰后，任诺回狱，身上没有伤，脸上也没有表情，独自一人呆坐，既没吃饭，也没睡觉。直到睡前小解后，他才慢慢走到王守仁面前，小声道："我确实遇到了奇人！"

林、刘两人，立即竖起了耳朵。王守仁则静静听任诺讲完。原来，这次审讯任诺的还是牟斌。他听完实情，反倒劝任诺道："结党营私，当然可耻。可你现在参与的上疏却是忠义之举，如果反悔退出，眼前或能暂时脱身，可将来还会有大麻烦呀。你这样的事，我见多了，请君三思吧！"

王守仁听完，长吁一口气："他何止是你的贵人，也是我等的贵人！道不远人，于斯可见，于斯可见也！"

转眼十数天过去，牟斌又出现在王守仁的牢房中，他暗示王阳明，自己在这里待不长了。王守仁刚想说点什么，牟斌右手伸出食指在左手背上敲了两下，示意王守仁："你要被廷杖了！"

廷杖之下

所谓廷杖,就是用棍棒责打大臣,通常只是皇帝在盛怒之下偶尔为之,只有到了明朝才成为制度。

大臣有罪,自有一套法律程序来审判、定罪、处罚,是谓"国有国法"。廷杖却是皇帝的私刑,没有任何规则,只凭皇帝心情好坏。自洪武以至崇祯,杖声不绝,盛行于明代的廷杖制度实在是对士大夫阶层的莫大侮辱。

王守仁遭受的廷杖有一定的历史意义,因为廷杖制度就在这个时候出现了改革,王守仁等人成为这场廷杖改革的第一批受害者。

在王守仁之前,挨廷杖的大臣并不需要脱裤子,甚至可以在衣服里塞上毯子、棉被之类的东西,多少算保存了士人的颜面。刘瑾恨意难平,向武宗进谏,现在天寒地冻,大臣们穿着厚厚的棉裤,廷杖起不到应有的惩治效果,不如扒光了衣服打。武宗对刘瑾言听计从,下令王守仁他们受廷杖时要脱了裤子。士大夫的最后一块遮羞布终于没能保住。

王守仁只知道要受廷杖,却并不知道要挨多少下。以自己的身子骨,三十下便是极限,再多可能就会一命呜呼吧?他真想给自己占卜一卦,看看明天到底会打多少,可他终究忍住了,就算算得准又如何?还不如好好睡觉养足体力呢。他自嘲一笑,倒头大睡,直到天光放亮。

有意思的是,廷杖当天的牢饭还不错,米饭里没沙子,菜里有油。在上牢车时,王守仁看到了前来送行的牟斌,他冷眼站着,嘴里咬着根黑色竹签,既像是在剔牙又像是在嘀咕。擦肩而过时,牟斌才小声提醒王守仁:"疼了就喊,不能硬撑。"

正德元年十二月二十一日上午,王守仁一行人被带到了午门外。阳光刺得人眼睛生疼,空气像山泉水般清冽,街道上方还飘着木炭的香气。

廷杖的排场很大,远看像在举行朝会。王守仁看到了最上首的监视宦官,看到了一部分穿着红色衣服的朝臣。再往下,宦官与锦衣卫各三十人分列左右。再往下,是排列整齐的旗校官兵百十人,各自穿着军衣,手执结实的水火棍。

圣旨宣读完毕,五名行刑者抓着麻布兜上来,非常利索地将人兜住,自肩脊以下束紧。为了防止受刑者折腾,行刑者还要紧紧地缚住受刑者的双足,麻布兜上有四条绳索,四面人各站一角,使劲牵拽,受刑者状如待宰之猪羊。抡杖人上来,一把扯掉受刑者裤子,露出屁股,再高高举起半红半黑的廷棒。一棒下,惨叫起,受刑者如被刮鳞的活鱼,猛一打挺儿,头脸贴地,尘土被急促的呼气吹出老高,狼狈不堪……

轮到王守仁了,照样被缠裹,第一杖打下,一阵麻辣的剧痛传遍周身,他便大喊了一声。喊叫声能减轻痛苦,廷杖时不可憋气吞声,否则就会造成内伤。第二杖、第三仗接连打下,王守仁感觉整个世界都是一片血红……

正德二年(1507年)岁首,毫无春回大地的和煦,倒是肃杀之气弥漫。廷杖和各式私刑如风沙般持续了整个春季,哀号之声弥漫在京都的上空。

王守仁挺过了廷杖,但有很多人没能挺过去,戴铣就因伤重而死,直到嘉靖年间才获得平反。

至此,"剪除八虎"事件基本宣告了廷臣的失败,刘瑾的深沉城府和霹雳手段震惊朝野,马屁客、送礼人、献宝者络绎不绝,刘瑾终于有了傲视当朝、睥睨天下之感。可是,还有一个人活成了一块石头,堵在他的心头,这个人就是王华。

门生、儿子被抓后,王华丝毫未动,安如泰山,就算锦衣卫抓捕王守仁时,王华都没有探头多看一眼,事后更没有托人打听,更不曾向刘瑾靠近半步,宛若局外人。刘瑾知道王华不会轻易服软,于是准备好好收拾一下王守仁和牧相,特别要对王阳明施以毒手,好狠狠敲打王华一番,让他"迷途知返"。

就在刘瑾准备对王守仁下死手时,恰巧遇到了陕西老乡、大才子康海。

康海,字德涵,号对山,陕西武功人,是弘治十五年(1502年)廷试状元。刘瑾早慕其名,一直想结识他,但康海并不热衷于此,只是虚与委蛇。刘瑾并非不学无术之辈,骨子里对文人还是抱着一丝尊重的,只要对方不危及自身的权力地位,他都愿意以礼待之。这次碰面,他们聊到了王华。康海告诉刘瑾,昔日的王实庵、龙山先生正是如今的吏部左侍郎王华。

原来,刘瑾入宫前的教书先生是王华同乡,他不止一次跟刘瑾谈论起故乡名士龙山先生王实庵。王先生金钱不能淫、鬼神不能惊、美色不能诱、挫折不能磨的故事,每每令刘瑾神往。大家都知道刘瑾仰慕的是权宦王震,殊不知他的人生楷模还有王华。

眼前的敌手竟然就是早年的偶像!虽然来不及核实消息的准确性,刘瑾还是心里一软,立即打消了处死王守仁的念头:目前,王华父子在官员和士林中的影响很大,但凡能拉拢住他们两个,肯定会争取一大批读书人为自己效力。打打杀杀只能暂时压制,解决不

第四章 投身入狱 对境磨心

了根本问题,效力也不会持久,反倒会让文臣们更加团结。

随后,刘瑾主动派人接洽王华,暗示他:"我可以放你们一马,你要识时务。"然则王华始终沉默以待,一言未发。

刘瑾当然生气,但生气中也夹杂着恭敬心。他打算先奏请皇帝,将王华谪往南京任吏部尚书,往后再慢慢拉拢。在他看来,能成大事者,既要能摧毁对手,也要能容纳对手。

朝廷对王守仁的处罚意见很快批复下来,王守仁贬谪为贵州龙场驿驿丞,并要求他迅速交接工作,抓紧启程离京。

正德二年(1507年)闰正月,王守仁带着伤痛告别朋友,离京南下。冒着危险来送行的,除老友湛若水,还有崔铣、汪俊、陆深等七人。

送行气氛忧郁、怅然,再加上天气半阴半晴,更显压抑,纵然有酒助兴,也难免伤感。经此一别,大家都不知道何时还能再相聚。一群人中,只有湛若水平静如常,他将自己所写的九章诗递到王守仁手里,没再说一句话,而是扭头看向不远处的琉璃河。

王守仁即日启程,车过白沟河后,他的心境越来越敞亮,情绪越来越激昂,趴伏在车上研墨舔笔,作诗《八咏》答复好友,其三曰:

> 洙泗流浸微,伊洛仅如线;
> 后来三四公,瑕瑜未相掩。
> 嗟予不量力,跛蹩期致远。
> 屡兴还屡仆,惴息几不免。
> 道逢同心人,秉节倡予敢;

力争毫厘间，万里或可勉。

（《王阳明全集·卷十九》）

其大意是说："孔子讲学于洙水与泗水之间，二程讲学于伊水与洛水之间，孔子之学日渐式微，二程之学不绝如缕。二程之后的几位儒家巨擘，譬如朱熹，瑕瑜互见，所以我王守仁尽管不自量力，却也要致力于圣贤之道，要上接孔子与二程。回想这次祸端，与生死擦肩而过，但我没有颓废。人生起起落落，几乎不免于难，幸而有你湛若水等人与我志同道合，吾道不孤啊！我们两个对于学问，从不含糊，即便是细枝末节也要争个明白，但彼此的友情却纯正、深刻，勉励我奋发到万里之外。"

人生，需要放开胸襟丈量，放大到足够尺度，低谷必然连着高峰，坎坷也能成为一道风景。

但是，身为局中人的王守仁，此刻还没有达到俯瞰苍生的高度。他并不想踏上那条贬谪之路，数十天后的一件大事，更加坚定了他不去贵州的决心。

第 五 章

问心叩道
选择流放

王守仁遭受廷杖之后,并没有立即赶赴贵州龙场驿,也没有传说中那么多神奇故事。他只是感到去贵州无意义,混官场不可能,再度陷入犹豫迁延之中,甚至一度精巧布局,制造溺水死亡假象,意欲瞒过朝廷,悄然归隐江湖。但经过一番挣扎,王守仁扫除了全部疑虑,坚定地走向了流放之路。

明代官员无论是提升还是贬谪，离京赴任都有一定期限，否则就会受到相关的处罚。

按照明朝政府的律例，王守仁出狱后，接到正式的行政派令，就要办理相关交接手续，原有职务被免，就要整装上路，赴新任职，否则就有"赴任过限"的问题。

因为去往贵州路途遥远，王守仁的上任期限为135天，也就是说，五个月之内，他必须赶到龙场驿的工作岗位上。如果超过这个期限，将被"提问参奏"，超过一年，将被"革职为民"。但事实上，王守仁于正德二年（1507年）闰正月末出发，直到正德三年（1508年）三月才到任，除路上行程三个月，他竟然在家待了近一整年。这一年中到底发生什么事，让王守仁迟迟未能成行？既然延期上任会受到相应的处罚，为什么王守仁偏又安然无恙？刘瑾有没有派人追杀王守仁？王守仁到底经历了怎样的心路历程？

佯装投江以求隐

正德二年（1507年）闰正月，王守仁与李梦阳一同离京赴谪。三月，王守仁由车换船，经京杭运河到达钱塘北新关，弟弟守俭、守文迎接他，将其送到南屏寺养病，后来又转到静慈寺。至此，王守仁听到了父亲改任为南京吏部尚书的消息，情绪低落了不少。

明朝自明成祖迁都北京之后，南京成为留都，保留了一套完整的中央政府机构。南京政府基本被用来安置闲官，父亲调至南京，意味着受到了他的牵连。这些虽在意料之中，但王阳明难免再生感慨，回首一路的惊心动魄，再看眼前兄弟团聚之乐，归隐之意悄然泛起。

他在诗中写道：

扁舟风雨泊江关，兄弟相看梦寐间。
已分天涯成死别，宁知意外得生还！
投荒自识君恩远，多病心便吏事闲。
携汝耕樵应有日，好移茅屋傍云山。

（《王阳明全集·卷十九》）

就在王守仁人生最低谷时，妹夫徐爱正式拜他为师受学，这颇让王守仁感到欣慰：一来徐爱天生聪慧，是个读书种子；二是正当自己落魄之时，更显徐爱可贵的人品与性情。眼下兄弟和睦，又得知音而处，王守仁隐居之心油然而生。

紧接着，朝廷又有一个重磅消息传来：皇帝把刘健、谢迁、李梦阳还有王阳明在内的五十三人列为奸党，在朝堂之上张榜公布，还在金水桥大声唱喝这个"奸党名单"，让群臣跪听受训。朝廷给这五十三人为代表的"奸党"定性为混淆黑白、中伤无辜、煽动闹事、影响恶劣，等等。

这当然是刘瑾在幕后矫诏行事，可难道皇帝就没有一点责任吗？既然如此大张旗鼓地宣布"奸党"名单，那也就意味着他们五十三人必将成为长期被打压的对象。这也正式宣告廷臣一方惨败，"八虎"完胜，今后的朝廷必将是刘瑾他们的天下。既然如此，千山万水之外的贵州龙场，还有必要去吗？先别说路途遥远，也不考虑身上的杖伤，就单说那里的瘴疠之气，健壮之人都忍不过，自己过去不是送死吗？这种死法值不值呢？小皇帝，大太监，无论朝廷还是民间，隐患重重，这昏暗的世道，靠自己一个小小驿丞能擦掉多少污垢？与其去远方赴任履职，还不如悄然隐居，修身立说，熬过这个非常时期。

打定主意，王守仁开始布局，谋划退路：第一，拖延时间，借口养病疗伤，推迟上任时间；第二，准备消失，选择一个恰当时间，制造死亡假象，隐遁山林，从此远离官场；第三，所选择的假死时间、地点必须能造成轰动效应，形成热点话题，大造舆论；第四，留下余地，万一假死之事被人识破，必须能自圆其说，确保不累及家人。

第二天，王守仁就给钱塘相关部门写了呈文，说自己廷杖之伤未愈，又引发旧疾，身体羸弱，需要静养，恳请宽延时日。

王守仁所说也是实情，他身上的杖伤着实不轻，伤口还有轻微感染，脱换贴身衣裤时犹如剥皮一般难受，疼得汗透衣衫。平时休息时，他只能趴伏在榻上，读书只能采取俯卧姿势，时间稍长，伤处就疼痛难忍。杖伤又加重了肺病，导致咳嗽加重……

为此，王守仁不断增加入静定的时间，只有进入静定时才能减少一些痛苦。无法盘腿打坐，他就采取侧卧方式入静定。一日，他进入深沉的静定中，又见幻象：面前闪出一张清晰的僧人脸，虽然面目清秀，眼光却犀利无比。不过一转身，他身上的僧衣就变成了飞鱼服……王守仁心神一动,吸一口凉气,猛然出定。这僧人不正是照顾自己的静慈寺僧法明吗?他不由得哼笑一声,这个法明莫不是刘瑾派来监视自己的厂卫人员?

第二天,王守仁与知事僧人一聊,果然印证了自己的判断,怪不得自己始终对此人抱着一丝警惕,总觉得他身上带着窥探气息。

这日,天气晴好,徐爱完成课业,见王守仁并没有明显的疲倦疼痛之色,不由得多问了一句:"先生在疼痛难忍时,心中想什么?"

王守仁徐徐道:"我每到疼痛难忍时就盯着那疼痛看,看它来自哪里,如此一看,疼痛就能减轻许多。但我定性不够,不能久视,只能注视片刻工夫。"

"先生在被廷杖时能不能注视它呢?"徐爱再问。

"你知道佛陀的弟子目犍连吗?"王守仁问徐爱。

徐爱说:"他是释迦牟尼的十大弟子之一,神通最为广大。"

"对,他能腾云驾雾,上天入地,最终却死在别人的乱石之下。有僧众问他:'你为什么不使用神通呢?'他说:'我当时心都乱了,哪还能想起来神通?'由此可见,心思是何等重要。廷杖开始时,一片惊恐、茫然,哪还能凝得起神思?"王守仁略做停顿,轻咳一声,"杖到中间时,我才偶尔几次醒过神来,把眼一瞪,只想自己是一摊水,任它打去,这才好受了许多。如果当时心里想着伤口如何如何,或者恼恨着某人某事,伤痛就会加倍的。现在伤口痛时,我也只是看着那疼,不敢夹杂一丝恨意。"

徐爱再问:"那对于权宦,您是什么态度呢?真不恨他们?"

徐爱的话题很敏感,他是要问王守仁如何看待太监干政的问题。话一出口,在不远处扫地的法明便警惕地直了直身子,且有意识地向这边靠了靠。他的动作很轻柔,如果换作他人,根本看不出来,

第五章 问心叩道 选择流放 105

但这些伎俩如何能逃脱王守仁的眼睛？

关于寺庙里有厂卫细作的事，王守仁没向徐爱透露半个字。再有三个月徐爱就要参加乡试，此刻正是他集中精力应考之时，不能因此分神；再者，他单纯、慷慨，万一知道真相，可能会露出厌恶情绪，结果反倒会打草惊蛇；最后，王守仁觉得自己完全可以掌握局面，没必要挑明此事。

"内官，有内官的可取之处。他们做事利索，没有包袱，干脆、果断，这是很多朝臣比不了的。你有没有发现，规模巨大的皇庄、苏州松江的纺织，还有许多矿务，全都是内官在掌握！仅仅是因为他们会搜刮、豪夺吗？不全是，是因为他们想干、实干，能干出成绩来。这就是他们的可取之处，其中一定有个道理在……"

王守仁这番话绝不是为了讨好探子、迷惑对手，确实是他这段时间以来的反思所得，他想把这个结论说给徐爱听，让他开阔眼界、增强定力，避免无谓的仇恨消耗。

徐爱听后，眼睛瞪得老大，就连那位僧人似乎也受到触动，眼角眉梢都是不可思议的神情……

六月，王守仁移居胜果寺，一是因为那里相对凉爽些，可以避暑，利于休养，二是那里暂时没有探子。虽然胜果寺偏僻了许多，可慕名而来的士子更加多了。王守仁已然明白，在杭州隐居的可能没有了，要归隐，就要远远地走开。

七月末，徐爱又带领山阴人蔡宗兖、朱节拜见王守仁，他们是来钱塘参加乡试的，恳求徐爱引见，拜王守仁为师。此时，王守仁的杖伤已然好了大半，虽然他还佯装疼痛不便，但基本上可以挂着拐杖行动了。晚间送走他们，王守仁刚想转身回小院，突然有个身影闪现，向他合掌施礼。

这人不是别人，正是静慈寺的僧人法明。王守仁笑笑，合掌回礼，而后做了一个请进的姿势。进屋后，法明一个深揖："在下跟踪先生多时了，对先生的言行，心里敬佩得很。"

王守仁倒了杯茶与他："有劳了，不知有何见教？"

法明告诉他，自己的任务已经完成，要回去了，但用不了多长时间，厂卫还会另外派人过来监视。据他所知，当地的僧纲（明清时期府属僧官）要换人，新僧纲就有厂卫背景，而且，即将派到胜果寺的探子是个心狠手辣的家伙，还会舞文弄墨，诬陷人很有一套。他自己监视王守仁，能做到实事求是，但那人一来，保不齐会栽赃陷害。他劝王守仁还是快些赴任，免得再生枝节。

王守仁默然，静静地凝望着眼前的法明。

法明再次施礼："上峰只关心先生有没有蛊惑人，目前并无加害之意，但只怕夜长梦多。"他转身走到门口，又突然扭回头，"咱姓沈，也是牟斌的朋友。"说完即晃了晃身形，消失在月夜中。

王守仁仰头看了看天空，对着自己的影子点了点头，他打定主意——在八月十五夜消失。消失的方式就是跳江自杀。

浙江乡试分为三场：第一场在八月初九，第二场在八月十二，第三场在八月十五。等举子们考完再跳江，才不会分散徐爱等人的注意力，还有，这时跳江自杀最能制造话题，而且通过举子的口和笔，能迅速传开，形成广泛舆论。

至于自杀，当然不是真的，王守仁真正的目的地是武夷山，他想到那里隐居。

武夷山上卦"明夷"

策划自杀事件需要一个秘密执行人,这个执行人不能是兄弟和弟子,也不能是官场朋友,既要可靠又要得力,还不能被人怀疑。王守仁想来想去,认为只有胜果寺的僧人明秀最合适。

明秀,号雪江,又号石门子,出身于大族,爱写诗,懂交际,重情义,有胆略,行事又缜密、低调。王守仁在静慈寺养病时,明秀曾去探望过他,还提醒王守仁注意身边那个假僧人。等到王守仁移居胜果寺时,明秀为避嫌,倒是极少来看他,即使相见谈论,也多做偶遇漫谈状。

王守仁找到明秀说明一切后,明秀不但一口应承,还主动完善了若干环节。

投江是一场表演,表演就要有演员。王守仁托明秀物色一个水性好的人,与自己体形相似即可,届时他只要穿上书生衣服,口念两句王守仁的诗歌,脱鞋跃入水中,而后潜行游走就算了事。而明秀想得更细,他找的这人是个外乡人,确保上岸后就会离开,不留后患。表演完毕,王守仁如何能神不知鬼不觉地离开才是重中之重。

明秀亲自下山,打听并联系了一家商船,约定了事先停靠的地点,巧妙安排王守仁易容易装上船,由钱塘江进入富春江,再至兰江,经广信、建阳,奔武夷山。

表演前,需要不动声色地铺垫,王守仁早已经策划好了。

在王守文、徐爱等人最后一次考前辅导后,王守仁慢悠悠说起了自己的一个奇异梦境:"有一个长相古怪的人进入寺院找我,光看那脸,圆眼如铜铃,鼻梁格外高,鼻头非常大,戴着高隆的乌纱帽,穿着一身绯红袍,身后还跟了个清秀的童子。进门之后,他也不说话,只是直勾勾地看着我。倒是他身后那童子对我说道:'你将有大难,如何是好?'我这才意识到来者绝非常人,赶忙施礼,请求帮助。那相貌古怪者这才慢慢说道:'你自己要好好动动脑子,我也会暗中帮助你的!'"

王守文等人听得着急,急忙追问来者到底是谁。

王守仁又想了想,才徐徐说道:"我恍惚中听得,那奇人正是钱塘江中的乌龙大王……"

故事讲完,王守仁又提笔作诗:

学道无闻岁月虚,天乎至此欲何如?
生曾许国惭无补,死不忘亲恨有余。
自信孤忠悬日月,岂论遗骨葬江鱼。
百年臣子悲何极,日夜潮声泣子胥。

(杨仪《高坡异纂》)

王守仁悄然登船远去。江边那个并不知情的模仿者在吟过"学道无闻岁月虚"之后,长啸一声,纵身跃入江中,独于岸边留下两只鞋子。不大一会儿工夫,水面上又浮出一袭青衫。人,却不知所踪。

中秋节,钱塘江边聚集了很多人。有人引颈远望;等着乡试结束的举子来江边赏月游逛;有人约了三五知己,挑了酒食,准备酌月吟诗;当然也有人携了歌妓,包了游船,中秋又做春宵过。结果,所有人都被这莫名其妙的一跳牵扯了神经。

一切如王守仁预料的那样。最为轰动的还是刚刚考完试的乡试举子,他们品味着那人跳江前的诗句,凝视着江边半旧的鞋子,好奇地猜议着此人的身份——人群中的王守文和徐爱看那鞋子有些眼熟,突然又想到王守仁讲的那个梦境,感觉大事不妙,一拍脑袋,转身跑向胜果寺。

胜果寺中,僧人们被问得晕头转向,而真正的知情者明秀已经飘然远去……

一时间,关于王守仁的神奇传说越来越多,细节也越来越丰富。

而在此时的京城,关于王守仁被刘瑾刺客追杀的传说不但传遍了大街小巷,还在士人中添油加醋发酵着……

当这些故事传到王守仁的知音好友湛若水耳中时,他只是微微一笑,在内心深处给了四个字的评语——佯狂避世。因为湛若水断定刘瑾是不会追杀王守仁的。刘瑾列出五十三个"奸党"名单,不追杀弹劾"八虎"最激烈的牧相等人,为什么独要刺杀王守仁?不去刺杀奏劾刘瑾的那么多显官要员,为什么单单要刺杀王守仁呢?以刘瑾的手段,他想要杀人,也不需要派刺客,只要给人一个罪名,再抓回诏狱就可以了。湛若水一遍遍回想自己与王守仁分别时的场景,知道他不会放弃信仰,只是一时弄不清楚此刻他的选择正确与否。毕竟,刘瑾是有手腕的,如果王守仁反抗太过激烈,恐怕也没有什么好果子吃。

王守仁踏进武夷山后,他之前那股扬扬得意的情绪一下子消失了,取而代之的是失望、怅然。

自从离开钱塘,王守仁一直处于放松状态。途中,他还在一个朋友处停留了数日,请朋友给父亲写信告知实情,免得急坏家人。等杖伤痊愈,他才继续赶往武夷山。可进了山,王守仁不由得皱起了眉头。

武夷山远不如他理想中清静，这里人烟稠密，本以为的幽静处偏偏人头攒动，充斥着市井气。这里佛寺、道观林立，儒家学院也跻身其中，踏幽探奇者络绎不绝。这种环境怎能适合隐居呢？王阳明先后游访了九曲溪、武夷精舍，发现那里不是理想隐居之地。

王守仁叹息之余，奔向最后一站——天游观。其实，他已经对隐居之事不抱希望了，之所以一定要去，是因为他有可能会在那里收到一封贵州的来信。

原来，从钱塘出发前，王守仁抱着试试看的态度，给贵州安庄驿驿丞刘天麒写了一封信，留下的回信地址便是他打算要去的天游观。

刘天麒，广西桂林人，与王阳明同岁，弘治十五年（1502年）的二甲进士，曾担任工部主事，分管山西吕梁地区的建设事务。他脾气硬，喜怒形于色。一次，宫内太监去吕梁办事，要刘天麒接待。刘天麒没太在意，只是应付了一下，结果得罪了这位太监，这位太监在背后告了他的黑状。于是，刘瑾趁收拾戴铣等人的时机，顺便把刘天麒逮进了诏狱。刘天麒在诏狱中就受过锦衣卫的私刑，又与王守仁同时挨了廷杖。王守仁被贬为贵州龙场驿丞，刘天麒则被贬为贵州安庄驿丞。

王守仁出京时曾探望过刘天麒，当时他神志还不太清醒，且不断呕血。交谈中，他唯一清楚的是自己与王守仁共同挨了七十廷杖，所以，王守仁就在给他的信件中署名"七十杖生"。

思绪纷扰的王守仁终于来到了天游观。不出所料，这里人多且杂，道观周边多由匠人和生意人占据，还有许多假道士招摇撞骗。

王守仁在观里转了几圈，便把观里的情形弄明白了。道观住持现在不大管事，在观后的山洞里清修，监院道士全权负责道观内外事务。王守仁拾级而上，又逶迤而下，一直走到住持清修的山洞里。

无巧不成书，王守仁一见那位住持，不由得心中一热，喜出望外。

这位住持竟是当年南昌铁柱宫与他彻夜长谈的游方道士。二十年过去了，老道士的容貌几乎没什么变化，依旧精神矍铄。这道人似乎早有预料，叫童子烧茶打水，为故人接风洗尘。对坐间，王守仁把分别后的经历一一谈来，两人研道法，聊世事，相谈甚欢，不觉过了一夜。

黎明时分，老道士主动为王守仁占了一卦，正是"明夷"。

明夷，是六十四卦的第三十六卦，离卦在下，坤卦在上。从观象取义的角度说，离卦的卦象是太阳，引申为光明，坤卦的卦象是大地，所以离下坤上表示着太阳正在地平线以下，马上就要升起，象征黎明前的黑暗，只须再忍耐一下，便能看见万丈光明……

老道士劝王守仁不要再想着隐居了，还是去贵州上任为好。

王守仁默然，事到如今，似乎只有赴任这一条路可走了。就在他准备下山时，老道士请他题诗一首。王守仁怅然摇头，他费这么大力气隐遁却仍要入世赴任，难免垂头丧气，胸中没有诗兴，自然就提不起笔来。

老道士便笑着挽留道："那你就再住一夜吧，或许明日诗兴会到呢！"

是夜，王守仁与老道士焚香对坐，渐入静定，一夜泰然。

第二天黄昏，有人送来了一封信，收信人正是"七十杖生"。王守仁眼睛一亮，抢前一步接过信来，慢慢展开……

刘天麒竟然回信了，他竟然硬撑着到任了！王守仁感觉世界像被洗过一遍，无边月光撒落，散发一地芬芳。一刹那，强烈的诗兴涌上心头。

此地一为别

王守仁提笔蘸墨,信心满满地在天游观的墙壁上题诗道:

险夷原不滞胸中,何异浮云过太空!
夜静海涛三万里,月明飞锡下天风。
(《王阳明全集·卷十九》)

这首诗意气昂扬,境界阔大。其大意是,总以为人生面临的艰难险阻不可突破,认真观照之下,却发现它们不过像天上飘浮的云朵那样,很快就从心头飘过,只剩下我这辽阔如天空般的胸怀。在洁净湛蓝的夜空中,我驾驭着飞锡,顺风翔舞,自由自在地穿越万里波涛。

"飞锡"是个禅宗典故,《景德传灯录》中有相关的记载。

隐峰禅师是禅门高僧马祖道一的高徒,夏天居住在西山五台山,冬天则居住在衡岳一带,每年都会往返一次。唐宪宗元和年间,隐峰禅师经过淮西的时候,正巧遇到官贼交锋,血腥弥漫,陈尸遍野。隐峰禅师见众生争斗残酷,大起慈悲心。为了化解这场血腥之战,他动用大神通,把手中锡杖掷向空中,而后飞身跃上锡杖,口诵真言,从军士们头上凌空飞过。交战双方仰头看到这番场景,震惊不已,生起恭敬心,停止战争,保全了无数条生命。

明了这个典故，就更能体会王守仁此时的心境——广阔静谧中蕴无畏，淡然洒脱中寓奋发，坚定执着中含悲悯。

王守仁告别天游观住持，决定先回乡与家人辞别，再奔向贵州龙场驿。

正德二年九月二十九日，是王华六十二岁寿辰，王守仁必须在父亲生日前赶回南京。而后，他还要回老家一趟，探望祖母。贵州龙场之行，极有可能是生死之别，务要郑重行事。

此刻王守仁的心情不再忐忑，而是冷静、悲壮。回首来武夷山时的狡黠、得意，他突然有点鄙视自己。两天前，他还觉得自己的悄然隐居充满了大无畏精神，现在看来，那是一种逃避，逃避自己应尽的责任——这份责任不是人间的计较，而是天命的一部分。

为什么逃避？是出于恐惧，是出于对死亡的恐惧！

挨完廷杖，王守仁感觉自己战胜了欲望，什么高官厚禄，甚至名声，他都可以弃之如敝屣。还有那么一刻，王守仁以为自己已然达到了圣贤境界，甚至一度讥笑与自己同出京城、一路上戚戚哀哀的李梦阳。但是此刻，他发现自己还在孤芳自赏，还有太多东西不能放下，比如不管不顾的自私、对死亡的恐惧，以及自以为是的小聪明。这哪是什么圣贤的做派，分明是愚夫愚妇的行径。

宁可向道而死，也绝不能背道苟活！

王守仁赶到南京时，王华也接到了罢官致仕的命令。

王华至今死不低头、软硬不吃的态度深深刺痛了刘瑾。加之王守仁迟迟不上任、突然消失，以及因此导致的种种流言，都让刘瑾和他的党羽感觉极不舒服。王守仁必须得上任了，如果不走，不但会连累王家，还有可能连累弟子。这次乡试，徐爱、蔡宗兖、朱节全部中举，蔡、朱二人都郑重其事地行了纳贽拜师之礼，必须得保护好他们。

十二月，徐爱、蔡宗兖、朱节三人赴京应试。王守仁写下一篇《别三子序》，与徐爱等三人正式道别。他的这篇临别赠言写得大有深意，耐人琢磨。

> 自程、朱诸大儒没而师友之道遂亡。六经分裂于训诂，支离芜蔓于辞章业举之习，圣学几于息矣。有志之士思起而兴之，然卒徘徊咨嗟，逡巡而不振；因弛然自废者，亦志之弗立，弗讲于师友之道也。夫一人为之，二人从而翼之，已而翼之者益众焉，虽有难为之事，其弗成者鲜矣。一人为之，二人从而危之，已而危之者益众焉，虽有易成之功，其克济者亦鲜矣。故凡有志之士，必求助于师友。无师友之助者，志之弗立弗求者也。自予始知学，即求师于天下，而莫予诲也；求友于天下，而与予者寡矣；又求同志之士，二三子之外，邈乎其寥寥也。殆予之志有未立邪？盖自近年而又得蔡希颜、朱守忠于山阴之白洋，得徐曰仁于余姚之马堰。曰仁，予妹婿也。希颜之深潜，守忠之明敏，曰仁之温恭，皆予所不逮。三子者，徒以一日之长视予以先辈，予亦居之而弗辞。非能有加也，姑欲假三子者而为之证，遂忘其非有也。而三子者，亦姑欲假予而存师友之仪羊，不谓其不可也。当是之时，其相与也，亦渺乎难哉！予有归隐之图，方将与三子就云霞，依泉石，追濂、洛之遗风，求孔、颜之真趣，洒然而乐，超然而游，忽焉而忘吾之老也。
>
> 今年三子者为有司所选，一举而尽之。何予得之之难，而

有司者袭取之之易也！予未暇以得举为三子喜，而先以失助为予憾；三子亦无喜于其得举，而方且憾于其去予也。漆雕开有言"吾斯之未能信"，斯三子之心欤？曾点志于咏歌浴沂，而夫子喟然与之，斯予与三子之冥然而契，不言而得之者欤？三子行矣，遂使举进士，任职就列，吾知其能也，然而非所欲也。使遂不进而归，咏歌优游有日，吾知其乐也，然而未可必也。天将降大任于是人，必先违其所乐而投之于其所不欲，所以衡心拂虑而增其所不能。是玉之成也，其在兹行欤！三子则焉往而非学矣，而予终寡于同志之助也！三子行矣。"深潜刚克，高明柔克"，非箕子之言乎？温恭亦沉潜也，三子识之，焉往而非学矣。苟三子之学成，虽不吾迩，其为同志之助也，不多乎哉！

增城湛原明宦于京师，吾之同道友也，三子往见焉，犹吾见也已。

（《王阳明全集·卷七》）

王阳明在这篇文章中酣畅淋漓地表达了自己的思想与情绪：儒学自从二程、朱熹以后，师友之道不复存在，而师友的帮助恰恰是立志成才的关键所在；儒家经典沦落为应试工具，启迪心灵、完善人格的功用几近于零，圣学精髓失传了，可以说，基本上没有真正的儒学了；复兴儒学当以立志为先，以师友为助。很可惜的是，自己从求学开始便渴求知音，但志同道合的人寥寥无几，幸而有你们三个；天将降大任于某人，绝不会让他一帆风顺，必于坎坷磨难中成就他。你们三个要珍惜光阴，当下用心，一人一事，随处都是学问。可惜我远天远地，孤独一人，很难再得到你们的助力了；你们三个去北京,一定要拜见我的好友湛若水,他也必定像对我一样对待你们。

整篇文章透着一种极尽孤独的使命感,也散发着一种舍我其谁的悲壮感。

正德三年(1508年)正月,王守仁临行之时,王华一一分析了他未来可能遇到的困难。他提醒儿子,最棘手的问题不在旅途中,而在目的地。因为王守仁延期报到,极有可能出现贵州官方拒绝接收他的情况,若是果真那样,王守仁就要接受官府的惩罚,那就相当于历尽千山万水还要跳进龙潭虎穴。

王守仁笑着问父亲:"刘瑾对您而言,不就是龙潭虎穴吗?您怕了吗?如果您是孔老夫子,该怎么教导我呢?我彻底想明白了,大道如青天,无所不在,天上有日月,脚下就有道路。儿此去就是为践道悟道,请父亲放心!"

王华没再说什么,他能做到的是把盘缠准备充足,让最忠心、最强健的仆人跟随儿子,而后默默送他们走远。当王华看到儿子瘦弱的背影越来越模糊时,两行老泪夺眶而出……

贬谪之路,诗意之旅

王守仁此行,境界大开,深悟"读万卷书,行万里路"的内在含义:这两句话是不能分开的,读书如走路,每一字都要脚踏实地,落到实处;行路如读书,每一段都有意义,品味于心。所以,王守仁的贬谪之路成了诗意之旅。

途经广信时，王守仁又拜访了娄家，拜见了娄谅的长子娄性，晚上又与广信蒋太守在舟中相见，对灯小酌，赋诗话别。

经南昌，停船章江门外石亭寺。想到青春蓬勃的青春岁月和宴尔新婚的柔情蜜意，王守仁感慨良多，尽付诗文寄怀。随后，他拜访了南昌府同知陈旦，又特意拜会娄谅的二儿子娄忱。娄忱是个奇人，自小是神童，文采出众，当过官，但看不惯官场种种污秽，直接挂冠弃官。为了避世做学问，他借口自己有病，干脆十年不下楼，被人称作"楼上先生"。王阳明在多年前拜访娄谅时见过他，此时再见，感觉他相貌、性情没有多少变化，唯脸上多生了些细纹。

娄忱见到王守仁便大喜，问王华近况，又问他遇神遇仙的传言是怎么回事。听完王守仁的解释，他抚须大笑："真正的隐居，不是隐形于深山中，而是心中藏着一座深山。"说到这里，他拍了拍自己的胸口，又拍了拍王守仁的胸口，"我过去十年不下楼，只因心中还有更高的去处。今日居住在闹市，也是因为心里还藏着一个更加宽广的世界……"

与娄忱的谈话让王守仁心中越发开朗，内心境界再上一层楼。他还从与娄忱谈话中萌生一问：时时处处，以圣人的境界衡量自己，假设此时此地我是圣人，又该当如何？

经袁州，王守仁畅游仰山，登上宜春台，高声吟诵诗歌；经萍乡，拜谒周敦颐祠，再宿武云观，与林玉玑论道；入湖南，探访李靖遗迹，访长沙太守，游览岳麓山野……此时的王守仁，像静流的深水、过江的清风，举手投足间便有一种慑人的魅力，自然而然地让人想靠近。

一路上，仆人们也异常欣喜，游山逛水，吃喝不愁，这哪里是贬谪流放，分明就是享福。王守仁看他们一个个眉开眼笑，就皱起眉头告诫他们："苦中作乐是应该的，你们若一味贪图这种'投机之乐'，怕是要倒霉了。"结果还真让他说准了。

一日，王守仁包的客船从长沙起航，一帆风顺，速度极快。傍晚时分，船入沅江，因为速度太快，来不及转向，撞到了江边一块巨石，眼见着船身破裂了一处。船主停船使人检查破漏处，说是不太严重，修补一下即可。

王守仁总觉得不对劲，劝船主少安毋躁，多停留一天，待仔细检查、完全修补后再上路不迟。船主不以为然，又急着赶路赚钱，根本没听他的话，第二天一早就又出发了。几个时辰后，大家发现船身在倾斜，老匠人告诉大家，昨天修补的地方又破了，必须泊船检查。

至傍晚时分，客船才勉强停靠在沅江天心湖边。一行人本打算在这里靠岸休息，维修船只，没想到天气突变，先是雷电暴雨一昼夜，水面暴涨，淹没堤岸，接着再起狂风，湖面波浪翻滚，船身飘摇如薄纸一般，随时可能翻船。别说王守仁等人，就是惯走江湖的老水手都吓得脸色苍白。

王守仁摇了摇发晕发胀的脑袋，定定心神，在心里大声问自己：如果圣人此时此刻就在船上，他会怎样？随着此念的深入，杂念被排除，他心神大定。船主见王守仁一脸淡然，冲手下大吼道："王先生都不怕，你们怕个啥？"一干人这才安定下来。

之后，风势虽见小，大雨还在下，气温越来越低，船上不但开始漏雨，连干粮也没了，十几个船工抱怨连天。王守仁赶紧命令手下打开行李，把所有储备干粮都拿出来，凝聚人心。

三天后，风雨越来越小，王守仁当机立断，指挥众人涉险出湖，驾破船夜入武阳江，停泊在一个渔村旁。众人在集市上买来粮食蔬菜，终于挺过了难关。

天心湖遇险，是王守仁在危急时刻运筹指挥的"第一仗"，虽然规模不大，但意义非同一般，这让他深刻体会到了"应对艰险需要平时的修养，侥幸偶然绝对不能长久"的道理。

因此，在初到辰溪沅水驿时，王守仁便思考如何应对延期到任的问题了。按规定，自己需要拿出"身体患病、上任延期"的证明材料并说明理由，由贵州布政使司接收行政关系，才能完成上任流程。如果贵州布政使司不予接纳，自己仍要论罪受罚。

王守仁手里有钱塘官府出具的病历证明，也有沿路太守的证明材料，但在路上听到刚出狱的陆昆被刘瑾重新抓进监狱，被贬谪的李梦阳突然被免职并勒令返乡等消息后，王阳明还是多了一份小心。

果不其然，刚入贵州境，王守仁便听到了一个不太好的消息——贵州镇守太监孙清回来了。孙清是正德元年（1506年）六月到任贵州的，正德二年（1507年）被刘瑾召回京都，眼下突然又回到贵州，不知意欲何为。

镇守太监主要监视各省各边的武臣，借以控制军权。因为皇帝和"八虎"的关系非同一般，镇守太监地位也超然于众人，他们的话分量极重。如果孙清从中作梗，王守仁非但做不成驿丞，还极有可能获罪。

告诉王守仁这个消息的正是贵州布政使司右参议王铠。王铠到外地办差时，与王阳明在一处驿站相遇，王铠素闻阳明大名，便以实情相告。孙清虽为阉官，但很有城府，擅耍手段，贵州总兵施瓒对他都忌惮三分。

从目前掌握的情况来看，刘瑾对李梦阳的报复已经展开。碍于舆论，刘瑾只是强迫王华致仕回家，如果还有后续制裁手段，便极有可能借"逾期上任"对王守仁下手。假如刘瑾要对王守仁下手，孙清便是具体执行人，如何对付孙清便是王守仁首要考虑的问题。

王铠同时告诉了王守仁一个好消息：主管接纳流放官员的左参议叫胡洪，字渊之。这个消息让王守仁眼前一亮，胡渊之是他同乡、弘治九年（1496年）进士，他们算是老相识，虽说胡渊之为人软弱，但此时此刻与他打交道总比应对陌生人要强。

然而现实并不乐观。胡洪新官上任，非但没有烧三把火的锐气，反倒小心翼翼，连说话都半掩着嘴巴，生怕声音被第三个人听到似的。他见到王守仁倒也格外高兴，又是倒茶又是让座，可一接过王守仁的报到文书，他立即就皱起了眉头，表情复杂，脸上像罩上了一层乌云。

王守仁问他有什么问题。胡洪又笑着说，延期是长了些，不过没什么问题，最后得让孙镇守过过目。王守仁知道他不愿担责，只是笑着拱了拱手。胡洪起身离座，拍拍王守仁肩膀："伯安少安毋躁，今天恰巧赶上孙太监到这边来，我去禀报一下就回。实际上就是走走过场，你不要担心！"

王守仁索性坐了下来，端起茶碗呷了口茶，一股清香直抵肺腑。他长长地应了一声，目送胡洪出门，扭头看向窗外的峰峦。

这贵州省城，山中有城，城中有山，山上有林，郁郁苍苍，不管明天糟糕到什么地步，今天如有时间，无论如何都要好好转一转。王守仁正想着，身后突然传来一声冷哼，接着便是衣摆的窸窣声，一股森森冷气自背后传来。王守仁没有回身，听到胡洪低沉却焦急的提醒："王驿丞，还不拜见孙公公？！"

第五章 问心叩道 选择流放

王守仁转身，见一个头发花白、身材魁梧的宦官站在面前。此人戴乌纱描金冠，穿窄袖衫，内着花团领衣，外束乌角带，衣裳鲜亮，挺胸背手，目光似刀，不怒自威。若不是面白无须，此人着实有些大将军气派。

王守仁施礼。

孙清又打量几眼，才慢慢问道："你就是王守仁？"

"正是！"

"装神弄鬼，机诈百出，今日一见，果不其然。延期上任，已经够恶劣了，你竟然还在上任途中游山逛水，光长沙一地，你就待了八天，是欺我大明无法还是有司无用？"

王守仁答道："是守仁无用，身体孱弱，不敢疾行，不得不放缓速度。"

"好，既然要缓，那就再缓些吧，龙场驿有没有驿丞也无所谓，贵州有没有你王守仁更无所谓。"孙清围着王守仁转一圈，哼哼冷笑一声，"对了，都说你博学，而且知兵，我问你，你可知道这贵州情形？"

王守仁微微一笑，他一路走来，始终没忘搜集贵州相关资料，功课已然做得差不多了，遂说道："论土地，贵州面积狭小；论人口，军民合计不过百万；论管制，基本是土司掌管；论赋税，全部赋税不如江南一个大郡……"

胡洪见王守仁毫无怯意，反倒摆出一副高高在上的模样，生怕孙清怪罪，连连示意他住口。

王守仁看了一眼阴沉着脸的孙清，并未理会胡洪，接着说道："但贵州地理位置重要，自元代开辟驿道以来，几条大驿道在此处交会。可以说，小小的贵州像一把锁，把湖广、四川、云南三省连成一片，关系到西南局势的稳定和云南边陲之巩固……"

王守仁就贵州军事价值，一直说到本朝战史，越说越详细。孙清越听越认真。正在大家听得入神时，竟然听到外边传来鼓掌声，扭头看时，见一个穿半旧青色官服的中年人走了进来。

胡洪一见，赶紧拱手："王巡按——"

王守仁突然想起王铠曾经说过，贵州巡按监察御史也姓王，叫王济，字汝楫。王济官虽不大，只是七品，权力却不小，代表朝廷巡察官员，一省官员的履职优劣全在他掌握之中，即使孙清见他，也得客客气气。

"阳明先生果然高见，百闻不如一见。"王济朗声一笑，冲孙清一施礼："公公，你们不正需人才嘛，这真是踏破铁鞋无觅处，得来全不费功夫啊！"

王济这句话，明显是替王守仁说情。孙清也没料到王守仁竟如此熟谙军事。他这次来贵州，主要是对付当地暗潮汹涌的叛乱，王守仁这样的人才极可能用得上。他便借坡下驴，点头示意胡洪接收王守仁。

一天乌云散，赴任手续顺利交接完成。

第六章

龙场悟道
心即是理

漫长的流放之路，刘瑾并没有派人刺杀王守仁，倒是王守仁一直在刺激自己。他像一把利刃，不断刺向寂寞与苦难，也不断刺向自己，挖掘自己的潜能。直到某天深夜，王守仁顿悟大道，贯通了物我古今，开始了心学宗师之路。

因为王济的关系，王守仁又在省城多待了几天。几天里，拜访王守仁最频繁的是贵州总兵施瓒，他很快就以"先生"称呼王守仁，并表达挽留他的意向。王守仁以"戴罪之身，不可迟滞"为由婉拒。

王守仁之所以拒绝，一是因为自己是流放至此，对很多情况都不了解，太过招摇必生祸患；二是因为自己心心念念的大道还未证悟，需要借助龙场驿这片荒蛮之地悟得大道真理。

在王守仁脚下，一条向死的流放之路，变成了悟道的成功之路。

蛮云瘴雨好修心

正德三年（1508年）三月，三十七岁的王守仁带着他的仆人抵达了龙场驿，开始了驿丞的任职。

明代极重驿站建设，这既便于中央集权式管理，也能吸纳大量闲散劳动力，免得他们成为流窜生事的闹民。驿站既然越建越远，注定会有一些驿站成为孤岛般的存在。明初开拓的"龙场九驿"就是如此，它们设置在人迹罕至的蛮荒之地，官员到这种地方任职，就形同流放。

龙场驿是"九驿"的第一站，它远处贵州西北万山丛棘之中，野兽出没，毒蛇遍地，沼泽丛林相接，瘴毒之气弥漫，周围少数民族语言不通，而且窝藏着许多亡命之徒，遥远、封闭且充满危险。

王守仁眼中的龙场驿，就是一堆废墟。按规定，龙场驿设有驿丞一名、马二十三匹、卧具二十三副，但这些都是洪武年间的建制，到了正德年间只剩下虚名。虽然位置不是荒无人烟的所在，但目之所及，当地人们的生活近乎原始，甚至连像样的房舍都没有。

穷山恶水，合当一悲，但王守仁抬眼环顾的一刹那感受的是一种特殊的安全感。正如一颗种子，无论放入多么华贵的器皿，都不如丢在烂泥巴里合适。那一刻，王守仁感觉自己就像一颗种子入了土。

初来乍到，安身为先。王守仁亲自动手，带领童仆一道搞起了安居工程，填草和泥，夯土筑墙，伐来碗口粗的树木当梁，再砍取细枝做檩椽，而后用干草铺顶，抹上黄泥，最后又在房屋周围扎上篱笆，植上不知名的花草。

当地人一开始对王守仁都抱有防范之心，只远观，从不靠近，等到来客把整座院落完成时便觉赏心悦目了。这简朴院看着简单，却不粗陋，院落中时时有吟诵声传出，众人虽听不懂，却令人心安。再往后，他们发觉这几个人连跑到家门口的小野兽都不捕猎时，便越发放心，这才慢慢与王守仁打起了交道。

这一安居之所只是暂时栖身之地，并非修炼之所。王守仁又在龙冈山半山腰上找到一座山洞，洞不算大，但对于清修已然足够。他带着仆人尽力修整一番，分出区域。仿照自己故乡的"阳明洞天"，王守仁也给这个栖身的小山洞取了个好听的名字，叫"阳明小洞天"。

在石头缝隙里烧火做饭，把高低不平的地面打扫干净，在石头

第六章　龙场悟道　心即是理

上支起木榻，书本堆列旁边，抬头能见青山，闭目可听泉声，这是何等的洒然快意！

然而，短暂的诗情过后，瘴气的干扰便接踵而至。

人都说此处是"蛮烟瘴雾""蛮云瘴雨"，一点不假。一年四季，春、夏、秋三季这里都有瘴气。春季刚开始时，瘴气还不算厉害，只在远处飘着，似雾而青，似云而滞，当地人谓之"青草瘴"。但随着时间的推移，瘴气便越加厉害了。春、夏之交时，天气越来越炎热，空气越来越潮湿，瘴气便渐渐浓重起来。特别是一场小雨后，天空似晴不晴，水气熏蒸，郁积在山腰水畔，其气青绿中带赤黄，夹着一股腐腥气。最厉害时，瘴气如溪水一般四处流淌，一连几天，雾瘴弥漫，自辰时至午时，三步之外不见人，口鼻处仿佛糊了一层纸，呼吸也变得困难起来。

身处这种环境，吃饭、喝水都要小心翼翼，稍不注意就会腹泻、呕吐。早晨的粥饭留到傍晚时就变成墨绿色，腐气刺鼻。

王守仁令仆人们寻来药物，日常煎服，这才没有遽然倒在瘴气之中。

刚刚适应了瘴气，与世隔绝的沉闷又劈头盖脸地袭来。

与贵州龙场驿相比，故乡的山林不过像道高墙，只隔开了耳目，并未隔绝红尘喧闹气，而贵州深处的山像深渊，不但隔绝了繁华，仿佛连前半生的世界都隔绝了。在这里，寂静是有分量的，万山挤压的孤独随时都会把人压垮。

小洞天里的王守仁竟然找不到"大洞天"里的清静感觉了，修心之功非但没有大步精进，反倒退步了。在这里，他发现了藏在自己思想极深处的各种念头：他以为自己摒弃了功利思想，除了道德、学问，不再追求任何虚名浮利，但此刻他看到建功立业、彪炳千古的念头如冰山一般坚挺在思想深处；他一直惧怕的死亡非但没有远离，还会变成重重噩梦，要么是黑暗扭曲、没有边际的诏狱走廊，要么是血迹斑斑、默然逼近的狰狞怪脸，要么是风大雨狂、巨浪滔天的江海波涛；他发觉自己之前悟的道还很浅显，很多时候依靠的是头脑的聪明，而非悟道的高明，是知识的积累，而非智慧的运用。

无边无际的紧迫感如巨大车轮般碾压而来，经常让王守仁感觉焦虑和沮丧。入夜，世界如同沉入海底，洞中一盏灯火弱如花瓣，却努力扛起了无边的黑暗；洞边泉水淙淙，与时光一道流逝，这些本来是恬静诗意的存在，此刻却让他心生寒意。

该看的理论，儒家、佛家、道家，全都明了；该经过的阅历，官场、隐居、贬谪，全都经过；万事俱备，只欠东风，王守仁需要一次蜕变，需要一次飞跃，需要一次顿悟。他需要把许许多多的道理演变成一条真理，他需要把外部得来的知识化成自己的见地，他需要把理性的思考化成直觉式的能量。然而，他打坐越勤，越感觉心浮气躁，幻象丛生，像阳明洞中那样深沉入静的情况，几乎再也没有出现过。

入静不成，王守仁便转头再研究《易经》。他在小洞天旁边找到一座更大的山洞，起名"玩易窝"，在那里精研易理、易数、易象，整日沉浸其中，以期窥得天地之道。然而，他很快又意识到，研究周易也不能完全排遣心中的焦灼，更不可能大彻大悟。

食物越来越少，仆人无聊、抓狂，王守仁干脆带着他们开荒种田，学着当地人的样子，先放火烧去野草，再播种、浇灌，尽管身体劳累，心头反倒轻松了许多。在农田劳作时，他看到了苗人的歌舞：这些人说唱即唱，说舞便舞，笑得爽朗，歌得自在。那股天真

第六章　龙场悟道　心即是理

让王守仁大受感染，恍然有悟：是啊，这不就是道吗？道法自然啊，道在平常日用之中啊，自己为什么非要刻意在静坐中寻找，在经书里穿凿呢？当年在监狱里都想明白的道理，怎么换个地方就忘了呢？王守仁放下农具，两手叉腰，学着当地人的音调，长长地唱喝了几声。清亮悦耳的嗓音穿过瘴气，在山间回荡，久久不散。

不过，王守仁万没想到，身体虚弱的自己反倒要照顾三个仆人——他们一个个都病倒了。王守仁没有郁闷，反倒笑了起来。这不就是卦象的反复吗？上一卦还是坤上乾下的泰卦，接着不就是乾上坤下的否卦了吗？圣人若在此处，他们应该怎么做呢？

王守仁变主人为仆人，亲自劈柴烧水，煮粥煎药伺候仆人。为了帮他们疏导情绪，王守仁还要兼职心理医生，给他们唱乡野小调，为他们讲笑话宽心。仆人们发现，自己的主人威严起来就像高山，愚痴起来好比大石，矮下身子就成了小草，从来不端什么架子，可每个架势又都像模像样，难怪那么多人都喜欢他。

某天，这深山驿站突然喧嚣起来，马蹄声声，车队辚辚，寂静山野为之一震。当地人全都倚门而望，羡慕地看着眼前这支队伍走向那个破驿站——那是贵州宣慰司长官安贵荣派来的，车上载着送给王守仁的礼物。

贵州宣慰司俗称水西土司，是当时的民族地方自治机构。安宣慰自小就接受了良好的文化教育，早就听闻过阳明先生的大名，后来又听到王济、施璜等人对其的称赞，更是钦佩。

之前，灵博山下原有的一座"象祠"被毁（象，即舜帝的弟弟，苗夷地区视之为神），安贵荣新建了一所，并请王守仁作了一篇《象祠记》。文章写成之后，安贵荣特别佩服，他从这篇文章里不但看到了王守仁的文采，也看到了他"天下无不可化之人"的胸怀与气度，心生崇敬，便有了派人带重礼慰问王守仁这一幕。

正在困顿中的仆人异常兴奋，先别说黄金布帛、骏马雕鞍，单看见这么多眼熟的官家人，就令人心花怒放。周围的苗人看傻了眼，这样一个穷恶之地，到底住着个什么样的厉害人物？更让他们傻眼的是，这么多宝物竟然被驿站那几个吃不饱饭的家伙退回去了！

没错，王守仁只留下了二石米和生活必备的柴、炭、鸡、鹅，其余的，坚决不受。他在信中恳切地对安贵荣说道："我到龙场驿来，身份是罪臣，您送这么贵重的礼，是对待高官的规格，我不敢收，也不能收，请君体谅，允许我退回去吧！"

只此一举，不但安贵荣，就连当地苗人也更加敬重王守仁。他们与王先生越走越近，表示要为驿站盖房建屋。王守仁正想兴建书院，便欣然应允。

很快，一间间屋舍拔地而起，龙冈书院初见规模，先后有了王守仁文章中记载的何陋轩、君子亭、宾阳堂……院落越来越大，龙冈书院名气也越来越大，学生就越来越多。这些学子中既有身着夷服的本地少年，也有外地的慕名之士。一阵阵诵读声、一句句问答，让这片深山遮掩的荒蛮之地散发出文化之光。

在给老朋友吴世忠的回信中，王守仁如是说："真正的学问之道，不是让别人看的，是用来滋润自己身心的。吃饭、睡觉，一言一行，都是学习，都是修身之道。此刻的龙场驿，就是我的修身道场。"

在他自问自答的《龙场生问答》中，王守仁坦言："我到龙场，实是贬谪之身，但再怎么惩罚，我也是官，既是官，便要尽为官之

第六章　龙场悟道　心即是理

道，尽我所能。就像一草一木，用自己的一花一叶去显示山河大地的青葱、伟岸。"

六月初的某天，给学生们讲完课，在放下书本的一刹那，王阳明恍然感觉到一种前所未有的宁静。一刹那，时光停止，身体通透，他看到了宁静中的自己，也看到了雄心壮志的自己，还看到了焦虑恐慌的自己……无数个王守仁同时存在，像水中无数个月亮的倒影，这无数个王守仁又都在望着自己，等待内心深处的一声召唤。王守仁知道，自己的重要时刻即将到来。他回到曾让他心绪不宁的小洞天，静坐在石穴之中，一连数日不动：要么死去，要么重生……

在一个夏日之夜，静寂山洞中突然传出一声欢呼——王守仁大悟的时刻到了。

龙场悟道

正德三年（1508年）夏天，王守仁在龙场悟道成功，他不觉欢呼雀跃，手舞足蹈。自此，阳明心学破土。

悟的境界有多重，正如《五灯会元》载，大悟三次，小悟数十次，非经历者难得其妙。王守仁这次大悟，到底达到了什么样的境界，悟得了什么玄妙？

在深沉静定之中，王守仁看见自己变成了一个浩瀚的存在：仿佛没有了自己，又无处不是自己。因为浩瀚无边，所以周流不息，因为太过细微，所以屹立不动。刹那间，大与小、远与近、多与少没有了界限，时间与空间合在了一处……

王守仁"看"到了"道"，确切地说，是感受到了道。所谓道，是一个亘古高明的存在、一种微妙完整的呈现，就像自己融入了宇宙，又像星空化成了自己。世上一切，原本就是一个整体，心念微动，世界都起涟漪……

证悟大道的感觉，没办法用语言描述。禅宗说"言语道断，心形迹灭"，不但不能说，连想也不能想。

站在"心学"的角度，一言以蔽之：心即理，心即事，心外无物。"始知圣人之道，吾性自足，向之求理于事物者误也。"王守仁此说，是对陆九渊"宇宙便是吾心，吾心即是宇宙"的继续推进，是对孟子"仁心内于心"的遥相承接，进而也是对朱熹理学的否定。

具体来讲包括以下几方面：

第一，心即是道，心生万物。在程朱理学看来，天理与人欲，一主一客，是两种东西，所以不能把道与自身等同起来。落实在行动上，理学家们一方面尊崇皇权，另一方面又要限制皇权，自心的矛盾极难调和。而在阳明心学看来，道不外求，内在于心，心即天理。情与理自然统一，皇帝与平民在"道"上平等，更加尊重个体的道德价值和道德力量，在某种程度上也弱化了专制君权的影响。

《传习录》中的"岩中花树"正是这一悟见的最好注解。

王守仁与友人结伴春游会稽山。一个朋友指着岩中花树问王守仁："先生说天下无心外之物，但是就像这一株开花的树木，在深山中花开花落，在我知道之前，它就已经生长在这里很多年了。换句话说，这棵树并不在我心里，而是活在深山之中，长在我心之外。您怎么能说无心外之物呢？"

王守仁的回答极有意思："你未看此花时，此花与你的心同归于寂。等你来看此花时，那这株花的形状、颜色立即就显示了出来。由此可知，这株花还是在你心里，并不在你的心外。"

我们不由得要问：如果说至善或天理只在心中，只能向内心求得，这可以理解，因为这些东西毕竟只是意识观念，是虚的，但是外在的客观物体，如河流山川、远洋孤岛、花鸟虫鱼，乃至我之外的所有人，都是实实在在的物质，怎么可能是我们心中的幻象？再往远了说，难道历史上所发生过而我们不了解的一切，都不曾真实存在过？

王守仁的解释到底是不是诡辩？或者，王守仁想表达的是否就是英国哲学家贝克莱的"存在就是被感知"？

不是，都不是。王守仁看似轻巧一说，实则是他悟道后的举重若轻。

"你未看此花时，此花与你的心同归于寂。"注意，在心学意义上，世界存在的方式是"寂"与"显"，一切都在，就看你明不明白；你若明白，一切都显示出来，你若暗昧，一切隐藏不见。换句话说，我们这个约138亿光年的宇宙早就存在，我们体内的细胞也伴随了人类始终，可人类直到近现代才知道，不是它们不存在，而是一直"寂灭"。

"心外无物"是绝对的，但"心"的大小是相对的。夏虫不可语冰，朝菌不知晦朔。不管是多聪明的蚂蚁，它的世界都大不过骆驼。同样，骆驼的世界也大不过雄鹰……一个悟得大道的人，当他有了天人合一的神秘体验，当然就是心外无物了。正如这岩中花树，正是大道所孕育之物。

认识世界的过程就是唤醒内心的过程，打开内心的过程也是创造世界的过程。假如王守仁穿越到现在，看到我们的电脑、手机，同样会用"心外无物"的理论来解释：这些尖端的科技产品同样是心内之物，它是由我们内心不断想象、不断设计、不断改进之后创造出来的，它自然就不是心外之物。

心外无物的"心"不是指"心脏"，也不是指"思想"，它超越主观、客观，是更高维度的认知，类似佛家所说的"妙明真心"，也就是王守仁后来反复强调的"良知"。

第二，知行合一。既然心即是理，心即是事，那么，"理"跟"事"就是一回事；既然道理与事情没有区别，那么知与行自然就会合一。这是心学的"行为整体观"——思想是没有结果的行动，行动是看得见的思想。你有不善之念，即是一种恶行；你不能改掉恶习，根子还是念头不纯。因此，要做到知行合一，首先要明理，其次要修德，再次要正行，环环相扣，一以贯之。

发展到明朝中期，儒家思想已经进入僵化阶段，纯然变成富贵的敲门砖，严重脱离社会实际，逐渐远离身心修养。"孝悌忠信，礼义廉耻"只是幌子，居上者奢侈、腐化，管理层贪污、欺诈，百姓不但身苦，心里更是凄惶。王守仁尖锐批判了形式主义的儒学，强调圣人之学的实用价值，开出了简明、实用、直指痛处的药方——知行合一。

而关于"知行合一"的实际运用，后来也被王守仁与其弟子生动演绎过。

一日，学生李侯璧、王汝中等人陪王守仁闲坐。王守仁环顾一圈，慢慢说道："大家的学问长进不大，主要是没有立志。"

李侯璧站起来说："我也愿意立志。"

王守仁点点头说："不是说你没立志向，而是所立志向不够远大，你所立的还不是必须成为圣人之志啊。"

李侯璧回答道:"我愿立成圣之志。"

王守仁教导说:"当你真有圣人之志时,就已经是在行动了。须知,思想之行就是行动,意向越强烈,行动越坚决,良知自现,没有杂念。但凡念头上稍有杂念,便会让行动打折扣,你的志向也就难说是圣人之志了。

李侯璧心下一惊,不觉悚然汗下,他之前听先生讲"立圣人之志"时还不太服气,此刻完全明白:心动即是行动,行迹即是心迹,所行不扎实,就是所知不真切。

知行本来合一,凡行动不果断,都是思想不明确、意志不坚定。只要志向坚定,便能脚踏实地,百折不挠。同样的道理,见识越高远,目标越长远,道路就越宽广。

第三,浩然之气。悟天地大道之人,必得天地之正气,知不可为而为,于无人担当处担当。所以,同样是悟,王守仁的心学保持着一种至大至刚、浩然充沛的气象。他在《士穷见节义论》中说过,君子即使处境艰难,生不逢时,也要保持浩然正气,正气越足,越能气势磅礴,可撼山动岳。所以,君子头可碎,血可溅,浩然正气不可夺;如果没了浩然正气,纵然富可敌国,纵然贵至王公,纵然勇猛无敌,也是无根之木,不足为观。因此,这股气节才是君子带动天下、影响后世的关键。

这一阶段的王守仁也将朝廷看得更加清楚、明白:从宪宗开始,年轻皇帝一任接着一任,宪宗皇帝十八岁登基,四十一岁去世;孝宗十八岁登基,三十六岁去世;武宗十五岁便走上了皇位。即使圣上都是天纵英才,也终是年纪太小,极易被太监、大臣或后妃干政。当朝堂中的各股势力都想影响皇帝、把持政权时,内讧自然会越发严重,带来的社会问题也会愈演愈烈。内有权奸作乱,外有北部草原部落入侵，再加上东南沿海倭寇作乱，世道怎么能好得起来？如今的小皇帝本是顽童性情，身边围满了别有用心、阿谀逢迎之辈，怎敢指望他能英明神武？若想治世救民，必须弘扬这份浩然正气，让读书人多一点身心修养，少一些蝇营狗苟，尽可能做清官能吏，而非混天度日、八面玲珑的官油子。

道，并非一悟便休，悟后还要修。对于王守仁，龙场悟道也只是一个开始而已。

师心自用

贵州宣慰使安贵荣遣人送来一封密信，送信人是一位高级武官，拿信的动作小心翼翼，而且特意说明，他必须等着王守仁写完回信才能回去。王守仁知道，此信的内容非同一般。

果不其然，安贵荣在信中提到，他给朝廷上书，建议裁减龙场驿，已然令人将上奏文书送走了。可他突然感觉哪里不对劲，很想听听王守仁的意见，这才用急忙来信相问。

事情要从头一年说起。

正德二年（1507年）初，贵州凯里宣抚司辖境香炉山一带苗民动乱，安贵荣带兵平叛并立下战功，朝廷加封他为贵州布政司左参政。安贵荣嫌封赏太轻，想请朝廷裁减龙场驿等几个传驿作为奖励，顺便扩大自己的地盘。其实，在他内心深处，是想把这些具有潜在军事功能的设施彻底清除，省得日后威胁到自身的利益。

按常理，王守仁是要支持安贵荣的，龙场驿裁撤，他就不用待在这个破地方了。可王守仁看了那个军官一眼,冷冷道:"你速回,赶紧把上奏文书追回来,理由,我会在回信中详说与安大人。"

那名军官微微愣神,还是转身出屋,跨马挥鞭,一溜烟地飞奔而去。

王守仁铺纸挥毫,毫不客气地告诉安贵荣:"驿站之设是朝廷的制度、祖宗的规矩,就算是朝中大臣提出废除驿站,都算是阴谋叛乱,更何况是您这样的边疆大员呢?您今天上奏请撤龙驿诸驿,如果明天有人提出撤掉阁下这个宣慰司呢?或者朝廷把您调到福建或四川,安大人敢不服从命令吗?……要我说,安大人要求撤掉的不是驿站,而是您头上那个'左参政'的官衔啊!利欲蒙心,背义而行,根本行不通的。"

王守仁一纸书信,看得安贵荣一头冷汗,幸亏征求了王守仁的意见,把发出的上奏文书追了回来。这个貌似弱不禁风的人,却是站得最高、看得最明白的人!

正德三年(1508年)七月间,贵州又出了兵乱,叛乱来自贵西的阿贾、阿扎、阿麻部,他们是宋氏部下的三个地方首领。

宋氏与安贵荣是共同负责地方宣慰职责的自治官,向来有竞争关系,所以安贵荣接到平叛命令后,很不情愿地出了兵,然而一路上走走停停,推托应付,导致平叛行动遇到巨大挫折。可安贵荣根本不当回事,甚至扬言自己兵员充足,地盘广阔,即使不出一兵一卒,也没人能把他怎么样。

就在此时,他收到了王守仁的来信,信中说:"您的地盘和兵员,能跟整个国家比吗?安氏的宣慰使地位之所以能传承数世,其根本是朝廷支持,如果您还不认真平叛,就会落得与叛将一样的下场。相反，您进兵速度越快，安氏之祸就离开得越快——"

安贵荣又是一拍脑门，立刻出兵。王守仁的仆人们则捏了一把汗，自家老爷哪儿来的魄力和胆识，竟然在地方大员面前指手画脚、呼东喝西？

其实，不光安贵荣，贵州总兵施瓒、巡按王济、按察副使毛科，都为王守仁的魅力所折服。

当然，有捧场的，就少不了砸场子的。刚刚成一点气候的时候，龙冈书院就遇到过麻烦。

当时的正统官学当然是程朱理学，这是正确意识形态，岂容邪说动摇？可偏偏王守仁讲的是心学，而且是聚众讲学，更何况王守仁还是带有错误背景的"问题官员"，如此招摇，如此蛊惑人心，意欲何为？

思州太守为弄清来龙去脉，就派使者来到龙场驿。短短几个月，龙场驿已大变模样，由原来一片荒芜的草莽变成了鳞次栉比的书院，书声琅琅，气象肃穆，就连那些断发文身、好勇斗狠的苗人、瑶人也换了衣着，举着书——这还了得，如果王守仁借此煽动民意，岂不是一呼百应？使者决定给龙冈书院一个下马威，便当众狠狠训斥王守仁。然而，弟子们并不买账，一见尊敬的王先生受辱，便一拥而上，拳打脚踢，群殴了思州使者，没给上级官员半点面子。

一场平地波澜陡生于眉睫之前，这性质说大就大，能大到"聚众谋反"，说小就小，可小到"打架斗殴"。

思州太守知道后勃然大怒，想把这事搞大，立即奏报给上级，要求严查。

负责处理这件事的是贵州按察司副使毛科。他是王守仁的老乡，已经可以致仕还乡，知道这事的幕后推手是新来的巡抚大人王质，生怕闹出什么事端,便本着和稀泥的态度,劝王守仁向思州长官道歉谢罪,大事化小,小事化了。

王守仁完全理解毛科的心思,但他并不打算迁就,于是给毛科认认真真地写了一篇回信,阐明自己不去谢罪的理由:使者仗势欺人,是个人行为,不是思州太守指使的;龙场驿的弟子与使者争斗,也是个人行为,不是他指使的。这么看来,太守既不曾凌辱他,他亦不曾傲待太守,谢罪之事从何说起呢?

这封信中还有一些话是对毛科说的:"我对祸福利害的理解是,君子以忠信为利,以礼义为福,无关乎成败荣辱。只要坚守忠信礼义,就算粉身碎骨也是幸福。我在龙场驿生活,每天都要面临瘴疠、蛊毒、鬼怪的威胁,之所以处之泰然,就是因为坚守正道。长官就算真的要加害我,对我而言也与死于瘴疠、蛊毒、鬼怪无异,反正都是一死,我不会惴惴不安的。"

这样一封书信满溢着道义力量,透着无畏与旷达,由毛科转交给思州太守,又辗转到巡抚手中,他们非但没有忌恨王守仁,反倒对他心生敬意。巡抚王质更向王守仁发出了邀请。

由此可见,王守仁的心学不是功利意义上的成功学,而是人格意义上的成就学。

德不孤,必有邻。毛科致仕后,他的继任者席书是第一个服膺王学的重量级人物。他与毛科一起修葺贵阳文明书院,邀王守仁讲学。席书甚至亲率诸生,对王守仁行拜师礼。后来席书官至礼部尚书,一直倡导阳明心学。

王守仁龙场顿悟的心得,算是在文明书院得到了半官方的认可。"知行合一"这个令后世动容的见解,也正是从文明书院传播开的。

人生无常道有常

王守仁一直念念不忘安庄驿丞刘天麒,便趁在省城讲学时和他见了一面。一见之下,他不由得感慨。刘天麒早已不再是他印象中那样风风火火,整个人被病痛、瘴疠折磨得瘦弱,形同枯槁,宛如风中之烛。如果不是那双依然倔强的双眼,王守仁几乎都认不出他来了。

两人促膝而坐,忆往昔,谈现在。当刘天麒听到王守仁所悟的道理时,不由得眼前一亮,长笑一声:"此前做事,多率性而为。近来被病痛折磨,难免愤恨不平,埋怨君子之道衰亡,未免伤心失神。听兄解说,顿觉心头一宽……人有君子之心,世间便有君子之道。彻悟此理,足慰平生。"

正德三年(1508年)十一月,刘天麒去世,王守仁心痛不已,想到了同在诏狱、同受廷杖、同贬贵州、促膝谈话等场景,不禁热泪潸然,特意写文遥祭这位好友。

这篇祭文不长,但沉痛入骨,耐人寻味。

维正德三年岁次戊辰十一月十八日,友生王某谨以清酌庶羞,致奠于亡友刘君。

呜呼!仁者必寿,吾敢谓斯言之予欺乎?作善而降殃,吾窃于君而有疑乎?跖、蹻之得志,在往昔而既有,夷、平之馁以称也,亦宁独无于今之时乎?人谓君之死,瘴疠为之。

噫嘻!彼封豕长蛇,膏人之髓,肉人之肌者,何啻千百,曾不彼厄,而惟君是罹!斯言也,吾初不以为是。人又谓瘴疠盖不正之气，其与人相遭于幽昧遭难之区也，在憸邪为同类，而君子为非宜。则斯言也，吾又安得而尽非之乎？

呜呼！死也者，人之所不免。名也者，人之所不可期。虽修短枯荣，变态万状，而终必归于一尽。君子亦曰："朝闻道，夕死可矣。"视若夜旦。其生也奚以喜？其死也奚以悲乎？其视不义之物，若将浼己，又肯从而奔趋之乎？而彼认为己有，恋而弗能舍，因以沉酣于其间者，近不出三四年，或八九年，远及一二十年，固已化为尘埃，荡为沙泥矣。而君子之独存者，乃弥久而益辉。

呜呼！彼龟鹤之长年，蜉蝣亦何自而知之乎？属有足疾，弗能走哭，寄奠一觞，有泪盈掬。复何言哉！复何言哉！呜呼尚飨！

（《王文成全书·卷二十八》）

在祭文中，王守仁先是一声感慨，接着就提出疑问，大意如下："常言道，仁者必长寿，可你是个仁者，为什么没能长寿？人常说，好人有好报，而你行善却遭殃。江洋大盗志得意满，高尚之人挨饿至死，这事无论是古代还是当代，都不稀罕。人都说，你死于瘴疠之气。

"唉！我还是想不通，那些穷凶极恶之辈，吃人血肉，敲人骨髓，这样的人何止千百个，他们都不曾遭难，偏偏是你遭难！人们又说，这种瘴疠之气与奸邪之辈是同类，他们都适合在阴暗凶险的环境攻击人，君子很难与之为伍，君子很易受到伤害，这句话，我哪能反驳呢？"

由此，我们看到了一个感性的王守仁，他沉浸在悲伤之中，甚至一度情绪失控。他为朋友打抱不平，他对权奸冷嘲热讽，但很快，他便从个人的悲伤中抬起头来，目光凝视，犀利深刻："死亡，人人难免。名声，没法预料。不管贫富贵贱、寿命长短，人最后都难逃一死。君子说：'朝闻道，夕死可矣。'如此把人生看作一昼夜。生没什么可高兴的，死也不值得悲哀。在这么短暂的人生里，君子坚守自己的道义，那些不合道义的事物若是要来污染君子，君子怎么可能顺从并追随呢？而那些沉溺在名利之中的钻营之辈，又能风光多久呢？不出二十年，全都会化为尘埃。"

这段话是唱给老友的安魂曲，深刻是深刻，然而未见高明。

紧接着，王守仁又发霹雳之声，如烟花四起，照彻了黑夜："而君子之独存者，乃弥久而益辉！""君子之独存者"是君子之人格，是大道的体现，是正气的写照，有着独立的气场，散发着特异的光芒，持久且越发耀眼。

在王守仁看来，人人都能成为圣人，因为人人心中有一个圣人。圣人品格，是我们原本就具有的品质，但人们往往不愿内省成圣，而多去追求外在的名、利、权、情，结果导致无边的烦恼与痛苦。如果真正立志成圣成贤，切实打磨自己的君子人格，便能爆发无穷的能量，直至征服死亡。

正德四年（1509年）八月三日傍晚，有老少三人路过龙场驿。他们冒雨前行，步履匆匆，神情低沉，衣衫破旧。

王守仁从篱笆墙里望着他们的身影，料想他们必是被贬谪的官吏，一问之下，果然如此。年长者是被贬之人，身边两个少年，一个是儿子，另一个是仆人。一行三人准备去远方赴任，投宿到当地苗家。王守仁想要拦住他们，详细打听一下北方的情况，但因为阴雨连绵没能实现。

王守仁心里挂念，第二天派人去看，没想到三人早已经出发了，不由得一阵阵惋惜。不承想快到中午时，有人从蜈蚣坡回来，说看到有个老人猝死在那里，旁边两个年轻人哭得厉害。王守仁断定那个老吏死了，旁边哀哭的一定是他儿子和仆人。快到傍晚时分，又有人来说，坡下死了两个人，旁边呆坐一人，正长吁短叹呢。问明情状后，王守仁知道老人的儿子又死了。第二天，又有人过来回复消息，看到坡下躺着三具尸体，想必是那仆人也死了。

蜈蚣坡林莽连绵，间有沼泽，瘴疠浓重，多有行人死在此处，道路两旁孤坟累累，长满野草。王守仁自己是有过体会的，初到龙场驿，他也曾一日三死过。

想到那老少三人暴尸荒野的惨状，王守仁于心不忍，于是带着两个仆人，拿着畚箕和铁锹，前去埋葬他们。两个仆人既怕死人又怕被传染恶疾，面露难色，不大想去。王守仁悲悯地说："我和你们不也像他们一样吗？大家都是落难者，都是远离故土的人，只不过我们比他们多一口气罢了。"听他这么一说，两个仆人不禁觉得心头凄凉，潸然泪下，与王守仁一起赶到蜈蚣坡下。

他们在旁边的山脚下挖了三个坑，依次埋葬了三人，又为他们每人都供上了一碗白米饭，还摆了一只鸡。摆上祭品之后，王守仁一声长叹，突然忍不住落泪，对着墓中的老吏说了一番话，算是祭奠：

"呜呼，痛哉！咱们都来自中原地区，我不知道你家住何处，为什么要来做这山中之鬼？古人重乡土，不会轻率离开，即使外出做官也不超过千里。我是因为被贬官而流放到此地，理所应当。你一个小小的吏目，又因什么罪过而非来不可呢？像你这样的职务，薪俸不过五斗米,你带着老婆孩子耕地种田就能赚到了,为什么要用区区五斗米换你堂堂七尺之躯,还要搭上儿子和仆人两条人命?呜呼,痛哉!你要真是为这五斗米而来,那就应该欢欢喜喜地赶路,可为什么我昨天望见你满面愁容呢?你冒着风霜雨露,翻山越岭,饥渴劳顿,筋骨疲劳,到了这瘴疠横行之地,又有抑郁之气沉积于内,怎么可能逃过一死呢?我当然知道你不可能扛过去,只是没有想到你会如此快地死去,更没有想到你的儿子、你的仆人也会随你而去。只能说你这是咎由自取吧,还能说些什么呢?我念着你们三人的尸骨无人收敛,所以前来埋葬你们,心里却多了无穷的悲怆之情。呜呼,痛哉!纵使我不埋你,这山间野狐、林中蛇蟒也会把你吃掉,不至于长时间曝尸荒野。你已经死去,对此一无所知,可我怎么能忍心坐视不理呢?我离开老家来到此地,已经两个年头,历尽瘴毒而能勉强保全自己,主要是因为自己不被忧虑、孤独吞没。今天因为你而悲伤太重,是同情心太过,反而有损于自己。好了,我不可以再伤悲了,那就为你唱支歌吧!"

王守仁的安魂曲是怎么唱的?

歌曰:

连峰际天兮,飞鸟不通;游子怀乡兮,莫知西东。莫知西东兮,维天则同。异域殊方兮,环海之中;达观随寓兮,奚必予宫?魂兮魂兮,无悲以恫!

又歌以慰之,曰:

与尔皆乡土之离兮,蛮之人言语不相知兮。性命不可期,吾苟死于兹兮,率尔子仆,来从予兮。吾与尔遨以嬉兮,骖紫彪而乘文螭兮,登望故乡而嘘唏兮!吾苟获生归兮,尔子尔仆尚尔随兮，无以无侣为悲兮。道傍之冢累累兮，多中土之流离兮，相与呼啸而徘徊兮。飧风饮露，无尔饥兮；朝友麋鹿，暮猿与栖兮。尔安尔居兮，无为厉于兹墟兮！

前一首歌告诉死者随顺自然，心安即是归宿；后一首歌再告死者：生死路上，你不孤单，阴间有亲人相伴，旁边有那么多同你一样的坟冢，山野间还有奔鹿啼猿，这又是何等畅意，安息吧，不要祸害这荒远之地。最关键的就是那句"吾苟死于兹兮，率尔子仆，来从予兮"——如果我也死了，你就带着你的儿子仆人来跟着我吧！

此刻的王守仁心中充满了仁爱、慈悲，却又显得冷静、旷达。他的歌，不仅仅是为某个人而唱，也是为所有面对无常命运、心无定所的人而唱。

两个月后，王守仁收到了朝廷的新任命——庐陵知县，而此时的刘瑾势头正猛，各省布政司进京朝见皇帝，必须得送万两白银给刘瑾才能见到。如果谁让刘瑾不痛快了，还得再送白银才能离开京城。朝中大臣被"八虎"呼来喝去如使奴隶，而王守仁之外的那些所谓"奸党"还处于严密的封禁之中……

第 七 章

大道印心
去伪存真

王守仁升任庐陵知县,以心学经世致用,出手便是高招,在庐陵知县这个位子上交出了一份完美答卷。但他清楚,悟道并非一悟便休,悟后起修方是常态,学、思并重,知错即改,对人对事,绝不苟且。阳明先生的宗师风范,越发彰显。

世事变化，似乎就是为了证明王守仁的心学主张——当一个人真正专注于内心世界时，世界便进入了他的内心，成为"心"的一部分。

作为心学宗师，王守仁专注于知行合一之路。

四两拨千斤

王守仁只是依道而行，并没有汲汲于仕途，但仕途忽然间就给了他一点亮光。

朝廷提拔王守仁的直接原因是他在贵州的军事方面表现突出。在贵州军方平叛过程中，王阳明多有谋划，贵州布政司、都指挥使司和巡抚都为王守仁说了好话。

朝廷提拔王守仁的潜在原因是，他以一己之力说服安贵荣主动辞掉了参议职务，最终出兵帮助官兵平息当地叛乱。一个小小的驿丞能有如此的影响力，实属难得，就连镇守太监孙清都对他点头称赞。

朝廷提拔王守仁的背景原因是天象灾变。三年来，地震不断，京畿及其周边自然灾难频发，明武宗有点害怕。按照惯例，这种情况下皇帝要下诏书征求批评意见，号召起用敢谏的言士。正巧王守仁谪贬已有三年，符合提拔要求，这才得以起用。

王守仁对这个任命并不特别在意，也知道自己升职不过是朝堂"善政"的一个粉饰，但他对县令这个职务相当重视，因为这是个"父母官"，也是自己仕途生涯第一个基层官职。

正常来说，县官上任往往平淡无奇，实在谈不上什么场面，然而，王守仁这个县令的人气已然越过山川险阻，接连掀起几个高潮。

与当年入黔不同，这次从贵州赶到江西庐陵，王守仁历时五个多月，一直有莘莘学子追随。

第一个追随高潮发生在辰州龙兴寺，当时竟然有近千人前来求学问道，场面之热烈、宏大，极为罕见。

龙兴寺中有一座凭虚楼，楼前有古松，苍劲古朴，冠盖如云，格外中王守仁之意，再加上他很是喜欢当地的淳朴民风，就在这里多留了数日。王守仁在此地一边讲学，一边带弟子打坐入定，指导他们参悟心学。

周边学子蜂拥而至，最多一天能来几百人，既有普通学子，也有乡试举人，还有官方人员，寺内寺外，人人争相一睹阳明先生真容。随着学子们的到来，各路商贩也追随而来，更有观看热闹的百姓，一时间人头攒动，喧闹如市，胜过本寺数十年来香火鼎盛时期。

王守仁从诸生中挑出主事人员，让他们各领百名生员，设定讲学规矩，维持日常秩序，并帮助寺院安排诸生的住宿与伙食。如此一来，千人听讲团队整齐划一，既不打扰僧众，又不滋事扰官。众学生连连惊叹：阳明先生不光德行好、学问好，就是统领人马的手段也是无比高明。

第七章　大道印心　去伪存真

王守仁听到学生和寺僧的这些议论，不由得扬扬自得，讲学时语调也高了许多。下课时，他突然皱起了眉头，冷笑一声。弟子冀元亨忙问先生是怎么回事。

王守仁问他："你觉不觉得我刚才有点装腔作势？"

冀元亨一愣，王阳明拍拍他肩膀："孔子说过，即使有周公那样出众的才能，只要他骄傲而且吝啬，那这个人的其他方面也就不值一提了。所谓悟，也要时时看到自己的骄慢处；所谓修，也是要时时修正自己的骄慢心。"

冀元亨再问："这是否就是您所说的知行合一？"

王守仁点头："对。所谓'念头'，心念一动，只是个'头'，还要顺着念头往下找，落到实处，落到细处，这就叫'知行合一'，也就是禅宗所谓的'悟后起修'。"

为了讲清"知行合一"这个问题，王守仁以"好色"为例，给大家讲了一个故事：曾有几个前辈，一辈子很少饮酒，也不好色，退休回家后闲来无事，偶入妓院饮酒作乐一次竟然上瘾了，几乎天天流连风月场所，直到倾家荡产，仍然不悔。众人一时间若有所思，陷入沉默。

王守仁意味深长地告诉大家："有些事情，只有经历过，才有抵抗力。既没经历，又不能坚守底线，一旦失足陷落，就很难出得来啦……"

王守仁这番话，既是说给学生们听的，又是说给自己听的。

一个县城里的人事纠纷、利害纠葛和工作复杂程度远超他之前任何一个职位。说白了，一个知县并不是呼风唤雨的土皇帝，更像一个善于号脉开药的老郎中，必须兼顾各方面的情况：朝廷下发的政令要落实，普通百姓的生计困难要解决，乡宦豪族的需求要照顾，军队与地方的关系要斡旋，衙门里的胥吏差役要管理——诸房小吏大都是世袭职位，甚至是地头蛇，熟知当地情形和文牍技术，黑白两道通吃，他们一旦合伙搞猫腻，官员经常受欺骗……

王守仁很清楚一个称职县令的辛苦与艰难，江西庐陵的县令更不好当。根据前来求学的士子们提供的各类信息，王守仁过滤之后，感到有两个问题比较棘手。

其一，民间摊派严重，主要原因在于宦官，根子在明朝的镇守中官制度。自成祖永乐年间以来，皇帝会委派心腹宦官坐镇边防重镇，称"镇守中官"或"镇守内官"，此例一开，便刹不住车了，及至宣宗宣德年间，镇守中官遍地都是。到了武宗正德年间，镇守中官们简直泛滥成灾，而皇帝尝到的"甜头"越来越多。所谓的"甜头"，就是进贡物品越来越多。宦官们源源不断搜刮土特产进献给皇帝，顺便中饱私囊，而老百姓肩上的负担却越来越重，民与官的矛盾就越来越尖锐，县令便位于两支锋利长矛间。

其二，诉讼之风盛行，刁民讼棍闹事。庐陵自宋代以来便是物华天宝、人杰地灵之所在，名臣文士辈出，文化教育普及，当地老百姓识文断字的多，好打官司的多，尤其喜欢聚众告状。官府对这些人严不得、松不得。如果严厉起来，将他们关进监狱，流浪汉就开始告状耍泼，为的就是到监狱里混吃混喝；如果姑息、迁就，则诉状满天飞，每天都有成百上千的诉讼案卷堆到案头，严重干扰县令工作。

王守仁于正德五年（1510年）三月中旬到达庐陵。到了之后，他才发现，现实情况比他预想的还要复杂、严重。王守仁还没坐稳，就遇到上千乡民扑进县衙的群体事件。成百上千人咆哮着，他们的表情痛苦、绝望，像一股泥石流，随时都可能变成洪水猛兽。

第七章　大道印心　去伪存真

吏员和差役哪见过这种阵势，有的瑟瑟发抖，有的沉默、退缩，还有的袖手旁观——想看看新来的知县如何摆平这么大的乱子。

这场危机来得太突然、太猛烈，远超王守仁的预料，容不得他按部就班，但王守仁也意识到这是一个树立威信的机会：首先，可以直接弄清楚问题根源，找出解决路径；其次，可以借此向相关部门施压，调整相关政令；最后，可以借此查缺补漏，换掉县衙中那些贪赃枉法的吏员……

王守仁让弟子们取出笔墨记录，自己则站在县衙院中。他点选了五个人，让他们出来把事情经过说清楚——此前他观察了多半个时辰，看出这五人是这群人的组织者。随着这五人分别出场，群众的喧嚣声像雨中浮尘，渐渐消失。

百姓们反映的事情其实很简单，就是税赋太重，不但穷人承担不起，富人也承担不起。五个人中，有两个是当地粮长兼里长，他们说着说着就泪如雨下……所谓的"粮长""里长"，都是基层具体办理摊派事宜的负责人，他们其实并不在正规的官僚系统里。

"要说，这差事也不算难，换作那些贪婪人，还会超额征收一点，官府也睁一只眼闭一只眼。可我们不是那样的人，不但没有贪污父老乡亲的钱，反倒是在税收缺额时替乡亲们补足亏欠。问题是，现在的摊派越来越多，我们已经贴补了两年的欠款，这督缴的工作越来越难，我们贴补的也越来越多，眼下都快倾家荡产了……"

有钱的大户都顶不住了，更何况是普通百姓？

王守仁刚到任上就查阅了黄册和鱼鳞图册底稿，并向老吏和差役详细询问了相关情况，发现三年时间当地税赋翻了两倍半，而有些税赋的名目根本就是子虚乌有。因为做过调查，他知道这五人所说不假。

说来说去，问题根源都在镇守中官那里。要想灭百姓的火气，就得打击宦官的气焰，而宦官的火比老百姓的火厉害数十倍不止，稍有不慎便会骨焦皮烂，灰飞烟灭。

在粮长的倾诉下，百姓的愤怒再度被点燃，而王守仁的头脑却越来越冷静。他一拍惊堂木，稳声道："今年所有不合理摊派税费，全部免除！"

这下轮到百姓们震惊了：这哪是个瘦弱的王知县，分明是顶破天的王神仙！衙吏们也齐齐吐出了舌头：新知县这牛吹上了天，落地至少摔八瓣……

人群退去，县衙里的众人走也不是，留也不是，他们眼巴巴看着县老爷，想等他一句解释的话：刚才对百姓的许诺到底是权宜之计还是确实如此？

王守仁没有一句解释，只命令手下：赶紧做两只带锁的木箱子，木箱子要结实，锁要牢靠，木箱盖上开一道缝，方便投放书信。一只箱子上要写"愿闻己过"，另一只箱子上要写"愿闻民隐"。待这两只箱子做成，就将其放在县衙门口，晚上派专人收集意见……

五天之后，两只木箱子里，特别是在"愿闻民隐"的箱子里，掏出足足六大细竹筐的书信。百姓们异口同声，一致反映税赋太重的问题，还有不少人直指镇守中官为害一方。书吏们看着这些信，满面愁容：这点事，谁不知道？谁都知道的事，还要这么多废纸干什么？这些事情，没人反映还好，可真收到这么多意见书，是给自己找了个烫手山芋，吃不了又扔不掉，难不成还真要找宦官们算账？好糊涂的县太爷啊，这脑袋分明是被书瓢子塞傻了！

王守仁听过汇报，抽验了书信，再把这些书信装上车，直接送到吉安府镇守衙门，同这批书信一齐送去的还有王守仁写给镇守府的一封公文：

庐陵县公移

庐陵县为乞蠲免以苏民困事，准本县知县王关查得正德四年十一月二十六日，本县抄蒙本府纸牌，抄奉钦差镇守江西等处太监王钧牌，差吏龚彰赍原发银一百两到县，备仰掌印官督同主簿宋海拘集通县粮里，收买葛纱。比因知县员缺，主簿宋海官征钱粮，典史林嵩郭粮，止有县丞杨融署印。又蒙上司络绎行委催提勘合人犯印信，更替不一。

正德五年三月十八日，本职方才到任，随蒙府差该吏郭孔茂到县守，并当拘粮里陈江等，着令领价收买。据各称本县地方，自来不产葛布，原派岁额，亦不曾开有葛布名色，惟于正德二年，蒙钦差镇守太监姚案行本布政司，备查出产葛布县分，行令依时采办，无产县分，量地方大小，出银解送收买。本县奉派折银一百五两。当时百姓咻咻，众口腾沸。江等迫于征催，一时无由控诉，只得各自出办赔贩。正德四年，仍前一百五两，又复忍苦赔解。今来复蒙催督买办，又在前项加派一百五两之外。百姓愈加惊惶，恐自此永为定额，遗累无穷。兼之岁办料杉、楠木、炭、牲口等项，旧额三千四百九十八两，今年增至一万余两，比之原派，几于三倍。其余公差往来，骚扰刻剥，日甚一日。江等自去年以来，前后赔贩七十余两，皆有实数可查。民产已穷，征求未息。况有旱灾相仍，疾疫大作，比巷连村，多至阖门而死，骨肉奔散，不相顾疗。幸而生者，又为征求所迫，弱者逃窜流离，强者群聚为盗，攻劫乡村，日无虚夕。今来若不呈乞宽免，切恐众情忿怨，一旦激成大变。为此连名具呈，乞为转申祈免等情。

据此欲为备由申请间，蓦有乡民千数拥入县门，号呼动地，一时不辩所言。大意欲求宽贷。仓卒诚恐变生，只得权辞慰解，谕以知县自当为尔等申诸上司，悉行蠲免。众始退听，徐徐散归。

本月初七日，复蒙镇守府纸牌催督前事，并提当该官吏，看得前项事件，既已与民相约，岂容复肆科敛？非惟心所不忍，兼亦势有难行。参照本职自到任以来，即以多病不出，未免有妨职务。坐视民困而不能救，心切时弊而不敢言，至于物情忿激，拥众呼号，始以权辞慰谕，又复擅行蠲免，论情虽亦纾一时之急，据理则亦非万全之谋。既不能善事上官，又何以安处下位？苟欲全信于民，其能免祸于己。除将原发银两解府转解外，合关本县当道垂怜小民之穷苦，俯念时势之难为，特赐宽容，悉与蠲免。其有迟违等罪，止坐本职一人，即行罢归田里，以为不职之戒。中心所甘，死且不朽等因。备关到县，准此，理合就行。

（《王阳明全集·卷二十八》）

王守仁先在公文中陈述了中官盘剥太甚、民赋太重的事实，亮明自己的观点。千名乡人冲入县衙，恐生激变，酿成大乱，为平息民怒，他已然答应为民众免除折银。论当时的形势，这个决定并不是万全之策，但念在民众太苦，还请全部免除不合理税赋，如果怪罪，他愿意承担一切后果……

这封公文口气温和，但态度坚决，不单是先斩后奏，简直就是与权宦们当面叫阵。按照正常情况，王守仁应该会被免官下狱，但事情恰恰相反，镇守中官不但没有找王守仁的麻烦，反倒接受他的建议，很快就把不合理摊派全免了。

老百姓欢呼雀跃，士子们写诗颂德，胥吏们面面相觑，却想不通。

自助者，天助之

镇守中官为什么会向王守仁让步，还破天荒地同意了他的减免赋税建议呢？

一方面，王守仁不同于一般官员，他虽然只是一个小县官，可名气大得过吉安府，从贵州龙场驿到江西吉安，一路之上向他求学问道的人都能排成一支军队。那些弟子门生都是笔杆子，每人写一个字都会掀起舆论风浪，更何况他们还有可能爬到高位，秋后算账。

另一方面，大形势在变，朝廷不再支持镇守中官了，这帮镇守中官不得不收敛。

这次政治风向的变化来自最高位太监刘瑾——不得不说，刘瑾能爬到这个位置绝不仅仅是靠取悦主子，他确有几分政治抱负和政治眼光。当初刘瑾攫取到权力时就在思考如何巩固权力。巩固权力需要结成最广泛的战线，团结各方力量，掌控微妙的平衡。身处高位的刘瑾也在成长、进步，他的眼光已然跳出宦官这个利益小圈子。

刘瑾身边的头号谋士是张彩。张彩是弘治三年（1490年）的进士，饱读诗书，精明干练，极具洞悉力和说服力。他极力劝说刘瑾约束手下，因为这些人只会打着刘瑾的幌子招摇撞骗，不是盗用公款，就是盘剥百姓，好处归了自己，恶名却丢给了刘瑾，纵容这些爪牙就是自捡骂名、自断后路，得不偿失。

刘瑾也看过史书，更总结过历史经验，他认为权力的真相就是借力打力、因势发力。不管是谁，一旦执着于固有势力，跟不上形势发展，他的路注定长远不了。为此，在张彩的筹划下，刘瑾开始整肃有损自己形象的贪污贿赂等行径，如此一来，当年被刘瑾极力推动的"镇守中官制度"就成了拦路虎，而昔日同甘共苦的"战友"就一点点变成了"对手"。

王守仁喊停镇守中官不合理征税的措施恰恰就踩在"减免赋税"的节点上，镇守中官怎敢不同意？一时间百姓欢呼，额手相庆。

王守仁因势利导，趁热打铁，在清整完衙门系统后，针对其他社会问题，立下规矩：

在狠杀诉讼之风方面，约法三章：若非性命攸关的大事，不许诉讼；凡诉讼，一事一状，不得牵扯到其他事情；状纸要短，六十字内把事说完，人与人之间提倡以和睦相处为要。

在"乡风"建设上，王守仁恢复了明初洪武年间的"两亭"制。

所谓"两亭"，即要求各地乡里设置申明亭、旌善亭，大约相当于今天的"黑名单"和"光荣榜"，劝恶而扬善。

这项制度强化了乡民自治，唤醒了道德正念，减少了行政成本。庐陵民风为之一变。

在治安方面，面对盗匪横行之现状，王守仁推出了一种保甲制：城内以十家为一个单位，称为甲；乡村以自然村落为单位，称为保。每甲每保平时要讲信修睦，和谐共处，一旦有寇盗侵犯，务必互相救援。

王守仁推行的这种保甲制近乎一种民兵制，组织协调方式为半政府半民间，既正规也灵活。后来，王阳明巡抚赣南领兵平乱，也不遗余力推行"十家牌法"，正与庐陵知县的这段经历一脉相承。

在官府派遣公差方面，倘若有吏员、衙役手续不全或胡作非为，百姓可以将他们捆绑到县衙发落；如果公差无错，刁民找事，一旦查出，严惩不贷！

在防火方面，为降低人员居住密度，凡南北夹道的宅院，各自退地三尺，让宽街面；凡东西相连的房屋，每间让地二寸，成为小巷；每间屋出银一钱，作为建造防火墙的费用；沿街的房屋，高度不得超过一丈五六，厢楼不得超过二丈一二，违者必罚！

王守仁践行着"知行合一"的理念，他心里念着百姓，行动上为了百姓，正因为这一念特别坚定，所以处理起具体事务来既能得民心又能聚民力。

庐陵地形以丘陵为主，三面环山，水路便利，因而境内多盗。保甲制的推行，缩小了盗匪的行动空间，防盗措施的推广，又加大了盗匪落网的概率。当地最大犯罪团伙的首领王和尚不服，顶风作案，结果当场被抓。

经过观察，王守仁发现这个王和尚为人贪婪、狡诈，并非什么义气之辈，于是决定从他身上找出缉盗的缺口。一番启发、交涉之下，王和尚便供出了隐藏在暗处的大头领多应亭、二头领多邦彦兄弟的罪行，并答应与官府合作将二人抓捕归案。

王守仁火速行动，利用王和尚在贼巢中的手下来了个里应外合，活捉了凶猛彪悍的多氏兄弟。这给当地其余盗伙敲响了警钟，盗匪们一时间惶惶不可终日，准备随时解散或投降。

但出乎意料的是，在多氏兄弟重金贿赂的情况下，王和尚竟然反水，推翻之前的口供，自己担起全责，又转头为多氏兄弟开脱。多氏兄弟的母亲买通个别官员与讼棍，向上级官府告状，说王阳明搞冤假错案牵连无辜，多应亭、多邦彦本是良民，犯事的只有王和尚一人。

上级官员一是不了解情况，二来也得了好处，便下令让王守仁重新审理，尽快拿出结果——其实就是想为贼首开脱。

王守仁当然不答应，如果放贼回山，庐陵老百姓岂不是又要遭殃？但他也不想搞刑讯逼供，那样的话很容易予人把柄。于是他导演了一出好戏：于后堂设桌案，桌案蒙上布帷，事先让人钻到案下，而后把多氏兄弟和王和尚带来，按程序复审。

审问进行到一半时，幕僚按照预先安排，跑进来报告有重要官员莅临视察，王守仁假装带人出去迎客，后堂便只剩下多氏兄弟和王和尚。

王和尚趁机对多氏兄弟说道："待会儿王大人要给你们上夹棍，你们忍着点，只要忍得住疼痛，死不开口，我就能替你们把罪顶下来。"他话音刚落，桌子下边负责监听的人便探出头来。与此同时，王守仁徐步走了进来，默然看着他们三个。这三个奸诈的人也尝到了"奸诈"的滋味，自己出卖了自己。

只要想干，知县的工作永远干不完，事情一件接一件，每天卯正之时入堂办公，办案、接文、接待、征税、视察、劝农、抓盗、视学、签署公文……直到八月戊申日，大太监刘瑾伏诛时，王守仁还在忙着公务。

刘瑾的覆灭不是偶然。当年的"八虎"本就是一个利益团伙，既可以抱团夺利，也可以争利互斗。特别在刘瑾一人独大之后，处处压制其他"七虎"，与张永等人的矛盾也越来越深。

正德五年（1510年）四月，即王守仁就任庐陵知县一个月后，安化王朱寘鐇打着诛刘瑾、清君侧的名义在宁夏叛乱。武宗委派名臣杨一清为总制军务的大臣，又派张永为监军，前往宁夏平叛。

朝廷大军未至，安化王的叛乱已平。杨一清趁机拉拢张永，劝

第七章　大道印心　去伪存真

他与自己合作除掉刘瑾。张永早有此意,两人一拍即合,商量好了对策。

回朝之后,张永果然说动武宗,连夜逮捕了刘瑾。次日,武宗将张永弹劾刘瑾的奏疏交付内阁,准备把刘瑾降职,发往南京赋闲。但张永他们准备了一套说辞,布置了一个圈套,并鼓动武宗亲自查抄刘瑾府邸。一番细致搜查,锦衣卫竟然从刘瑾府上搜出私刻的伪玺及弓弩、甲胄等谋逆篡位的证据。武宗皇帝下诏,刘瑾被凌迟处死,曾经依附刘瑾的官员亦一一被清算。先前被刘瑾迫害的官员也逐渐得到平反。

王守仁得到确切消息时已是九月上旬,即使是大街之上,也能听见去除权奸的欢呼声。结束一天的工作回到内宅,王守仁接过喜气洋洋的夫人递来的茶盏,举头看向窗外。

半轮秋月高悬,如慈悲眼神看向人间。王守仁久久伫立,默默无言。

终身共学

正德五年(1510年)十月,王守仁离开庐陵,入京述职,准备参加第二年的"朝觐考察"。

明代制度,地方官每三年进京一次,朝见皇帝并接受吏部和都察院的考核,称为"朝觐考察"。朝觐考察是对全国地方官的例行考评,吏部根据各个官员的履职情况分出等级,该升的升,该降的降,该免的免,每次被罢黜者少则数百,多则上千。

十月下旬，王守仁抵达京师，暂时住到了大兴隆寺。在那里，他不但见到了好朋友湛若水，还结识了一位新朋友，也是后来他的一位重量级弟子黄绾，三人还定下了终身共学之盟。

黄绾，字宗贤，一字叔贤，号久庵，黄岩人，比王守仁小五岁，以祖荫入官，授后军都督府都事。他此前为求圣学，与朋友讨论学习了三年，拜访老师研究了六年，但都不能得到精髓，可与王守仁一见之下，思想便深受触动。

黄绾当时告诉王守仁："我虽然立下志向，但用功不够。"

王守仁却告诉他："人只怕没有志向，不怕没下功夫！"

亲自在知县位子上践行了知行合一的王守仁，越发重视立志。他说，求圣人之学却没有取得成效的，大抵都输在立志不坚上。天下之人，有立志做木匠的，有立志做皮匠的，有立志做巫医的，最后都做得成，为什么学做圣人的数百年间也见不到一两个呢？不是因为圣人难做，只是因为此志难立罢了。

十月末，完成述职的王守仁升为南京刑部四川清吏司主事。与湛若水、黄绾依依而别后，王守仁遂赶往南京任职。然而仅过月余，他便接到了回京上任的通知：他被升为吏部验封清吏司主事。

促成此事的，正是王守仁仕途中第一大贵人——杨一清。

杨一清少有神童之誉，进入仕途后又崭露出惊人的行政、军事才能，与张永联手扳倒刘瑾后，升任户部尚书，后改任吏部尚书。期间，湛若水向时任户部左侍郎的乔宇推荐了王守仁，乔宇又向杨一清举荐王守仁。杨一清素知王华为人，一听是故人之子，且又有大才，欣然接纳了乔宇的举荐，升调王守仁回京。王守仁对杨一清心怀感激，回京赴任路过焦山时，见杨一清的诗作《游焦山》，特意和诗三首。其中有"岩花入暖新凝紫，壁树悬江欲堕青"句，也表达了王守仁的欣喜之情。

正德六年（1511年）二月，王守仁抵京，寓居于长安灰厂，与湛若水比邻而居。他兴奋地说道："从此之后，我们就是邻居了，可以随时切磋学问了。"此后，每每办公之余，王守仁都会赶往湛若水处，与湛若水、黄绾一道，研究学问。若无公事，三人就同吃同住，互相砥砺。

王守仁的知行合一之说，渐渐掀起一股心学风暴，在大兴隆寺兴隆起来，不要说一般士子，就连前辈大儒都来寺中听王守仁讲学。

时任户部左侍郎的乔宇，长于王守仁，然而在大兴隆寺讲学的日子里，乔宇这位长者及高级官僚反而更像王守仁的弟子。

同样年长王守仁的储巏，德高望重，做了十年京官还没能买一套属于自己的住宅，两袖清风，一身正气，从不恭维人，却一再为王阳明捧场，到处宣扬他的心学。

王守仁的名气越来越大，宗师地位越发稳固。

正德六年（1511年）三月，王守仁担任会试同考试官，亲自录取了邹守益、毛宪、梁穀等多名优秀举子。

这一时期，王守仁终于大声说出了自己的学术主张。事情是由关于朱、陆之学的争论引起的。一次，王舆庵、徐守诚（字成之）就朱学和陆学的是非争论起来，王舆庵尊陆九渊，徐守诚尊朱熹，两人争执不下，便请王守仁出面裁决。

这看似一个学术问题，但实质是意识形态之争。朱学代表了官方意识形态，陆学在当时则是异端思想。王守仁私下里可以讲非主流之学，也可以在偏远地方大谈心学，却不方便在京师重地明确表态。于是，他以一封长信作答，大意是，朱学是真理、陆学属谬误，这是长久以来的天下定论,不能轻易撼动,王舆庵的见解是不可能轻易被人接受的。

很明显,王守仁有顾忌,他想当和事佬,不想挑明谁对谁错。可这两个弟子不依不饶,不愿听这种似是而非、模棱两可的解释,一直追根问底。特别是徐守诚,他认为老师表面上虽然含糊其词、模棱两可,其实还是偏向王舆庵的。

好老师带出了好学生,好学生又逼着老师给出更好的答案。王守仁于是很认真地给徐守诚写了一封长信,讲出自己对朱、陆异同的看法。

答徐成之（壬午）

承以朱、陆同异见询。学术不明于世久矣,此正吾侪今日之所宜明辨者。细观来教,则舆庵之主象山既失,而吾兄之主晦庵亦未为得也,是朱非陆,天下之论定久矣,久则难变也。虽微吾兄之争,舆庵亦岂能遽行其说乎？故仆以为二兄今日之论,正不必求胜。务求象山之所以非,晦庵之所以是,穷本极源,真有以见其几微得失于毫忽之间。若明者之听讼,其事之曲者,既有以辨其情之不得已,而辞之直者,复有以察其处之或未当。使受罪者得以伸其情,而获伸者亦有所不得辞其责,则有以尽夫事理之公,即夫人心之安,而可以俟圣人于百世矣。今二兄之论,乃若出于求胜者,求胜则是动于气也,动于气,则于义理之正何啻千里,而又何是非之论乎！凡论古人得失,决不可以意度而悬断之。今舆庵之论象山曰："虽其专以尊德性为主,未免堕于禅学之虚空；而其持守端实,终不失为圣人之徒。若晦庵之一于道问学,则支离决裂,非复圣门'诚意正心'

之学矣。"吾兄之论晦庵曰:"虽其专以道问学为主,未免失于俗学之支离,而其循序渐进,终不背于《大学》之训。若象山之一于尊德性,则虚无寂灭,非复《大学》'格物致知'之学矣。"夫既曰"尊德性",则不可谓"堕于禅学之虚空","堕于禅学之虚空",则不可谓之"尊德性"矣。既曰"道问学",则不可谓"失于俗学之支离","失于俗学之支离",则不可谓之"道问学"矣,二者之辩,间不容发。然则二兄之论,皆未免于意度也。昔者子思之论学,盖不下千百言,而括之以"尊德性而道问学"之一语。即如二兄之辩,一以"尊德性"为主,一以"道问学"为事,则是二者固皆未免于一偏,而是非之论尚未有所定也,乌得各持一是而遽以相非为乎?故仆愿二兄置心于公平正大之地,无务求胜。夫论学而务以求胜,岂所谓"尊德性"乎?岂所谓"道问学"乎?以某所见,非独吾兄之非象山、舆庵之非晦庵皆失之非,而吾兄之是晦庵、舆庵之是象山,亦皆未得其所以是也。稍暇当面悉,姑务养心息辩,毋遽。

二

昨所奉答,适有远客酬对纷纭,不暇细论。姑愿二兄息未定之争,各反究其所是者,必已所是已无丝发之憾,而后可以及人之非。早来承教,乃为仆漫为含胡两解之说,而细绎辞旨,若有以阴助舆庵而为之地者,读之不觉失笑。曾为吾兄而亦有是言耶?仆尝以为君子论事当先去其有我之私,一动于有我,则此心已陷于邪僻,虽所论尽合于理,既已亡其本矣。尝以是言于朋友之间,今吾兄乃云尔,敢不自反其殆陷于邪僻而弗觉也?求之反复,而昨者所论实未尝有是。则斯言也无乃吾兄之过欤？虽然，无是心而言之未尽于理，未得为无过也。仆敢自谓其言之已尽于理乎？请举二兄之所是者以求正。

舆庵是象山，而谓其"专以尊德性为主"，今观《象山文集》所载，未尝不教其徒读书穷理。而自谓"理会文字颇与人异"者，则其意实欲体之于身。其亟所称述以诲人者，曰"居处恭，执事敬，与人忠"，曰"克己复礼"，曰"万物皆备于我，反身而诚，乐莫大焉"，曰"学问之道无他，求其放心而已"，曰"先立乎其大者，而小者不能夺"。是数言者，孔子、孟轲之言也，乌在其为空虚者乎？独其"易简觉悟"之说颇为当时所疑。然"易简"之说出于《系辞》，"觉悟"之说虽有同于释氏，然释氏之说亦自有同于吾儒，而不害其为异者，惟在于几微毫忽之间而已。亦何必讳于其同而遂不敢以言，狃于其异而遂不以察之乎？是舆庵之是象山，固犹未尽其所以是也。

吾兄是晦庵，而谓其"专以道问学为事"。然晦庵之言，曰"居敬穷理"，曰"非存心无以致知"，曰"君子之心常存敬畏，虽不见闻，亦不敢忽，所以存天理之本然，而不使离于须臾之顷也"。是其为言虽未尽莹，亦何尝不以尊德性为事？而又乌在其为支离者乎？独其平日汲汲于训解，虽韩文、《楚辞》、《阴符》、《参同》之属，亦必与之注释考辨，而论者遂疑其玩物。又其心虑恐学者之躐等而或失之于妄作，使必先之以格致而无不明，然后有以实之于诚正而无所谬。世之学者挂一漏万，求之愈繁而失之愈远，至有敝力终身，苦其难而卒无所入，而遂议其支离。不知此乃后世学者之弊，而当时晦庵之自为，则亦岂至是乎？是吾兄之是晦庵，固犹未尽其所以是也。

夫二兄之所信而是者既未尽其所以是，则其所疑而非者亦岂必尽其所以非乎？然而二兄往复之辩不能一反焉，此仆之所以疑其或出于求胜也。一有求胜之心，则已亡其学问之本，而又何以论学为哉？此仆之所以惟愿二兄之自反也，安有所谓"含胡两解而阴为舆庵之地"者哉！夫君子之论学，要在得之于心。众皆以为是，苟求之心而未会焉，未敢以为是也；众皆以为非，苟求之心而有契焉，未敢以为非也。心也者，吾所得于天之理也，无间于天人，无分于古今。苟尽吾心以求焉，则不中不远矣。学也者，求以尽吾心也。是故尊德性而道问学，尊者，尊此者也；道者，道此者也。不得于心而惟外信于人以为学，乌在其为学也已！仆尝以为晦庵之与象山，虽其所为学者若有不同，而要皆不失为圣人之徒。今晦庵之学，天下之人童而习之，既已入人之深，有不容于论辩者。而独惟象山之学，则以其尝与晦庵之有言，而遂藩篱之。使若由、赐之殊科焉，则可矣，而遂摈放废斥，若碱砆之与美玉，则岂不过甚矣乎？夫晦庵折衷群儒之说，以发明《六经》《语》《孟》之旨于天下，其嘉惠后学之心，真有不可得而议者。而象山辩义利之分，立大本，求放心，以示后学笃实为己之道，其功亦宁可得而尽诬之！而世之儒者，附和雷同，不究其实，而概目之以禅学，则诚可冤也已！故仆尝欲冒天下之讥，以为象山一暴其说，虽以此得罪，无恨。仆于晦庵亦有罔极之恩，岂欲操戈而入室者？顾晦庵之学，既已若日星之章明于天下；而象山独蒙无实之诬，于今且四百年，莫有为之一洗者。使晦庵有知，将亦不能一日安享于庙庑之间矣。此仆之至情，终亦必为吾兄一吐者，亦何肯"漫为两解之说以阴助于舆庵"？舆庵之说，仆犹恨其有未尽也。

夫学术者，今古圣贤之学术，天下之所公共，非吾三人者所私有也。天下之学术，当为天下公言之，而岂独为舆庵地哉！兄又举太极之辩，以为象山"于文义且有所未能通晓，而其强辩自信，曾何有于所养"。夫谓其文义之有未详，不害其为有未详也；谓其所养之未至，不害其为未至也。学未至于圣人，宁免太过不及之差乎！而论者遂欲以是而盖之，则吾恐晦庵禅学之讥，亦未免有激于不平也。夫一则不审于文义，一则有激于不平，是皆所养之未至。昔孔子，大圣也，而犹曰"假我数年以学《易》，可以无大过"；仲虺之赞成汤，亦惟曰"改过，不吝"而已。所养之未至，亦何伤于二先生之为贤乎？此正晦庵、象山之气象，所以未及于颜子、明道者在此。吾侪正当仰其所以不可及，而默识其所未至者，以为涵养规切之方，不当置偏私于其间，而有所附会增损之也。夫君子之过也，如日月之食，人皆见之；更也，人皆仰之。而小人之过也必文。世之学者以晦庵大儒，不宜复有所谓过者，而必曲为隐饰增加，务诋象山于禅学，以求伸其说；且自以为有助于晦庵，而更相倡引，谓之扶持正论。不知晦庵乃君子之过，而吾反以小人之见而文之。晦庵有闻过则喜之美，而吾乃非徒顺之，又从而为之辞也。晦庵之心，以圣贤君子之学期后代，而世之儒者，事之以事小人之礼，是何诋象山之厚而待晦庵之薄耶！

仆今者之论，非独为象山惜，实为晦庵惜也。兄视仆平日于晦庵何如哉？而乃有是论，是亦可以谅其为心矣。惟吾兄去世俗之见，宏虚受之诚，勿求其必同，而察其所以异；勿以无过为圣贤之高，而以改过为圣贤之学；勿以其有所未至者为圣贤之讳，而以其常怀不满者为圣贤之心；则兄与舆庵之论，将有不待辩说而释然以自解者。孟子云:"君子亦仁而已,何必同?"惟吾兄审择而正之!

(《王阳明全集·卷二十一》)

所谓朱、陆异同,正是思想史上聚讼纷纭的话题。简言之,朱熹与陆九渊两人思想的不同,即是"尊德性"与"道问学"的不同。这六个字出自《中庸》:"故君子尊德性而道问学,致广大而尽精微,极高明而道中庸,温故而知新,敦厚以崇礼。"

"尊德性"是指推崇道德,提高道德修养;"道问学"是指学习具体而客观的知识。在朱熹看来,"尊"是恭敬奉持的意思,"德性"是人心中的天理。"尊德性而道问学"的意思便是经过学习而敬奉心中的天理,其实就是朱子版的格物致知——从局部入手,穷究一个又一个局部,不断积累,最终由量变到质变,认识整体的"道"。

陆九渊主张从大处入手,这个大处就是自己的内心,在自己的心上下功夫,不断磨炼道德,功夫做足就可以一通百通。

一言以蔽之,朱、陆异同的核心在于方法论意义上的"向内"还是"向外"。

王守仁答复徐成之的书信,主旨如下:

其一,"尊德性而道问学",是《中庸》的主旨,这句话是一个整体,不可各执一偏。陆九渊也教人读书穷理,这是"道问学"的一面;朱熹也教人居敬穷理,这是"尊德性"的一面。后人没必要将朱学、陆学各立壁垒,搞得水火不容。

其二,朱子理学早已遍行天下,陆学却一直湮没无闻,这实在不公平。他早就想冒天下之大不韪为陆九渊鸣不平,但不会因此反对朱学。

其三，他之所以这样裁断，完全是由心出发。君子论学，最重要的就是得之于心。即使所有人都认为对的，自己求之于心却不能认同，那就不要去认同，反之亦然。心是得之于天理的，心与天理不受时空阻隔，所以只要尽心而求，总能体悟天理。为学只在尽心，"尊德性"之"尊"，尊的就是这个；"道问学"之"道"，道的也是这个。如果不向自己内心求证而只求证于他人，还有什么可学的呢？

这便是王守仁对朱、陆异同这个敏感问题的明确表态：尊陆，但不反朱。

但在世人的眼里，尊陆就已经意味着反朱，两者非黑即白、非此即彼，哪有调和的余地？"正道人士"已然嗅到了其中悄然散发的危险气息，天子脚下怎能容忍如此的言论？

正德七年（1512年）二月，湛若水奉命要到遥远的安南国去履职，忙活大明天子对安南王的册封仪式。当时从北京到安南仅单程就要耗时一年有余，别说与王守仁在一起讲学了，就连之前湛若水打算在阳明洞附近隐居的计划都泡了汤。

王守仁在给老朋友湛若水的信中说："自我们分别之后，我灰心懒散，无聊至极，连吏部也去得不多，整日闭门静坐。有时会找黄绾、王道闲聊几句，至于大兴隆寺，只偶尔进去转转……"最后，他惋惜而又真诚地对湛若水提出希望："你去得那么远，不能在身边随时提醒我，所以一定要多给我写信，多多批评指正，这样我才能时刻保持上进之心。"

然而，湛若水的批评意见还没到，弹劾王守仁的奏章就到了。

自我弹劾

正德七年（1512年）五月，王守仁受到弹劾，而弹劾他的不是别人，正是他自己。

奏疏一开头，语气就格外严厉："臣听说，皇上圣明则臣子正直，臣子正直便能反映真实情况，皇帝掌握的真实情况越多越细，便能做出更加英明的决策，当今圣上是堂堂圣主，却听不到民间的真实情况，民怨重重却不能上达天听，而我又没能反映实情，这就是我的罪过。"

接着王守仁开始向前追溯："自从刘瑾被诛以来，天下人欢欣鼓舞，都认为皇帝是圣明有为之君，都认为您之前是受了刘瑾的蒙蔽，于是大家都引颈而望，盼望天下太平，过上好日子。可是，因为之前刘瑾当权的后遗症太重，社会问题不但没有好转，反而更加恶劣——之前积累的问题非但没有解决，反而加剧了；老百姓的困顿没有解除，反而更厉害了。有权有势的人兴妖作怪，越演越烈。军事活动过于频繁，各地叛乱接连不断，钱粮物匮乏，社会形势不容乐观……"

这一番陈情，明里是指责刘瑾，实际上是指责皇帝，而且是近乎剥皮抽筋地斥责，不留一丝情面。

紧接着，王守仁便弹劾了自己三条大罪：一是自己作为臣子不能如实快速反映民情；二是自己不能力劝皇帝停止军事游戏，养精蓄锐；三是自己不能劝导皇帝讲论道德，崇尚仁义，以致终日沉浸在骑马射箭的娱乐中难以自拔。

这道奏疏哪是什么自我弹劾，分别是就指着皇帝鼻子破口大骂，桩桩件件都指向皇帝的斑斑劣迹。

确实，此时的明武宗已然是玩物丧志的典型。他每月视朝不过三四天，大臣们经常连他的人影都看不到。皇帝常住的地方是位于西苑的豹房，他宁肯与猛兽为伍，与一帮佞臣玩耍，也不愿意与大臣们议朝政。更严重的是，作为皇帝，朱厚照喜欢搞大型实战军事游戏，随意调集边关部队进京，而且驻扎在皇家苑林中操练，不是动刀动枪，就是大炮轰鸣，搞得城里人心惶惶，老百姓天天如临大敌。皇帝哪有皇帝的样子？京城哪还有京师的风范？

跟正德初年的《乞宥言官去权奸以章圣德疏》相比，王守仁此次上疏才是真正的"去权奸"宣言，如果以上次受到的惩罚为参照，王阳明这次应该会立即被砍头。

王守仁为什么会上这道《自劾不职以明圣治事疏》呢？

直接原因是有一位儒生写信指责王守仁，那封信的内容同样尖锐："王先生鼓吹圣人之道，可你既不能直言相谏，又不能立即辞官归隐，眼睁睁看着朝廷政风日下、隐患重重，你这个官还当个什么劲？你是为俸禄呢，还是为行道呢？这就是你王先生天天倡导的身心之学？你不是知行合一吗？为什么面对荒政却不发一言呢？"

王守仁接到书信，越看越觉得如芒刺在背，越想越觉得自己所倡导之学名不副实，越琢磨越觉得自己平时德行修养不够，欺世盗名，道心不坚，因此才向皇帝上了这道奏疏。

面对一个儒生的批评，王守仁为什么会有如此大的反应，是因为一时冲动吗？当然不是，王守仁上疏的根本原因还是他的家国情怀、心学之道。

早在上此奏疏之前，王守仁就给父亲王华写了一封长信，深入地分析了当前国家形势和政治问题，深为忧虑。他写道：

第七章　大道印心　去伪存真

> 近甸及山东盗贼奔突，往来不常。河南新失大将，贼势愈张。边军久居内地，疲顿懈弛，皆无斗志，且有怨言，边将亦无如之何。兼多疾疫，又乏粮饷，府库内外空竭，朝廷费出日新月盛。……春间黄河忽清者三日，霸州诸处一日动地十二次，各省来奏山崩地动、星陨灾变者，日日而有。十三省惟吾浙与南直隶无盗。
>
> （《王阳明家书》，后同）

京城附近及山东地区，盗贼猖獗。河南群盗造反，围了河南三天，总兵都督冯桢战死，参将姚信逃跑，叛贼人马猖狂至极。边防军队因为配合皇帝搞军事游戏，长久留在内地，疲惫加懈怠，早就没有了斗志，反倒是一肚子牢骚，而军队首领也无可奈何。问题更严重的是缺乏粮饷，眼看传染病流行，物资经费已经掏空，可朝廷上下花钱的地方越来越多……春天，黄河水突然变清了三天，京城周边如霸州等地，一天地震了十二次，全国各地几乎天天有山崩地震、陨石大火等灾难。全国十三个省，只有浙江与南直隶没有盗贼，其余地方都堪忧。

全国形势不好，朝廷情况更差，王守仁痛心疾首地说道：

> 养子、番僧、伶人、优妇居禁中以千数计，皆锦衣玉食。又为养子盖造王府，番僧崇饰塔寺，资费不给，则索之戚里之家，索之中贵之家；又帅养子之属，遍搜各监内臣所蓄积；又索之皇太后。又使人请太后出饮，与诸优杂剧求赏；或使人绐太后出游，而密遣人入太后宫，检所有尽取之。太后欲还宫，令宫门毋纳，固索钱若干，然后放入。太后悲咽不自胜，复不

得哭。又数数遣人请太后，为左右所持，不敢不至；至即求厚赏不已。或时赂左右，间得免请为幸。宫苑内外，鼓噪火炮之声，昼夜不绝，惟大风雨或疾病，乃稍息一日二日。臣民视听习熟，今亦不胜骇异。永斋用事，势渐难测，一门二伯，两都督，都指挥、指挥十数，千百户数十，甲第、坟园、店舍，京城之外，连亘数里，城中卅余处，处处门面，动以百计。谷、马之家，亦皆称是，榱角相望，宫室土木之盛，古未有也。大臣趋承奔走，渐复如刘瑾时事，其深奸老滑甚于贼瑾，而归怨于上，市恩于下，尚未知其志之所存，终将何如。

先说不靠谱的皇帝和他那一堆不着调的"义子"，皇帝看着谁顺眼就封谁为"义子"、赐国姓，不管是宫中的宦官、市井无赖还是胡人俘虏，只要皇帝乐意，这些人就可摇身一变成为"皇子"。比如太监钱宁，改名为朱宁。再比如蔚州卫指挥佥事江彬，改名为朱彬。为了显示优待，皇帝还要给这些"养子"封官晋爵、建造王府，提供种种优厚待遇。再说那些活跃在皇宫中的番僧、伶人和美妇，成千上万，个个都是锦衣玉食，盖寺院、铸佛像、搞娱乐、做装扮，花钱如大河流水。钱不够，皇帝就派人疯狂搜刮，别说民间备受其扰，就连皇太后也没逃过，名义上是请太后看戏、出游，实则指派宦官到后宫搜取值钱物品，搞得太后也不得不向太监们行贿，如此才能过上两天安生日子……还有大太监们，特别是张永，势力迅速扩张，光他们老张家，就有两人受封伯爵，两人封都督，将军级别的高官有十几位，中级官数十位，他们家的产业在城中有百十处，城外连绵几十里。其他如谷大用等人，也是如此。这些人简直就是刘瑾的翻版，甚至比刘瑾还奸猾，对下收买人心，对上阳奉阴违，真不知道要闹到什么地步。

对于朝中形势，王守仁看得更为清晰深刻，他分析了杨一清、李东阳等大臣的处境，也分析了皇帝身边人的心态，满是悲观与担忧。他又说自己处境尴尬，像哑巴见鬼，自己心里充满疑虑和恐怖，却没有办法向外人倾诉……

然而，王守仁终究还是"倾诉"了，不但"倾诉"，简直是"痛诉"，大声疾呼，哪怕会因此入狱断头或再度流放。

奏疏上毕，王守仁感到精疲力竭，背后一股剧烈疼痛传遍全身。近日来，他脊柱的疼痛越来越频繁，只是这次疼得更加剧烈，他甚至感觉眼前黑了一下。一刹那，他想起了锦衣卫诏狱的那间牢房，想到了当年同为天涯沦落人的刘天麒。当然，他也想到了自己的好朋友、好同学加好亲戚牧相。

刘瑾被诛后，朝廷就下诏恢复了牧相的官职，而后又提升他为广西参议，可等委任状到家的时候，牧相已经去世两天。他那宽大憨厚的面容不止一次地浮现在王阳明面前，一次次让王守仁想起在故乡读书的日子。

忽而有风吹来，带着一股夏日的燥热，也带着即将成熟的麦香。这香气引出了王守仁嘴角的一抹笑意……

论道山水间

王守仁的这封弹劾疏上报之后，便如泥牛入海，没有收到任何批复。武宗皇帝斜靠在豹房中的广榻上，只是扫了一眼就将它扔到旁边。他不用再看就知道上边说了些什么，可他此刻实在不想让那些琐事搅乱自己的好心情。

"王守仁的折子，你怎么看？"皇帝抬头看张永。

张永答："圣上降虎搏豹，连眉都不曾皱。这等言论再狠，也比不过猛虎、猎豹！"

武宗哈哈一笑，站起来使劲伸了个懒腰。

张永将王守仁的奏章摆正，悄然走出了豪华的宫室。他不喜欢皇帝的"豹房公廨"，这里的庭院设计复杂，扭曲连环如迷宫，装饰色彩多是异域风格，迷离而诡异，总有种让人陷入迷狂的杂乱。

王守仁的奏疏，张永仔细看过。他心里其实并不爽，这封奏疏不但指责了皇帝，也捎带着骂了他自己。他也很想在主子面前给王守仁穿一穿小鞋，只要自己出手，王守仁就算不死也要脱层皮，但他还是忍住了。自从皇帝搬到豹房以来，就跟钱宁越走越近，两个人好得简直像一个人，可钱宁到底属于中官，不管怎样，他与自己还算是同一个班底。但是最近又多了一个江彬。这家伙虽是个赳赳武夫，但论起察言观色、奸诈投机来，绝对是个劲敌。在这种情况下，张永就要注意争取朝臣的力量。王守仁很受杨一清赏识，自己就算是看杨一清的面子，也要为他转圜一二。更何况，这个王守仁着实不简单，他似乎除了身体不好，其余各项都可圈可点：他是学术宗师，在士子中享有盛名；他有政务才能，只干了七个月，庐陵县就被打理得妥妥帖帖，至今赞誉不断；他还有军事才能，贵阳平叛、庐陵抓贼，都轻而易举。这样的人，日后肯定能用得上，特别是，如果要对付江彬之流，更需要这个人。

当年十二月，王守仁由正五品的吏部考功清吏司郎中升任南京太仆寺少卿，这是明升暗降，但这正合王守仁心意。从正德八年

（1513年）至正德十一年（1516年），他迎来了仕途生涯颇为惬意的一段时光——远离政治中心，悠游于山水间，开启了沉淀梳理心学的新阶段。

正德七年（1512年）冬，王守仁从北京启程，往滁州赴太仆寺少卿任。正巧徐爱升任南京工部员外郎，顺路回余姚省亲，两人同乘一船南下。

徐爱的名字，出自孟子的"仁者爱人"，所以字"曰仁"。徐爱人如其名，既讲仁义又善于学习。他在王守仁最落魄的时候拜入其门下，成为最早的王门弟子，王守仁在龙场悟道之后的讲学内容，他直到这次同程才得以亲耳听闻。

江河之上，船行悠悠。在这平稳的客船上，茶香缕缕，满目苍茫，没有公务缠身，没有俗人碍眼，一个有太多想问，另一个有太多要说。

在这次谈话中，王守仁竟然推翻了对《大学》的传统认知。要知道，作为四书之一的《大学》，是读书人的基础读物，自小便学，耳熟能详，可即使是对这样的经典的传统释义，也被王守仁一一推翻。这怎能不让徐爱惊愕？他不断思考，反复辩论，王守仁则不厌其烦，传道解惑。

比如："大学之道，在明明德，在亲民，在止于至善……"其中"亲民"的意思，朱熹引用了程颐的意见，认为"亲民"应当改成"新民"，就是使百姓精神面貌焕然一新。王守仁否认，他认为"亲"就是字面义，"亲民"就是"爱民"。之所以做如是解，是因为他自己悟到了圣人之心，不再拘泥于朱熹的见解。

再比如"止于至善"。王守仁以为，"至善"是"心之本体"，只在自己的心里，不用向外求索。徐爱就问："至善如果只向内心去求，怎么能掌握天下事理呢？"王守仁则告诉徐爱：事父，难道要在父亲身上寻一个孝的理？事君，难道要在君主身上寻一个忠的理？交友、治民，难道要在朋友和百姓身上寻一个信与仁的理？所有这些理都只在自己的心里，心只要不受私欲的遮蔽，理就显现出来了。依照这个理去事父，就是孝；去事君，就是忠；去交友、治民，自然就表现为信与仁。

再比如"格物"。朱熹认为，"格"是"至"的意思，"格物"可解释为"穷至事物之理"，即穷究事物背后的终极原理。王守仁则认为，这个"格"应当是"纠正"的意思，所谓"格物"，就是纠正每一个充满物欲的念头，不断自我反省，久而久之，就能"明明德"……

数日讲解探讨之后，徐爱如醍醐灌顶，"闻之踊跃痛快，如狂如醒者数日，胸中混沌复开"。这次谈话被徐爱记录、整理，后成为《传习录》的首卷，是了解阳明心学的入门功课。

正德九年（1514年）春，湛若水从安南回京述职，中途绕道赶到滁州，风尘仆仆与王守仁相会。这两位纯粹的学人都攒了一肚子话要说。

王守仁的职务虽是南京太仆寺少卿，但任所不在南京，而在滁州。因为滁州有一处废旧的马场，正德初年又改成了仓库，算是南京太仆寺的下属单位，王守仁实际上就是个"仓库管理员"。这个地方经他整治后，又具备了南京太仆寺"疗养处"的功能。

太仆寺是掌管战马管理的重要部门，可南京的太仆寺毫无重要性可言，连北京太仆寺的职权都被宦官的御马监抢走了一多半，南京的太仆寺就更没什么存在感了。如此一来，王守仁就可以名正言顺地"尸位素餐"，每天只是思考讲学，悠游谈论，与门人弟子逍遥在名胜山水间。尤其每到月夜，数百人环绕龙潭而坐，月入清波中，松风吹葛衣，问答声、吟诵声在山谷中回荡，学生每有所悟便踊跃歌舞，满山遍野都弥漫着文化的气息。

湛若水的到来，让龙潭的波光都闪耀出广阔星空的光彩。王守仁挽着湛若水，在弟子们的注视中，迈进铺着三层席垫的书房。两人落座，便是星辰大海的交相辉映，万里山水做了背景，个人荣辱只是点点尘埃，他们要谈的是高于这个世界的真理。

就是这一谈，湛若水指出了王守仁的问题。在湛若水看来，谈论心内、心外已然属于支离破碎，哪还有一个理，哪还有一个心？"理心合一"，无内无外——这番谈论，对于后来王守仁提炼出"良知论"有着相当重要的影响。

这次"滁阳对话"，也使湛若水受益匪浅，久久难忘。他越发感到王守仁心学宗师的力量与魅力，在诗中写道：

> 玉台有名果，成之三千春。
> 当其未成时，凡品不足珍。
> ……………
> 云龙会有时，感应岂无因？
> 不惜知音寡，所惜不能琴。
> （《泉翁大全集·卷四十》）

在好朋友的诗里，王守仁被比喻成即将成熟的三千年仙果，被看作即将腾飞上天的云龙。事实证明，湛若水眼光奇准，王守仁这条龙，终于要飞腾在天了。

第 八 章

破山中贼
破心中贼

就在心学传播开来之际,王守仁担起了剿贼重任。面对帝国东南数年难平的匪患,面对朝廷的再三督促,王守仁感受到了前所未有的压力。此行不仅关乎一人的成败,还检验着他的心性修为,关乎心学的盛衰。巡抚南赣,王守仁开始步入人生的"光明顶",与巨匪斗智斗勇,与心贼捉对厮杀,把心学推向一个新的境界。

正德十一年（1516年）九月，时年四十五岁的王守仁意外获得升迁——升都察院左佥都御史，巡抚南、赣、汀、漳等处。

巡抚原指中央派遣专员到各地巡察政务、抚慰百姓，后演变成一种临时性职务。明朝第一任巡抚是朱元璋的太子朱标。从明成祖朱棣起，这个临时性职务渐渐变为常设职务，巡抚成为省级最高军政长官。

按照惯例，巡抚一职大都会挂上都察院官衔，左佥都御史是正四品，对王守仁来说名义上相当于平级调动，实质上是一次飞跃——从南京政府的礼部闲职变为手握大权的省部级最高军政长官。

所谓南、赣、汀、漳等处，是指江西南安府、江西赣州府、福建汀州府、福建漳州府，以及广东、湖广若干府县。这是一片跨州连省的广袤地界，多年来巨寇横行，官军越征剿，叛军的势力越壮大，政府劳民伤财，百姓苦不堪言。

那又是谁强力推荐了王守仁？王守仁又创造了怎样的奇迹？

想不到的伯乐

第一个荐举王守仁的是宁王朱宸濠。

这里，有必要先交代一下宁王其人。

朱元璋为防止权臣当道，筑牢朱家天下，登基之后逐渐取消了宰相之位，二十四子全部封王，坐镇全国要冲。如此一来，虽然降低了权臣窃国的可能，却增加了藩王篡位的概率。所以当太子朱标早死、皇太孙朱允炆即位之后，最着力推行的政策就是削藩，结果削藩失败，燕王朱棣夺了皇位。

朱棣在发动靖难之役时，裹挟十七弟宁王朱权参与其中，等皇位坐稳时，他便把这个弟弟的封地从北方军事重镇大宁迁至江西南昌，对其他藩王势力也一削再削，并下令地方政府严密监管他们。

当朱棣的皇位传到顽劣成性的明武宗时，宁王之位传到了朱宸濠身上。朱宸濠天资聪颖，能文能武，气度不凡且志存高远。他并不满足于一隅之地，处心积虑地谋求更大的权势。朱宸濠千方百计收买朝廷权贵，请他们哄骗武宗，使朝廷恢复了王府护卫。与此同时，他还大力拉拢南昌一带的地方官和镇守太监，逐步使南昌成了自己呼风唤雨的根据地。此外，朱宸濠尤其注意收纳各路人马，不拘一格用人才，甚至悄然招募鄱阳湖惯匪，意欲让他们充当先锋与刺客……推荐王守仁，也是他"引进人才"计划的重要一环。

朱宸濠之所以看重王守仁，是因为有两个人不遗余力向他推荐：一位是他的谋士刘养正，另一位是他的岳父大儒娄忱。娄忱曾不止一次向朱宸濠谈起过王守仁，说此人有宗师气象，特别是从龙场悟道以来，创立了学派，实为五百年来儒学的心宗，王门弟子又都是天下英才，足以亲之信之。

刘养正，字子吉，幼有"神童"之称，乡试中举人，但中举后便不再参加会试，隐居乡里，研究学问，一边写诗作文，一边开坛讲学，声名远播。官府虽有意招纳，却都被他一概拒绝。当王守仁被起用为庐陵县令时，刘养正前去求教、切磋，二人相谈甚欢，彼此欣赏有加，以朋友相待。后来刘养正受到朱宸濠的礼遇，便时常赞扬王守仁不仅是一代儒学宗师，还是治世能臣，绝对不可轻视之。

朱宸濠托请自己在朝廷的宦官朋友出面帮忙，欲请布政使梁辰或南京礼部的王守仁前来巡抚江西。宁王耍了一个心眼儿，故意把最想要的人放在第二位，貌似不经意，实则很用心。可即使如此，朱宸濠仍不放心，又写信给吏部尚书陆完，特意请他办成此事——把王守仁派来，代替现在的巡抚孙燧。

无论是宦官集团还是文官集团，推荐王守仁的呼声都很高。其中除了朱宸濠的因素，还有很大一部分人心怀恶意——他们希望王守仁身败名裂，希望王守仁的心学就此夭折。

不管推荐王守仁的呼声有多高，还需要一个关键人物点头。此人就是兵部尚书王琼。

王琼是山西太原人，二十五岁中进士，在工部、户部、兵部、吏部都当过职，精明异常，相当干练，且深谙基层工作。主政户部时，有个边防总兵试图向户部冒领粮草供给，王琼张嘴就把士兵编制、粮草数量、库存多少、国家补贴等说得清楚、明白，几个指头一动，就把这位总兵的谎言掰扯得清清楚楚，一下子就震住了这些贪蠹之辈。

既有能力，又有手腕，还渴望高官厚禄，王琼注定不会清高自守，于是他结交了武宗宠信的钱宁、江彬，仕途因此顺风顺水，皇帝对他几乎有求必应。很多时候，王琼都是通过个人渠道汇报、请示工作，许多公文来往也不经过内阁。

但与钱宁、江彬不同的是，王琼毕竟是读书人，他心里还保有流芳百世的念想，也知道自己在清流文臣的眼中近于奸佞，更清楚王越依靠太监上位的悲惨后果。王琼琢磨来琢磨去，感到要想立下卓著功勋，在正德年间浓墨重彩地写上一笔，只有两个机会可抓——南赣地区的匪患和南昌的宁王隐患，谁能平息此二患，谁就能彪炳史册，稳立朝堂。

为了寻找能挑起这个重担的人，王琼煞费苦心。首先，此人须德高望重但又不能书生意气，既能踏实干事又懂得灵活变通，却绝不可以投机钻营、贪婪腐化；其次，须有真才实学，懂政务，能带兵，善于处理棘手问题；最后，此人最好是闲官，至少不当红，不处于政治中心。

选来选去，王琼基本认定了王守仁。但偏偏在这个时候，朱宸濠推荐王守仁的消息传开，这让王琼心生忧虑，万一王守仁与朱宸濠私下交好，那王守仁能耐越大，将来的危害就越大。为保险起见，王琼转而选拔了大王守仁十岁的文森。

文森为官廉洁，行政能力很强，当过两任知县，很熟悉基层工作，在气节上也无可挑剔，曾因为反对刘瑾而辞官，在刘瑾伏诛后被起用，在士人中威望很高。但让王琼想不到的是，文森百般推托，最后还是以身体有病为由，宁肯受罚免官，也不肯去东南上任。

其实，当时不光是文森，任何一个人都怕踏入这个烂泥潭。"南赣巡抚"一职，就像烧红的铁块，谁也不愿意接手，推来拖去，这一耽误就是半年多。

而就在这段时间里，南赣贼寇的发展速度让人瞠目结舌。匪首们占据地利，上得天时，下得人和，群众基础越来越好，造反思路也越来越清晰。以盘踞横水的谢志山为例，他自号"征南王"，政治野心显而易见。他差人打造了巨型攻城器械吕公车，战术意图也非常明确。这根本不再是流民草贼的姿态,而是赤裸裸的反朝廷武装。

绝对不能再拖了,除了王守仁,再没有他人可以胜任。王琼下定决心,推荐王守仁担任巡抚。在给皇帝的报告中,王琼急迫地写道:"漳州盗匪猖狂至极,巡抚迟迟没有到位,文森养病,不能上任,虽然不加罪,但也绝不能再用,好以此警告那些不敢担当的官员。王守仁也可能找各种借口推托,应当早下命令,昼夜不停把委任状送至南京,让王守仁抓紧动身,不许迟延……"

八月十九日,朝廷的新任命签署下发。

九月十四日,王守仁接到吏部咨文,升任都察院左佥都御史,巡抚南、赣、汀、漳等地。

王守仁接到任命之后,不是被提拔后的欣喜谢恩,而是立即写了一封辞职书,即《辞新任乞以旧职致仕疏》:

> 臣原任南京鸿胪寺卿,去岁四月尝以不职自劾求退,后至八月,又以旧疾交作,复乞天恩赦回调理,皆未蒙准允。黾勉尸素,因循日月,至今年九月十四日,忽接吏部咨文,蒙恩升授前职。闻命惊惶感泣之余,莫知攸措。窃念臣才本庸劣,性复迂疏,兼以疾病多端,气体羸弱,待罪鸿胪闲散之地,犹惧不称;况兹巡抚重任,其将何才以堪!夫因才器使,朝廷之大政也;量力受任,人臣之大分也。膺仕显官,臣心岂独不愿?一时贪幸苟受,后至溃政偾事,臣一身戮辱,亦奚足惜!其如陛下之事何!况臣疾病未已,精力益衰,平居无事,尚尔奄奄,军旅驱驰,岂复堪任!臣在少年,粗心浮气,狂诞自居,

自后涉渐历久，稍知惭沮；逮今思之，悔创靡及。人或未考其实，臣之自知，则既审矣，又何敢崇饰旧恶，以误国事？伏愿陛下念朝廷之大政不可轻，地方之重寄不可苟，体物情之有短长，悯凡愚之所不逮；别选贤能，委以兹任。悯臣之愚，不加谪逐，容令仍以鸿胪寺卿退归田里，以免负乘之诛。臣虽颠殒，敢忘衔结！

臣自幼失怙，鞠于祖母岑，今年九十有七，旦暮思臣一见为诀。去岁乞休，虽迫疾病，实亦因此。臣敢辄以蝼螘苦切之情控于陛下，冀得便道先归省视岑疾，少伸反哺之私，以俟矜允之命。臣衷情迫切，不自知其触昧条宪。臣不胜受恩感激，渎冒战惧，哀恳祈望之至！

（《王阳明全集·卷九》）

王守仁在奏疏中强调：去年曾两次请求辞职回家，朝廷不允，勉强至今，没想到天恩浩荡，又给自己升职且是这么重的职位，微臣惶恐不安。本人才能庸劣，性情迂腐，身体极差，即使是目前这份闲散工作，自己做起来也很吃力，哪还能带兵打仗呢？臣也曾少年轻狂，现在追悔莫及，徒有虚名在外，请皇帝另择贤能，别因为臣误了国家大事。此外，臣祖母已然九十七岁，臣很想念她老人家，想在她的床前尽孝，请皇帝怜悯，让臣就以鸿胪寺卿的职务退休回家吧！

王守仁很清醒，所以很谨慎。巡抚东南的平叛任务相当艰巨。

从地理环境来说，南赣地区地理环境复杂，地势险峻，适于游击，是天然的土匪窝，西有横水、左溪、桶冈三寨，南有浰头诸寨，均依托险峻的地势，乱军绵延数千里，要想平乱，谈何容易？

从官场方面来说，四省平叛，已然围剿了无数次，可最终竟然"培养"出一支又一支反动武装。分析其根本原因，不是贼众能力超群，不可战胜，而是官军腐败无能，互相掣肘，甚至养贼自重。要平叛军，须先整治官场和军队，而整治官场需要朝廷的无条件支持，而这种难度可想而知。

从朝廷方面来说，兵部咨文对他的态度更像"驱使"，而非"重用"——"是既地方有事，王守仁着上紧去，不许辞避迟误"。"地方有事"，太过含糊其词；"不许辞避迟误"，又是训斥口气，哪是器重的意思？此去平叛，涉及军、政、民、税各个方面，需要上级政策倾斜、全力支持，如果朝廷上下都抱着这种驱鸡撵狗的轻敌心态，死十个王守仁都无济于事。兵部尚书王琼到底是把他当成一枚弃子还是一张底牌？

从王守仁自身来说，朝中政治争斗激烈，自己不知不觉卷入其中。推荐自己的，未必是友；反对自己的，未必是敌。上任之后，如果履职失败，必会葬身东南；如果成功，就极可能滞留东南。以自己虚弱多病的身体，能不能撑得下来？以祖母近于百岁的高龄，还能不能等到自己回来？

对于以上诸多疑问，王守仁没有明确的答案，但他很清楚一点：如果自己去了南赣，一旦失败，不光身家性命难保，就连学问、事业也会夭折……直到写完《辞新任乞以旧职致仕疏》，他依然沉浸在"临事而惧"的情绪中。

王守仁走到屋外，仰望天空，长云遮月，反观内心，情绪波动。如在悟道前，他会对自己的情绪波动深以为耻，现在不然，他会与不良情绪并肩而行，慢慢理解它，接近它，甚至欣赏它。

七情六欲，也是心的一部分，需要的是感知，而不是排斥。

不消片刻，王守仁便将一切杂念去除，心性智慧升起，如皓月当空，照临十方世界。

关于巡抚南赣的答案，悄然来到眼前：虽然向上级打辞职退休报告，但朝廷肯定不会答应，巡抚南赣已成定局。既成定局，便要入局，平定南赣，志在必得。

王守仁呷了口茶，含在嘴里品味着，仰头再看天际，遮蔽月亮的那片云彩仿佛一只巨大金雕，双翼垂下，铁爪犀利，洁白的背羽在月亮映射下发出金闪闪的光芒，俯瞰着苍生大地。

担心后路，即是心贼

王守仁在横水平叛时曾给杨仕德写过一封信，其中一句是："破山中贼易，破心中贼难。"

细品这句话，才晓得王守仁的厉害：

其一，人人心中都有贼；

其二，心贼才是最厉害的贼；

其三，能破心中贼，山中贼自然不在话下。

那么，王守仁的"心贼"又是什么？答曰：患得患失！

怕身体不好，不能胜任；怕平叛失败，坏了名声；怕动作太大，惹怒官场……此刻，王守仁只以平叛为目标，妨碍此目标者，都被视为心之逆贼。

与众多同僚、朋友别过后，王守仁归乡，看望七十一岁的父亲和九十七岁的祖母。他深知，这一去，与祖母极有可能是永别，心中怎不怀恋？面对慈祥的祖母，王守仁显得极为放松，好像完全忘却了巡抚之事，也忘记了自己的病痛。可一离开老人，王守仁便如石雕枯木一般僵在那里，一坐就是一两个时辰。几位弟弟见兄长如此情形，未免担忧。恰好几位山中隐居好友前来送别，见王守仁的神态后纷纷宽慰众人："伯安眼中有精光，身定如铁石，这是胸有成竹的表现。"

十月二十四日，朝廷第二次下令，催促王守仁上任。

十一月十四日，兵部第三次下命令，催促王守仁上任。

有意思的是，上边催促多了，不但语气变得柔和下来，而且开始逐渐放权：地方上所有关于贼情、军马、钱粮等事，由王守仁自行定夺，有特别重大的事再上报朝廷……

王守仁却越来越稳，除了与诸弟谈修养、静坐，还与朋友谈诗文，甚至与徐爱商量，准备"坚卧不出"……王守仁的拖延，不是畏惧不前，更不是抗命不行，他是在有意提醒朝廷不能轻视南赣平叛，自己宁肯得罪皇帝与兵部，也要换来朝廷对巡抚南赣的重视和支持。

十二月二日，吏部第四次下令，催促王守仁赶紧上任。王守仁这时才动身南下。

王守仁第一站先到南昌，一是因为都察院设在南昌，需要到这里办报到手续，二是他要拜见宁王朱宸濠。以王守仁的警觉，他本可以不见宁王，做到政治避嫌，但考虑到宁王手下有武装，负有协助平叛之责，且熟悉当地情况，不见不利于平叛大业，便决定不再回避。

对于王守仁的到来，宁王没有大摆宴席，而是约了几个心腹知己，一同在后院书阁中饮酒谈心，场景很是温馨、自然。他们先讲仁人之道，继而谈平叛方略，再说诗赋文史，甚是欢愉。

王守仁注意到，宁王眉宇间确实有一股英气，但言谈举止中也透着轻浮。朱宸濠对平叛方略格外注意，问东问西；朱宸濠的门客李士实、刘养正也时不时提出问题，辨析策略。王守仁认为，对付叛军，必须重新组建军队。李士实摇头，不以为然，认为不如重用狼兵、土兵省事。

"土兵"是指湘西土家族地方武装，"狼兵"则是广西壮族的地方武装，两者不隶属军籍，均由当地土司统管，战斗力远在官军之上。但这些人的破坏力也大，烧杀抢掠，无所不干，百姓害怕"土""狼"远超过当地叛匪。

王守仁虚心求教，李士实滔滔不绝，就连宁王也忍不住多说了几句，末了还劝王守仁小心，宁慢毋快，宁拖毋急……通过这番深入交谈，王守仁得知了许多新情况，甚至敏锐地察觉到宁王与匪徒们之间存在千丝万缕的关系。当他说到自己准备新组军队时，看见朱宸濠的表情里竟然透出一丝笑容，但那丝笑意不是高兴，而是幸灾乐祸……

第二天一早，刘养正赶来为王守仁送行，他面带怅然之色，眼圈里还布满血丝。

王守仁拍了拍他："子吉，可否愿意随我平叛？昨晚太过匆忙，话不尽兴！"

刘养正深施一礼："谨遵先生教诲，倘有可能，我定当前去。"

王守仁点了点头，轻声吟道："濠梁之上，流水浮光，知鱼之乐，唯施与庄。我待君来，曲水流觞。"

第八章　破山中贼　破心中贼

庄子曾与好友惠施游于濠梁之上，两人围绕着"人知不知道鱼的快乐"展开过一场有趣的辩论。王守仁表面是说自己与刘养正是朋友，两人深懂辩论之乐，但聪明的刘养正怎能听不出弦外之音？王阳明嘴中的"濠"，分明就是指宁王朱宸濠，"流水浮光"是王守仁对宁王的看法，虽有浩荡之势，却终是浮光掠影，白忙一场。后四句中隐约有劝导之意，劝刘养正离开宁王，找到真正的伯乐。

刘养正深施一礼，目光中满是遗憾、怅然。朱宸濠认为王守仁名不副实，嫌他病体虚弱，咳嗽不止，嫌他谋略平平，毫不出奇，最后认定王守仁无力平叛。刘养正劝到半夜，也没让宁王改变想法。最后，刘养正请宁王给王守仁饯行。朱宸濠答应得挺痛快，但临到送行时又突然变卦，只是请刘养正带了礼品代他慰问送行。

王守仁回到船上，立即给兵部尚书王琼写了密信，简述自己到南昌报到的情况，并提醒王琼要提防宁王援助贼寇。此外，他还就南赣等地的形势进行预判，并预先提出要提督军务等事项。

不愿见宁王，却不能不见；不愿意贪权，却不能不要；不愿惹怒官场，却又不能不得罪。王守仁上任后所走的每一步都在跟自己较劲，都在与"心贼"厮杀。

刚到任，王阳明便着手组建一支新部队。

组建新军是一件极为敏感的事，上会触犯皇家忌讳，因为建军者极有可能是在培植自己的势力；中会侵害当地官员的利益，因为他们没有办法再吃空饷、捞好处；下会引起专职军人及子弟的不满，因为妨碍了他们的家庭生计。一句话，这是一件出大力、吃大亏、倒大霉的差事。

可不选兵又能怎么办呢？明代卫所军籍经过多代传承，已然名存实亡，只有花名册，没有真兵，即使有人，也是老弱病残；府里、县衙的捕快同样如此，有名无人，有人无用。当地政府应对匪寇，全靠借用土兵、狼兵，结果祸害百姓更甚。

这些常识性的问题，难道官员不知道？难道上级没察觉？所有人都知道，但所有人都不敢改变这个局面，也不愿改变这个局面，反正吃亏的不是自己。王守仁一旦揭开了这一切，不知要得罪多少前任、牵扯到多少权贵。

建军队首先要选人才。王守仁知道，越是腐败无能的地方越是打压、埋没人才，只要当官的想干事，就不愁找不到能干事的人。他一边让弟子们查阅案牍，把有真知灼见的公文挑出来，寻找其作者；一边广泛咨询官吏及士人、百姓，筛出德才兼备的官员；此外，贴出告示，重赏招揽作战人才。

很快，王守仁就起用了江西按察司分巡岭北道兵备副使杨璋、兵备佥事胡琏、县丞舒富等人，令他们担起选兵练兵的重任，并要求四省兵备官按名额、按时间、按标准、按数量挑选弩手、打手、捕快，能力特别突出者，待遇从优。

在征集兵员的同时，王守仁也不放过装备改造。当地军队的弓箭质量奇差，无论弓木还是箭杆，均质地脆弱，做工粗糙，射程超过十步之外，半点杀伤力也没有，简直就是玩具。为此，王守仁火速调集优质材料，专门从福建借调来专业弓箭制作兵卒，日夜加班，批量生产。

选人才是第一步，组民兵是第二步，造兵器是第三步，第四步是搞隔离。

所谓隔离，就是针对当地民匪一家的情况进行制度性隔离。山上匪兵是山下百姓的亲戚，他们关系密切，消息沟通及时，如果不能切断彼此的联系，朝廷兵员再精、装备再好都没用。而且，一些贪图小利的人为来历不明之人提供住宿，甚至私通贼寇，为贼寇做内应，是一大隐患。为此，王守仁推行了早就想好的"十家牌法"。

十家牌法以十家为一个户籍单位，以一块木牌写明十家的基本情况，由十家轮流执掌，每天下午酉时即下午五点到七点，由值日人员拿着木牌到各家逐一对照审查具体情况：谁家今晚少了某个人，这人去了哪里，去做什么事，什么时间回来；谁家今晚多了某个人，这人是谁，从哪里来的，做什么的；等等。核实清楚之后，值日人员还要负责把情况通报给各家，如果发现可疑人等，立即报官。倘若有隐瞒不报的，一家犯事，十家同罪。

让王守仁没有想到的是，十家牌法一出，首先引起震动的不是民间，不是敌人，而是官场和士子：

"'一家有事，十家同罪'，这还了得？这是强秦暴政，这是酷吏余孽，你王守仁哪还有半点圣人风范？"

"孟子说过：'行一不义，杀一不辜，而得天下，皆不为也。'你王守仁要杀害多少无辜之人？"

"逼着百姓互相监督，迫使邻里彼此提防，圣人推崇的和睦敦厚之风荡然无存，你王守仁实在是败坏世道人心。"

"王守仁啊王守仁，你的'知行合一'哪里去了？你的心性修养哪里去了……"

…………

一时间，质疑之声纷纭，连王守仁的弟子都动摇起来。王守仁神色不动，告诉弟子：

"他们讲的是'死理'，并不是'活理'。你们要知道，心外无理，人心即天理。十家牌法，貌似连坐，但实质是在教他们懂得敬畏，教山上那些匪寇发现自己的良知，不再连累家人。一个人如果连基本的敬畏、体恤之心都没有，何谈和睦、敦厚？

"贼寇杀人越货，家人为虎作伥，怎能说是无辜呢？邻里伙同匪徒坑害别人，怎能说是仁义？我知人心本善，故教他们唤醒本心之善。

"知行总是一贯，良知常在常明，你们之所以犹豫，不是学理未明，便是担心没有退路，害怕自己被孤立，切记：操心后路，即是心贼……"

为确保十家牌法真正落实，王阳明三令五申，动之以情，晓之以理，严格检查。十家牌法一旦认真落实，官府很快就找出了线索，顺藤摸瓜，搜出了好几十名卧底，并从这些卧底那里掌握了大量敌情。

正德十二年（1517年）二月十九日，王守仁决定出兵讨贼。正月十六到任，二月十九出兵，满打满算，只有三十三天。常言道"养兵千日，用兵一时"，而王守仁不过"招兵一月"，到底有多少胜算？

然而形势不等人，王守仁入赣第四天，便有千名流贼攻城，而漳州的贼首詹师富早已经按捺不住，开始在象湖山耀武扬威了。

王守仁也等不下去了，上边催着他出兵，新建队伍开支巨大，手中钱粮已然透支……在战争中学习战争，在打仗中训练打仗，这是王守仁所建新军的唯一选择。

瘦弱的王守仁顶盔掼甲，前往一线督战。在他的身后，是各种异样的目光，或是看戏般的神情，或是先知般的嘲讽，他们仿佛已经看到了王守仁惨败的模样……

炼心如炼金,除私如扫尘

南赣之地,毛贼遍地,主要有占据江西赣州崇义横水、左溪、桶冈的谢志山与蓝天凤,占据广东龙川浰头三寨的池仲容,占据福建漳州大帽山的詹师富,还有江西南安大庾岭的陈曰能、广东韶关乐昌的高快马等人……王守仁本着"先易后难,速战速决"的原则制定作战计划,先平福建地区贼寇,再平定横水、桶冈贼寇,最后收拾龙川浰头之贼。

詹师富与官兵作战近十年,几无败绩。当一个人长期无对手时,他会感觉自己怎么出手都是对的,结果偏偏就错得离谱,因为他傲慢自大。

王守仁正相反,战前预先做两手准备:如果敌军防范不严,就由小道出奇兵,攻其不备;如果叛军据险死守又老成持重,官军无隙可乘,那就稳扎稳打,步步为营,必要时精减兵员,节约战争成本,准备打持久战。

詹师富给了王守仁可乘之机。叛军没想到官兵突然能打了,败退至象湖山据守点。象湖山地势凶险,历来官军到此都是望山兴叹,原路返回。

詹师富想看看王守仁有什么能耐。他睁大眼睛,绷紧肌肉,带着手下磨刀霍霍,等着跟对方拼个你死我活,可没想到王巡抚大肆犒赏军队一番后便偃旗息鼓,开始撤退。匪徒们长吁一口气,不由得再次嘲笑起官兵来。

但谁也没有料到,王守仁撤军是假,进攻是真,等叛军彻底放松警惕时,官军兵分三路,深夜突袭,一连恶战数个时辰,杀得叛军节节后退。正当詹师富准备拼力一搏时，意外再次发生，官军早就埋伏好的一支奇兵突然杀入战场，顿时就让詹师富心理破防，惊惧大败。这一战，官军擒斩贼首黄猫狸等近三百人，俘虏一百余人，贼军坠崖而死者不可胜计。

詹师富被打蒙了，怎么也想不到官军会如此英勇。他仔细盘算后，决定率领残部盘踞在可塘洞山寨，这里有粮可用，有险可守，估计官兵无论如何都不会再追来。王守仁的战果已经够大了，何必要斗得鱼死网破呢？

王守仁看透了詹师富的侥幸心理，根本没有停歇，分兵五路，连日攻打，直到生擒詹师富一众贼首……十年未平之贼，王守仁只用了三个月便全部摆平。

詹师富不服，吵嚷着要见王守仁。王守仁坐在一块巨石上，平静地打量着他。詹师富本来想恶狠狠瞪上王守仁几眼的，但他没想到此人如此清秀、瘦弱，眼神又是如此清澈、柔和，没有高高在上的傲慢，而是饶有兴趣地注视着自己。

詹师富苦笑："邪门——"

王守仁看着詹师富道："心中但存一粒尘土，身上便是一层风沙。"这话很轻，仿佛是自言自语，又仿佛是对身边那个穿着青衫的年轻人说的。

没念过多少书的詹师富竟然听懂了这句话，那一刻，他突然感觉自己的灵魂被王守仁攫住了，整个人中邪一般目瞪口呆，扑通跪地。对啊，"骄傲"不就是他心中那"一粒沙"吗？他始终认为官兵不能打、不敢打、不会打、不必打，结果就眼睁睁看着自己的队伍一步步后退，一片片死去。

王守仁的这句话，不单是说给詹师富的，也是说给自己听的。

第八章　破山中贼　破心中贼

战场上两军鏖战，他心中同样有刀光剑影——他既要指挥军士杀贼肃匪，又要驱逐自己的心猿意马。

圣人之学向来多谈礼乐仁义，可他却要天天面对血与火的考验。战争是变化最快速、斗争最激烈、人心最动荡的环境，时刻检验着王守仁的道心，试验着他的道力，考验着他的道德，从古至今，有几个圣人像他这样天天跟强兵悍匪绞在一处呢？

王守仁既要制胜，还要成圣，既要挥舞屠刀，还要立地成佛，这该有多难？所以王守仁不允许自己心上有一粒自私自利的灰尘，所有杂念，他都要扫除干净。

他在回答弟子蔡宗兖问圣人间的差异时曾说道：

> 圣人之所以为圣，只是其心纯乎天理，而无人欲之杂。犹精金之所以为精，但以其成色足而无铜铅之杂也。……然圣人之才力亦是大小不同，犹金之分两有轻重。尧、舜犹万镒，文王、孔子犹九千镒，禹、汤、武王犹七八千镒，伯夷、伊尹犹四五千镒。才力不同而纯乎天理则同，皆可谓之圣人。犹分两虽不同，而足色则同，皆可谓之精金。……故虽凡人而肯为学，使此心纯乎天理，则亦可为圣人；犹一两之金比之万镒，分两虽悬绝，而其到足色处可以无愧。故曰"人皆可以为尧、舜"者以此。学者学圣人，不过是去人欲而存天理耳，犹炼金而求其足色。
>
> （《王阳明全集·卷一》）

是人就有私欲，去私犹如炼金。思想境界的提升过程好比黄金的提炼过程，人人都可以成为圣人，就像金矿可以提炼金子一样，质量没有区别，只是数量多少的区分罢了，而所谓的提炼过程就是磨炼的过程。

这场南赣平乱，正是去除心贼的最佳时机。

平贼之后，王守仁写给侄儿王正思的信中就颇能体现这种心境："你们不要把当大官、光宗耀祖作为最高追求，要心存仁道，讲求孝悌，目标是成为圣贤。平时的习惯最容易影响人，如油浸面，一点点渗透，直到改变本色，无论如何也洗不净，即使贤者也抵御不了这种侵蚀……"

平漳捷报，让王琼甚为满意，特别是王守仁对宁王朱宸濠的警惕态度，更是让王琼大为赞赏，他对王守仁的最后一丝担心也烟消云散。他不但完全同意王守仁对官兵的赏罚决定，还痛快答应了王守仁"要官要权"的各类要求。

王守仁对接下来的平叛计划提出两套方案：方案之一是大举夹攻叛军，依据兵法"十围五攻"原则，组织十万人马，进攻消灭两万叛军，但动用十万军队的物资经费消耗惊人，非但妨害国计民生，还会逼着叛军蹿入深山打游击，长远来看，危害甚大。方案之二是希望陛下给予他赏罚重权，使他可以便宜行事，拥有更多的自主权，而且朝廷不要规定破敌的时限。只有这样，他才能充分发挥优势，逐个击破叛军。

对于王守仁而言，第一套方案最保险，如果失利，责任分摊，借口很多，板子打不到具体人身上。但王守仁只想干成事，所以想执行第二套方案。他在给王琼的私信中说得很直白："南、赣之寇比福建之贼多一倍，我权力太小，号令所及只有赣州一城，巡抚一职可以撤掉，让我总制两广，平叛事就差不多了。"

王琼此刻完全认可了王守仁，不但对他的建议通通批准，还一律通过"快速通道"办理——不经内阁，而是通过个人关系直接送到皇帝面前，确保公文批复快速、高效。

七月，朝廷新的委任书下达赣州，给予王守仁"提督军务"的权力，并发兵部旗牌，准予其便宜行事。这就意味着王守仁真正成为南、赣、汀、漳等地最高军政长官，执掌生杀大权，对文官武将不听号令者，"文职五品以下，武职三品以下，径自拿问发落"。

王守仁事权在手，立即大面积重新整编军队，以二十五人为一伍，两伍为一队，四队为一哨，两哨为一营，三营为一阵，两阵为一军，实行逐级负责制，又重新设计了兵符和使用规范，使军队秩序更加正规，做到了令行禁止。与此同时，他奏请朝廷，在新近平定的地区重新划分行政区域，设置新县安置百姓，严格户籍管理，切实安抚百姓，切断了叛匪与百姓的联系，改良了匪民不分的居住环境，不断压缩对敌包围圈。

备战打仗最需钱财，而当地百姓已然不堪重负，如果加税，便是逼民造反；如果四省均摊，则牵连部门太多，效率低下。为此，王守仁又伸手要政策，他一边向朝廷上了《奏请盐法疏》，一边向王琼求援，索要食盐的贩卖权和抽税权。

国家垄断食盐专卖，自汉以来一直如此，盐业官营是一种隐蔽而高效的税收手段。明朝盐商进货和销售都由政府审批，国家对于盐的经营，不但要发放销售许可证，还会划定销售范围，以利于中央和地方瓜分丰厚盐税。王守仁为了筹措经费，不得不就盐税和关税向朝廷上疏，争取更高的分成比例、更大的税收区划和更多的商业加税。

王守仁此举又给自己招惹了一大堆麻烦，不单周边地方官员有意见，内阁大臣有异议，就连宦官集团也眼红。地方官员有意见，是因为切身利益受损；内阁们则担心王守仁权力过于集中；宦官集团看到王守仁的平叛事业有利可图，自然想挤进来分一杯羹。江西的镇守太监毕真就强烈要求到王守仁的部队来监军……

王守仁处于风口浪尖，每一个举动都可能掀起狂风巨浪，但他决不苟且，<u>丝毫不退</u>。王琼也铁了心支持，不但说服朝廷同意了他关于盐法的疏奏，还挡住了宦官集团要来监军的要求。

形势越急迫，王守仁越泰然；大形势越复杂，王守仁的判断越独立。他甚至开始利用朝廷给自己的权利来反对朝廷的全面军事部署。

詹师富被灭之后，叛军嗅到了危险气息，开始大修战备，秣马厉兵。谢志山约了桶冈贼首钟明贵、广东贼首高快马，准备联合攻打南康县。南安府也侦察得知叛军要趁着庄稼即将丰收之时大肆劫掠……为此，湖广巡抚都御史秦金提出三省会兵，夹攻桶冈、横水等贼的方案，且很快获得了朝廷的批准。

"三省夹攻"方案，是经过通盘考量的。桶冈为三省交界山区，如果单单从江西、湖广或是两广地区任何一方出兵征剿，势必会让盗贼四处流窜，不能彻底歼灭。但这个看似周全的计划遭到了王守仁的反对。

王守仁看得更深刻、更全面：其一，这么大规模的军事行动很容易走漏风声，盗贼们一定会预先探知消息，早早跑出包围圈，围剿很难达到预期效果；其二，三方面地区的兵力并不相同，除了王守仁统属的官兵，其余两方皆有"狼兵"助阵，这会让盗贼为躲避狼兵进攻，大量拥入江西，使本地剿贼变成"招贼"；其三，倘若

第八章　破山中贼　破心中贼

执行这样的战略，王守仁便不是指导全局的统帅，而仅仅是三名平级的指挥之一，果真那样，整体战果不敢保证。

王守仁最终没有执行朝廷的部署，而是"便宜行事"，把这一部署当成了幌子，表面上按部就班，实际上抢先一步，在原定十一月三省军队联合围剿桶冈之前，带领南赣军队出其不意攻打横水、左溪，然后挟战胜之士气猛攻桶冈。当时，他分派辖下知府、知县、守备等人各自统兵就位，于十月初七夜各哨齐发。先是大军伐木立栅，开挖壕沟，营建瞭望哨所，摆出对峙的姿态；接着，派出两支四百人的奇兵，带着旗帜、火铳、钩镰之类的东西，从山崖绝壁攀至远近多个山头，竖起茅草垛子；到了强攻之时，奇兵放炮点火，烟焰四起。出其不意的进攻和声势浩大的假象立即突破了敌军心理防线，使之纷纷弃险溃逃，一败不可收拾。横水、左溪诸寨被荡平，叛军首领谢志山等人带着残部投奔桶冈的蓝天凤。

奇计一用再用，心理战百试不爽，这也是心学战法的奇异之处——总能游刃于人心的脆弱之处。

桶冈贼寇依托天险，且已与横水、左溪的残敌同难合势，定会奋力死守。官军长途奔袭而去，仓促出战，必然受挫。于是，王守仁暂停攻势，下令军队驻扎在桶冈附近，养兵蓄锐。同时，他派出几名已经投诚的叛军去往桶冈报信，告知蓝天凤等人，官军将于十一月初一早晨在某处受降——这既是攻心战，也是挑拨离间。果不其然，败军之将谢志山决意要战，桶冈首领蓝天凤却很有几分动摇，两个首领产生了矛盾，气力也就耗费在双方的辩论上了。

十月三十日夜，大雨，王守仁调度军队提前埋伏在桶冈的五个入口。第二天一早，大雨未停，当蓝、谢还在为是战是和而争执时，官兵突然发起总攻。叛军全未想到原定的受降时间竟然是总攻时间，而且官军斗志昂扬，战力惊人。

这次总攻时间才是三方原定会剿之日。攻山人马，也不再是王守仁一支兵马，而是三省的联军，官兵人数大增。由于湖、广军队带着未能参加平定横水之战的争功心理，作战便更加勇猛，士气高涨。

双方打至十二月上旬，桶冈所有叛军营寨全部被荡平。官军总计活捉、斩杀蓝天凤和谢志山以下从贼三千余人，俘虏两千三百余人。

横水、桶冈叛贼既平，便只剩下浰头的匪患了。

讲学不辍，警心杀魔

谢志山被擒之后，王守仁对他有过一番审问。其中一个与贼情无关但使王守仁好奇的问题是："你何以聚集这么多的同党？"

谢志山答道："这事确实不容易。我平生见到世上好汉，绝不轻易放过，一定会想尽办法和他们结交，要么纵酒言欢，要么帮难解困，等人家被我的诚意感动之后，我再真情相邀，他们自然不会拒绝入伙。"

王守仁深有所感，退堂之后对门人说："我们儒者交友，不也应该如此吗？"

王守仁始终把交友、讲学作为警醒自己的利器，无论多忙，从不废弃。他到南赣赴任的不长时间里，先后有数十名弟子登门求教，讨论学问。王守仁从未拒绝，最有代表性的莫过于吉水龙履祥、洛村黄弘纲和南海梁焯。

正德十二年（1517年）五月，即平定闽南詹师富叛乱后不久，吉水、虔州两地的读书人都来找王守仁拜师学习。国子生龙履祥也想去。龙履祥平时眼高于顶，待人傲慢，花钱大手大脚，师友倒是交了不少，但大都是酒肉之交。其父龙光一听儿子又要去拜师，不由得骂道："王守仁之流不过是绣花枕头，徒有虚名，无非是糊弄年轻人，你去能干什么？"然而龙履祥心意已决，不惜痛哭哀求。最后，龙光只得勉强同意儿子去找王守仁。

万没想到，几个月后，龙履祥气质大变，一举一动谦逊得礼。这让龙光大为惊异，亲自登门拜访王守仁。经过一番交谈，龙光如沐春风，不禁心悦诚服，也投到了王守仁门下。王守仁也非常欣赏龙光的豪迈、机智，便请他做了自己的军门参谋，在涉及军地纠纷、瓦解叛军、选择进攻时机时，他都虚心向龙光请教。在平定斩杀三浰贼首池仲容时，龙光立下了大功。

黄弘纲是虔州读书人的翘楚，自小立下圣人之志，德才兼优，乡试考取了第七名。他的一位兄弟因欠债过多，无力偿还，黄弘纲就自己借了银两替他还上。王守仁听说这件事以后，就托其他学生给黄弘纲捎信问道："先生为何迟迟不来呢？"

黄弘纲当时正在守制，闻言激动不已，待守孝期结束，急赴来就学，与王守仁朝夕相处，深入论道。没过多久，黄弘纲便悟到心学精要，自此一通百通，被虔州学子推为领袖，也成了王守仁的得力助手。平时学生的管理教导都由黄弘纲负责，遇到特别优秀的读书人，黄弘纲总会推荐给王守仁。因为黄弘纲的加入，虔州王门弟子的队伍壮大，社会影响力也越来越大。

黄弘纲也是王守仁的随军参谋，特别是在战斗激烈时，他几乎与王守仁如影随形。在平灭桶冈之贼时，官军打得顺利，王守仁情绪激动，几次想跃马扬鞭带队冲杀，却都被黄弘纲拦住，并大声说出"见猎心喜"的老故事。王守仁闻言，瞬间冷静下来。也多亏有黄弘纲一劝，那次冲锋中，大军中了敌军埋伏，若不是援军来得及时，恐要全军覆没。黄弘纲一直不离王守仁左右，出谋划策，提醒善后，这种亦师亦友的关系对王守仁"杀心中贼"多有助益。

梁焯是南海人，他带家人进京赴任时路过赣州，拜访了王守仁。一见之下，梁焯便沉浸于王学，不再北上，甚至连官也不想当了。他对家人说："我遇阳明先生，就像久病之人遇到了良医，怎舍得离去呢？"

王守仁带兵打仗，一走就是两个月，他本以为梁焯已然走了，没想到梁焯令人把家眷送走，自己还在虔州等待。这让王守仁深感意外，对梁焯也更加钦佩。

一晃三个月过去了，梁焯的母亲来信，要儿子先进京到吏部报到，而后请假找阳明先生不迟。梁焯仍然不愿意进京，认为仕途是荆棘丛，没意思。

王守仁则当头棒喝道："圣人之道是广大的，哪里没有圣人之道？官场就没有圣人之道吗？就是荆棘丛中、水深火热之中也有圣人之道。你这样挑三拣四就已经背离圣人之道了。"

梁焯思考良久，恍然大悟："圣人之道原本就在我心中，不应该拘泥于外在事物，只要有圣人之心，无论在哪里都是学习、锻炼的最好课堂，我何必非要待在老师的门下呢？"

王守仁连连点头，他讲给学生的话，何尝不是讲给自己的，而梁焯的话，又何尝不是他的心声？

第八章　破山中贼　破心中贼

提兵平叛，杀人难免，仁者带兵，气象不同。王守仁既希望将士有杀气、能冲锋，又想尽一切办法约束他们嗜血、滥杀的残暴心理，为达此目的，他煞费苦心。他要求士兵：劲卒冲锋时以破阵为主，不许取敌人首级；后续重兵只允许五六十骑兵收斩敌军，其余士兵不得滥杀，违令者斩；对于敌人，罪恶不大的，可以招纳，绝不允许官兵因贪功而砍下敌人头颅；军队所经过的村寨，严禁抢掠……对于敌人，王守仁总是将心比心，能收服的绝不滥杀，这在荡平浰头叛军的过程中体现得淋漓尽致。

横水、桶冈既平，便只剩下浰头的匪患了。毋庸置疑，浰头匪势最为强劲。

王守仁在写给他们的告谕中，开宗明义，说话将心比心，很接地气："我巡抚一方，职责就是弭盗安民。我与你们并无私怨，带兵擒贼是职责所在。"

接着，王守仁说到平乱的感受："虽然斩获七千多人，但真正的首恶不过四五十人，党羽不过四千多人，其余众人都是被贼人胁迫的。由此想到，你们之中恐怕也有不少人是被迫参加的。更何况，你们中的许多人还是大家子弟，知书达理，明白是非，所以，我先讲讲道理，否则就是'不教而诛'了。"

王守仁的道理很直白："人人都耻于盗贼之名，人人都痛恨被盗贼劫掠，人同此心，心同此理。你们之所以做盗贼、去抢劫，一定有不得已的苦衷，要么是被官府所迫，要么是被大户所逼，冲动之下踏上了贼船，之后就一条路走到黑。但请你们好好想想，当初决意做贼的时候是活人寻死路，尚且要去便去，如今悔改的话，是死人寻活路，何必还要瞻前顾后呢？"

王守仁继续往下说，更能唤起共鸣："我们这些官员难道天生就残忍好杀吗？我无故杀一只鸡都不忍心，何况是杀人？上天有好生之德，轻易杀人，冥冥之中是会有因果报应的啊。我们难道愿意当刽子手？我们难道愿意祸及子孙，这是何苦呢？"

接下来，他越说越扎心："我处心积虑想给你们找到一条活路，但如果你们冥顽不化，那就不是我杀你们，而是老天要杀你们了……听说你们虽然辛苦做贼，日子却过得相当拮据，与其如此，何不将做贼的气力用在务农或经商上呢？只要你们改邪归正，我一定既往不咎，你们看叶芳、梅南春、王受、谢钺这些例子，如今我将他们都当作良民看待。讲了这么多，你们如果还是要执意做贼的话，那就别怪我手段毒辣了。我将南调两广的狼兵，西调湖湘的土兵，亲率大军围攻你们的巢穴，一年不成就两年，两年不成就三年，你们这点财力难道能耗得过国家财力吗？如今良言相劝，如果你们执意辜负我的这番心意，那我只好挥起屠刀了。想到这里，不觉心痛，泪如雨下。"

就是这封信，感动了匪首，叛军首领黄金巢、卢珂等人都率部来降，而且愿意效忠王守仁。

事实上，浰头叛军首领池仲容也看出了王守仁的强大感召力和非同一般的指挥力，也不愿与其硬碰硬，便装模作样向王守仁递出了橄榄枝，派弟弟池仲安带两百余老弱病残随营报效，明为示弱示好，实则刺探军情。

然而，池仲容的手段又哪能哄得了王守仁，王守仁将计就计，此后不久便将池仲容抓获。祸害东南数十年的匪患基本平息，前后用时不过一年多。

平定三浰后，王守仁曾作诗道：

百里妖氛一战清，万峰雷雨洗回兵。
未能干羽苗顽格，深愧壶浆父老迎。
莫倚谋攻为上策，还须内治是先声。
功微不愿封侯赏，但乞蠲输绝横征。

（《王阳明全集·卷二十》）

"莫倚谋攻为上策，还须内治是先声。"这是王守仁的双关语：动用计策终非妙策，心中去贼才能灭贼。

纸糊的身体，钢铁的意志

正德十三年（1518年）正月初二晚，赣州祥符宫内洋溢着过年的气息，宫内外张灯结彩，大院里挂满了招待客人的牛羊肉，台阶上下及院门口铺了彩布，布上放满了大大小小的银两。院里人头攒动，但奇怪的是，人们脸上看不到笑容，反倒凝聚着一团团杀气——没错，这是一场鸿门宴，祥符宫里里外外埋伏着六百甲士，用不了多久，这里便会血流成河。

这场鸿门宴的宴主是王守仁，宴客则是三浰大贼首池仲容和他的九十三名手下。

浰头叛军最强首领池仲容也是打心理战的高手。之前王守仁派人慰问招抚匪众，叛军卢珂、郑志高、黄金巢等人归顺官府时，他也派弟弟池仲安带着老弱病残两百余人投靠了王守仁，目的不是真降，而是缓兵之计。

王守仁将计就计，不动声色地将池仲安派到远地，暗中严密监视，再派人连番招抚池仲容。池仲容不好将送礼的人拒之门外，当下随机应变，找借口说卢珂等人和自己有深仇，而且频频挑拨离间，希望王守仁严惩卢珂等人。于是，王守仁和卢珂合演了一出苦肉计：先是移文申饬，而后把卢珂抓到公堂，再施以杖刑，直至关进监狱。一切就绪后，王守仁派使者带着新年的历书再去浰头招抚。

池仲容有恃无恐，他在王守仁一而再、再而三的低姿态中高估了自己，想亲自到赣州看看情况。于是，他精心挑选了九十三名悍匪一同启程。抵达赣州之后，他将众人安置在城外教场，自己只带了几名贴身护卫进城。

王守仁出门相迎，态度和蔼、真诚，他对池仲容说："你等如今都是改过自新的良民，怎么不一起进城呢，难道对我还有所怀疑不成？"

池仲容见王守仁态度很好，便命令手下尽数进城，住到了祥符宫。

池仲容投降的态度并不真诚，明显还在观望，这一点，王守仁看得一清二楚，而被派去祥符宫教授悍匪礼仪的黄弘纲也洞悉池仲容的部下根本无意投降。同时，城中老百姓对强盗头子大摇大摆进城感到极为愤怒。审时度势之后，王守仁决定借机除掉池仲容。

正月初二夜间，新年宴会变成了池仲容的最后晚餐，龙光指挥埋伏的甲士突然发起进攻，里外夹击，池仲容和他那九十三名护卫无一得脱。

池仲容被处决后，王守仁似乎耗光了他所有的体力，健康状况持续恶化。

王守仁身体一向不佳，年轻时闹肺病，经常咳嗽，后经过静修和治疗，有所恢复，自从廷杖之后，身体状况再度恶化，在贵州龙场驿时又添了新毛病——脊椎疼。刚开始还是断断续续，自从他回到北京后，病痛不断加剧。到赣州后，王守仁更是大病连连，小痛不断，饱受病痛的折磨。

刚到南赣，王守仁便牙疼不止，吃不下饭，睡不着觉，但工作千头万绪，驻军乱象丛生，贼寇不断闹事，他只好忍着病痛加班加点。接下来带兵打仗的日子更苦。由于经常出入深林溪涧，王守仁染上了"风毒"，头痛发热，疲倦乏力，皮肤上生出风疹，发红发痒，最后浑身肿胀。随着平匪任务越来越重，王守仁的病情也越来越重，皮肤的红痒肿胀变成恶疮，流脓不止，而且关节僵硬，难以行动，只能坐着或者卧着……尽管身体每况愈下，王守仁还是干了大量工作，从决策制定到一线指挥，他很少缺席。稍有闲暇，他就跟学生们讲课论道，甚至有时候是前半夜讲学，后半夜打仗。

据魏时亮在《大儒学粹》中的记载，阳明先生在南赣的办公院落，左边就是他讲学、演武的地方。每当处理公事完毕，阳明先生就会找到学生们，或讲学或讨论，不分早晚，一旦来了兴致，往往讲到深夜。可等到第二天一早，学生们再找先生问安时，守门人却告诉他们："王大人跟你们讨论完毕就连夜领兵打仗去了。"

在王守仁看来，"读书"能治病，"自省"可除疾。他曾在写给弟弟的信中说道："不久吾亦且归阳明，当携弟辈入山读书，讲学旬日，始一归省，因得完养精神，薰陶德性，纵有沉疴，亦当不药自愈。"读书与讲学，可以完备人格、营养精神、陶冶德行，可以除掉身体上的顽固病症，这是王守仁的读书观，也合乎"知行合一"的心学观。王守仁在南赣写给侄子们的信中也反复强调："读书讲学，这最是我所好。读书是亲近先贤，教学是清净灵魂，既可以开阔眼界，抒发心声，全面解压，也能交流心得，激发正气，启迪智慧。"

平叛之后，王守仁复兴传统，大力兴办社学，教小孩子歌诗习礼。这种做法自然也引起了争议：在各路学子都汲汲于科举时，当官是最终目标，朱子版的四书五经才是重点，歌诗习礼能有多大的用处？

王守仁则以为，古人立教极有深意：小孩子天性活泼好动，喜欢玩耍而害怕拘束，教他们歌诗，不仅抒发其志意，也是为了让他们在载歌载舞中宣泄精力；教他们习礼，除塑造威仪，还可以让他们在周旋揖让间达到体育锻炼的效果。如果对孩子们只是强加管束，孩子们便会视学校为监狱，视老师为仇敌，这样又如何能引导他们为善呢？

正德十三年（1518年）九月，王守仁于赣州周敦颐讲学处重修濂溪书院。王守仁在其旧址上重建，作为自己当时的讲学之所。后世将此书院称为阳明书院。

王守仁以为，"养德养身，只是一事"，养生就是养德，一个人如果能不思非礼之事，专注于当下，就守住了"真我"，就凝聚了精气神，这就是仙家所谓的"长生久视"。那么，"养德"的根本是什么呢？就是"仁民爱物之心"。

所以，王守仁在"杀山中贼"的同时，还一直在"养心于己"，一直在"造福于民"。正德十三年（1518年）四月，根据赣州府的请求，王守仁下令开仓放粮，救济战后灾民，并严厉打击从中牟利的奸吏与富豪，确保了救灾成果。与此同时，王守仁颁布《告谕》，移风易俗，严禁奢靡之风：提倡节俭办丧事，不许用鼓乐、做道场；不准医生在看病时信邪术、用巫术；要求婚事不得计较彩礼嫁妆，也不许大摆筵席；禁止街市村坊聚众举办迎神赛会……以此杜绝攀比炫富、奢侈浪费之风,促进人口繁育,淳善世道人心。

在推广学术思想上,王守仁这段时间内推出了两部最重要的理论成果:一部是《大学古本》,另一部是《朱子晚年定论》。

之所以推出《大学古本》,是因为王守仁认为朱熹在解读《大学》的时候犯了错误——改字解经,他这次予以更正,并开宗明义,指出《大学》的要领只在"诚意"二字,通过"格物"达到"诚意","诚意"的极致就是"止于至善",而朱熹的"格物"不以"诚意"为目标,只向外界事物下功夫,这就失之于支离。

而《朱子晚年定论》后来被收入《传习录》下卷,王守仁将朱熹晚年与友人论学的三十四封书信汇编成册,刊印出版。本着"朱熹注我"的原则,站在宣传心学的角度,王守仁以"朱熹之矛"攻"朱熹之盾",用朱熹的"晚年定论"来推翻"中年未定之论",证明不是自己反对朱熹,而是世人误信了朱熹。

此外,由徐爱等人整理的王阳明语录,仿照《论语》编成《传习录》,最终于正德十三年(1518年)八月由薛侃出资刊行。

可惜的是,徐爱没能看到《传习录》面世,他于正德十二年(1517年)的五月十七日便去世,年仅三十一岁,当时王守仁刚刚打完闽广之战。

王守仁在写给徐爱的祭文里提到了一件事。徐爱游衡山时做了一个梦,梦见一位老僧拍着自己肩膀说:"你与颜渊同德,亦与颜渊同寿。"徐爱醒后,忧心忡忡地将梦境讲与王守仁。徐爱死后,王守仁感慨:"我没想到此梦竟会成真,而眼前的真实又焉知不是一场大梦呢?"

世事难料,在巡抚南、赣、汀、漳任上接连取得成绩的王守仁,很快就要遭遇一场人生噩梦。

第九章

良知常在 圣学心脉

平定宸濠之乱是王守仁事功的顶点,也是他人生最艰难的时刻。王守仁之前的敌人站在对面,而现在的敌人却"骑在头上"——皇上和他的宠臣。之前的斗争是明枪好挡,现在的较量却是暗箭难防。功越大,罪越大,得罪的人也越多。不过,王守仁还是以只身之力面对几乎整个朝廷的诬蔑与挑衅,最终彻悟,心中有万丈光明,保持了心地的清静与湛然。

正德十四年（1519年）二月，刘养正的突然拜访，让王守仁倒吸一口凉气，那股巨大的不祥感如乌云漫卷，笼罩了半个天空。

宁王不安宁

正德十三年（1518年）十二月，宁王朱宸濠派人带重礼登门送信，请王守仁到南昌讲学。当然，他请王守仁讲学是假，笼络是真。

不得不说，宁王确实被王守仁震撼到了。

朱宸濠原先推测，王守仁平叛，最乐观估计也要三年见效，五年方可初步平定。李士实、刘养正稍为乐观，他们联手推演数日，认为王守仁彻底掌握主动需要两年。可实际上，王守仁仅用一年时间就荡平了群寇。

朱宸濠懊悔当初没有将王守仁笼络于门下，同时又异常好奇：这个病恹恹的王守仁身上到底潜藏了怎样的能量，不但平定了叛乱，还越活越精神？思来想去，他决定请阳明先生到南昌授学，借机再次拉拢。

王守仁以身体有病为由，改派得意门生冀元亨代替自己赶赴南昌讲学。

　　冀元亨，字惟乾，号闇斋，早在王守仁被贬谪龙场的时候便追随其左右，后来又随老师到庐陵。正德十一年（1516年）湖广乡试中，冀元亨不用官版朱熹理学答卷，大胆以阳明思想来应答"格物致知"这个题目，竟被录取。后来，他又随阳明先生巡抚南、赣、汀、漳，主教于濂溪书院，是王门最虔诚的弟子之一。

　　王守仁此次派冀元亨前去南昌，一是想探察情况，摸清底细，二是希望冀元亨能说服宁王，使之改邪归正。冀元亨反馈回来的消息相当确切：宁王反意已决，再无回头的可能。

　　王守仁也全面梳理了宁王的造反迹象：朱宸濠野心大，甚至有过把自己的儿子过继给正德帝，准备将来接班登基的打算；朱宸濠出手阔绰，上到皇帝身边的人，下到江湖盗匪，都在他的收买之列；朱宸濠性格倔强，想干的事，他一定会干到底，为了造反，竟然把反对自己的岳丈、娄妃的父亲娄忱打了个半死，然后关进了监狱……

　　"先生，宁王如造反，后果会如何？"冀元亨问。

　　"生灵涂炭，百姓遭殃。"王守仁拈须，"宁王不宁，心浮气躁，根基不牢，必难长久。"

　　正德十四年（1519年）二月，刘养正登门拜访，旁敲侧击，许愿发誓，各种暗示，请王守仁加入宁王集团。王守仁并不接招，要么装病不应，要么答非所问。刘养正一拍书案："先生，这世道还不够黑暗吗？到处是破屋烂窗，还值得您一再修补吗？不应该再造广厦千万间吗？难道就没有真正的圣人出现吗……"

　　王守仁突然间目光炯炯，盯着刘养正慢慢说道："子吉呀，你是安福人吧？安福，安福，心安身安，即是有福。屋窗虽破，都是祖上所留，修修补补，正可过活。你所说的'广厦千万'，终究不是百姓的居所。你说世道黑暗，可曾真心为它点燃过一盏灯？我告诉你，这世上没有商汤王、周武王那样的圣人，倘有叛乱发生，我们做臣子的只好仗义死节。"

刘养正怅然若失，失望而归。

宁王不死心，还想争取王守仁。他认为，只要假以时日，恩威并用，不愁王守仁不"上船"。

然而，还没等到王守仁上船，一个偶然的误会打破了宁王的计划，他只好仓促起兵。

其实，关于宁王要造反的传言有很多，但武宗并不相信，一是他性格似顽童，懒得怀疑，二是他的亲近之人大都收了宁王的好处，处处替朱宸濠打掩护，反说那些传言是猜忌之言，是离间之计。不过，最终让武宗产生疑心的还是那些为宁王辩护的人。

武宗宠信伶人臧贤，宁王便派人向臧贤"学习音乐"，"顺理成章"地奉上巨额学费和一只金丝宝壶。一日，武宗临幸臧贤府宅，臧贤很激动，就拿出这只宝壶为圣上斟酒。不想这宝壶太贵重、太精巧，武宗难免察觉了一些异样，加上宫妃和江彬的挑唆，武宗这才开始怀疑宁王的用心。

江彬与钱宁是武宗的左膀右臂，也是当时最有权势的两大佞臣，正如刘瑾与张永后来不能相容那样，江彬和钱宁也为争宠而明争暗斗。朱宸濠越是在钱宁身上不惜血本，江彬越是恨得牙根痒痒。朱宸濠万万没想到，自己在努力巴结靠山的同时，竟然也在制造一场灾祸。

恰巧此时，御史萧淮上奏宁王反迹，建议收捕宁王至京城问罪。当然，这只是个提议，并不是决议。武宗的最初想法是革除宁王府的护卫，但宁王安插在京城的间谍搞错了情报，认为朝廷将要捉拿宁王，于是日夜兼程飞报南昌。

正德十四年（1519年）六月十三日，宁王在自己四十三岁的生日宴会上收到错误密报，比原定计划提前两个月举事造反。

事情就是这么荒唐、滑稽：京城最可依赖的卧底发出了错误情报，蓄谋已久的反叛发生在仓促之间。

次日，江西各级长官赴宁王府，为前一天的生日宴会做礼节性答谢。宁王却当众宣布，他收到了皇太后的密旨："当年，宦官李广把老百姓的一个婴儿抱入皇宫，伪称皇子，如今当了皇帝，她老人家命令我们起兵讨贼，维护皇室血统的纯正！"

面对宁王造反之举，官员们反应不一，有的激烈反对，有的大声抗议，有的见机行事。江西巡抚孙燧和按察司副使许逵因不肯造反而被宁王斩首于惠民门外，其余表示抗议的众官或遭囚禁，或绝食而死，见风使舵者则接受"伪职"，半推半就地造了反。

此时，王守仁一家老小乘坐的官船正过丰城，他准备去福建平息一场兵变。

然而事情没有这么简单，除了少数知情人，就连随从们都觉得事出蹊跷：朝廷下旨平叛福建兵变的日子是二月，王守仁只派了周期雍去处理，现在叛兵势头差不多已被镇压下去，他倒要去福建平叛，不符合常理，此其一。如去福州，从赣州直接向东即可，为什么却要绕道往北走到丰城呢？此其二。去福州平叛只是个临时任务，

第九章　良知常在　圣学心脉　　　　　　　　　　215

王守仁为什么要带着全家同行呢？此其三。

王守仁的这趟行程确实不同一般。

宁王求才若渴，迫切希望拉拢王守仁，他早在生日宴会前数日就专门给王守仁发出邀请。当时王守仁也在加紧搜集着宁王所有反叛情报，并且已然侦察到宁王在西山养有军马万匹，私造战船千艘，部下与京城的联络人数、次数惊人……越来越多的迹象表明，宁王不会忍耐太久。

接到宁王的生日宴邀请时，王守仁也接到了王琼的密信，告诉他皇帝已然对宁王起疑，宁王下一步应该会有所动作，叫王守仁务必盯紧，同时又不能打草惊蛇。王守仁也在此时发现，宁王不但对自己的行踪有所掌握，还与自己最依赖的属下杨璋关系密切，而且从言谈举止中发现，杨璋对宁王很是钦佩。这就意味着，杨璋极有可能是宁王的人。若是朱宸濠真的造反，杨璋多半会站到宁王一边对付自己。

王守仁与龙光、黄弘纲几个弟子商议过后，决定先答应带全家去参加宁王的生日宴，借以打消宁王的疑心，同时拉开与杨璋的距离，然后在赴宴途中拖延行程。王守仁很担心宁王的生日宴变成鸿门宴，只好故意拖延，停在距离南昌百里外的丰城静观其变。同时，要考虑到最坏情况，加紧推演，找出最佳应对方案并联系周边相关州县，确定可靠的武装力量。

在议事时，龙光的眼中时常有亮光闪过。在他看来，此行极有可能又要立下一件旷世奇功，但他不时在王守仁沉静如水的目光中看到隐忧之色。

"先生，你到底担忧什么呢？"龙光问道。

王守仁仰头看着夜空，很艰难地摇了摇头："但愿一切都是假设，彼此相安最好，否则，没有赢家。"

"先生，此话怎讲？"黄弘纲低声追问。

"宁王若得手，祸乱半壁江山，最后注定要死于这崩塌的半壁之下，祸国殃民；纵然他打不下半壁江山，也会在朝廷掀起滔天巨浪，我等如果压不住他，性命不保；我们如果压得住他，也必然会身处风口浪尖，因为不知道朱宸濠的手里藏有多少与朝廷权贵交往的秘密，那些秘密都是陷阱和旋涡……"

龙光再问："先生是否有退却之心？"

王守仁看了他们一眼，缓慢而坚定地摇了摇头："即使剩下我一个，也会勇往直前。"他思忖片刻，又补充道："无路可走时，向前是最好的选择！"

恰在此时，丰城典史、知县派人匆忙赶到，口头通报了宁王举事的消息。尽管事情发生在意料之中，但还是让王守仁吃了一惊。他没想到，宁王的动作如此之快，然而更快的是宁王派来劫船的人马。王守仁当即下令掉转船头，直趋吉安。

心法兵法无定法

吉安知府伍文定是王守仁的亲信，他带着士卒护送王守仁入城，自此，吉安就成了讨伐宁王的临时大本营。

一切都来得突然，谁能在突然中保持泰然，谁就能少露破绽，抢得先机。宁王的造反大旗已然树起，他必须乘势向前才有可能无往不胜。于是，他齐集王府护卫，召集土匪流寇，大肆征发壮丁，迅速组建了一支军队，号称十万之众，准备先夺南京，再进军北京。

反叛大军夺取漕运船只，沿水路袭击南康。南康知府吓破了胆，弃城而走。叛军紧接着奇袭九江，九江的军政、民政长官纷纷逃散，属县军民更是闻风便溃。

可笑的是，各地的告急文书都不敢指名道姓地说宁王朱宸濠反叛，他们或说江西省城有变，或说江西省城情况紧急，抑或说南昌忽然聚集了军马和船只……这其实反映了各级官员对宁王叛变的态度，人人都在观望，都想给自己留下回旋余地——万一宁王造反成功了呢？

只有王守仁的公文里写得明白：江西宁王谋反。但朝廷没有明确的平叛指示，一切都要靠王守仁自己把握。

消息传到北京，朝臣中慌乱者有之，静观其变者有之，甚至幸灾乐祸者也有之。只有兵部尚书王琼稳如泰山，因为他坚信一个王守仁能顶上好几个朱宸濠。

王守仁其实并不轻松。朱宸濠远非那些江湖盗寇可比，他是根红苗正的皇家子弟，在皇帝顽劣、朝廷腐败的情况下，盼着宁王当皇帝的绝非少数，焉知宁王不是燕王朱棣的翻版？再说，朱宸濠有人马，有谋士，有地盘，有准备，还有战略目标，眼下锐气正盛，而朝廷方面的兵力、财力一时难以聚集，相比而言，劣势明显。

此时，门生邹守益赶到吉安，给王守仁带来一条情报：宁王收买了叶芳来夹攻吉安。

叶芳曾是大盗，此前已经向王守仁投诚。王守仁自信对他有所了解，说："叶芳必不会叛。以前他们这些人都以茅草为屋，叛乱的时候便把屋子烧掉；如今他们用巨木建屋，房舍豪华，一定舍不得都烧掉。"

邹守益摇头，反问："他们如果跟随宁王造反，可以封爵拜官，还会在乎这些房屋吗？"

王守仁默然良久，拍了拍邹守益肩膀，缓缓说道："木石屋可毁，黄金屋不可毁，我等心中便有这个黄金屋。此屋一扫，天下就可扫。就算天下人都反了，我辈也要守住本分。"

该怎么做才能阻止宁王的造反步伐呢？电光石火间，王守仁从邹守益的话中找到了灵感。他首先要做的是"烧掉"宁王等人心中的"房屋"，让他们心无定所，互相猜忌，离心离德，从而减缓攻势，同时，致书安庆都指挥杨锐，请他务必坚守住安庆这个战略要地，尽量拖住宁王，再者，向各地发文，请求支援。

如何打好心理战，挑拨宁王一党呢？王守仁想出来的招数是假传圣旨，大量散布朝廷出兵平叛的虚假消息，迷惑敌人，诸如"某某率领狼兵赶赴江西""官军数十万来江西公干""某部领官军前来支援"，等等。

最诛心的一招是，王守仁伪造了数封朝廷与李士实、刘养正、凌十一等人的通信，书信内容是关于朝廷招降和他们准备投诚之事。而后，王守仁又使人买通戏子加以培训，让他们扮演送信人，且故意让宁王的人查获。当然，光有这些假书信还不够，王守仁也确实让指挥使高睿等人给刘养正等人写了情真意切的劝降信。如此一来，此事便真真假假，难以分辨。

这一招直击要害，立即触动了朱宸濠的脆弱神经，使他猜忌心大发，怀疑起自己的左膀右臂，而刘养正、李士实等人又在宁王的猜忌中互相提防，彼此疑惧。

朱宸濠本来不会轻易相信，特别是心腹刘养正，他跟随自己多年，死心塌地，又如何会脚踩两只船呢？无奈王守仁步步攻心，早有预计，在写假信的同时，还派龙光把刘养正的家人接到了吉安，好生看养，又请其家人悄悄给刘养正传递消息。如此一来，朱宸濠疑心更重。

既然是攻心，便要上下兼顾，在离间宁王幕僚高层的同时，王守仁又吩咐部将制作了大量的告示、招降旗号、纳降木牌等，并吩咐雷济、萧禹、龙光、王佐等人广泛投放，以瓦解叛军普通士兵的斗志。

朱宸濠稍有迟疑，部队进攻锐气便立即减弱，等他们再次做出正确判断，消除疑心时，最有利的出兵时机已然错过。

正德十四年（1519年）七月，宁王下定决心，以万余人留镇南昌，亲率六万主力，合群盗市少及护卫胁从之人，直扑安庆，准备由安庆而下南京，到南京后先祭祖再继位，而后挥兵直上，攻打北京。

宁王不宁，安庆甚安

安庆守备杨锐既是一员猛将，也是一员智将，之前已与王守仁通过信息，趁朱宸濠内耗之时做了充分准备。他先派人在江边开挖河渠，渠中安置大量尖锐铁器及各类障碍，两边再埋伏下兵士。

叛军所乘船只开来，径自顺流进入河渠，撞到锐器之上，巨大冲击力顿时就令战船千疮百孔，一时动弹不得。后边的船只接着纷纷驶来，便接连追尾撞击，瞬间就拥堵在江面上，损失惨重，士气先自削了一半。而此刻的安庆城中，兵士以逸待劳，郡守重赏激励，士气高昂……一连十八天，朱宸濠不能前进半步。

这十八天，是朱宸濠的十八层地狱，也成就了王守仁的功绩。

王守仁利用这十八天集结了一支八万人的军队，尽管军队成员复杂，战斗力不强，但至少可以同宁王正面对抗。

对于如何调遣这支军队，一时众说纷纭。大部分人提议驰援安庆，与杨锐夹攻叛军。一小部分人否定了这一提议，认为九江、南康已经被宁王攻克，如果越过南昌驰援安庆，就会形成己方腹背受敌的局面。再则，援军大都是民兵与义兵，与宁王主力相持于江上，不占优势。最好是乘锐气攻下南昌，等宁王回军救援的时候，再由鄱阳湖截击。

当然也有人反对攻打南昌，认为宁王经营南昌几十年，留城的又尽是精锐，攻城的难度可想而知。退一步讲，即便攻下南昌，如果宁王继续攻克安庆，直下南京，弃南昌于不顾，岂不是加速他祸害朝廷的速度？

王守仁点点头，用欣慰的眼光看着弟子和同僚，鼓励他们说下去。大战之前，必须人尽其言，把情况考虑周全。这一场战役相当关键，打得好，事半功倍，打不好，就会拉长战线，祸害无穷。

直到最后，王守仁拍板——攻打南昌，釜底抽薪。他的理由很简单：朱宸濠缺少勇往直前的魄力，而安庆的杨锐势气正盛。拿下南昌的速度越快，朱宸濠投降的速度越快。议定之后，王守仁分兵七路进攻南昌。

正德十四年（1519年）七月十八日，王守仁分兵哨道，各哨人马依令行事，合力攻城。其中，一哨伍文定率前锋部队抵达广润门，南昌守军几乎没做抵抗，纷纷逃散。翌日一早，主力部队攀绳登梯占领南昌，擒获了负责守备的宁王世子。宁王府的宫人们感到大事不妙，上吊的上吊，自焚的自焚。

官军进城，难免有不守军纪者，在城内烧杀抢掠。王守仁下令斩杀为首的十余人，赦免胁从者，南昌的局势迅速平复下来。

接下来，王守仁吩咐龙光去秘密执行两项任务：一是把娄忱从看押处救出来；二是找到宁王与朝中所有人员的通信内容。

这是娄忱第二次被关进牢房。他之前因为反对宁王被关过，这一次是因为他在宁王生日宴上当众阻拦朱宸濠发兵，结果被打得皮开肉绽，而后被扔进了监牢。娄忱出狱后，告诉龙光宁王与朝中政要信件所在。王守仁嘱咐龙光把重要通信文件保存下来，以备不测，其余信件被当众销毁。

朱宸濠听说南昌被破，感到大势已去。他万万没有料到，自己经营多年的南昌却在短短几日内被王守仁攻破，那么宏大的皇帝梦就这么被轻轻戳破了。李士实、刘养正都劝宁王要么顺流直捣南京，即大位，号召天下，要么直接奔蕲州、黄州，进攻北京。

遗憾的是，宁王此时已经失去定力，对于任何建议，他都摇摆不定，唯一坚定的就是要回到南昌，至于后果，早就被他抛到了脑后。

王守仁早就在鄱阳湖上部署了兵力，朱宸濠的前锋一到即遭到截击，一战而溃。宁王尽数征调九江、南康的守军，厚赏勇士，准备再次进攻。王阳明却趁宁王调兵回援之机，分兵两路，乘虚收复了九江、南康。

朱宸濠背水一战，命令军队在鄱阳湖上发动了一场声势骇人的总攻。官军此前连日胜利，未免轻敌，突然看到败军爆发出如此巨大的战斗力，有点承受不住，开始退却。幸而黄家渡有伍文定这样的猛将，他坚毅地立于铳炮之间，眼光尖利如鹰，面色黑沉似铁，尽管身上带伤，险些落水，可他依然保持镇定，不断挥舞着手中的旗帜。

伍文定身后，是手持钢刀的行刑队，他们盯着自己的战友，谁后退不止，谁就挨刀。将士们似浪潮一般，在动荡中后退，又在恐惧中再度前进。两军短兵相接，立即溅起一片猩红。

激战中，伍文定的铳炮击中宁王朱宸濠的副舟，一声轰响，震彻四周。叛军以为宁王毙命，士气顿时受挫，恐惧情绪蔓延，局势迅速逆转。

宁王退守樵舍，拿出所有金银激励士卒，而后将战船连接起来，组成方阵，打算拼死一战。

此刻王守仁坐镇南昌，每天都在都察院大门里讲学解惑。他讲课时，开启中门，使大门前后贯通可见。凡有军情文书送来，他即刻登堂处理。

当有人报告朝廷大军有所退却时，王守仁就暂入侧席，签署命令，发出令牌。听课的弟子门人心怀忐忑，目光随着报信人的身影游移不定，感到情况危急，不由得脸色一变，询问老师到底发生了什么事。

王守仁安慰众人道："前线有小小的败退，这是兵家常事，不足介意。"

又有信使跑步报告，声音因激动带着颤音："叛军溃败，宁王被擒——"

王守仁起身离席，问清情况，安排赏赐，事了又坐回讲学的座位。门人弟子惊喜纷纷，再无心思就学，也盼着先生多说说战场情况，可王守仁只淡淡说道："适闻宁王已经被擒，想来消息不假，只可惜死了太多人！"然后接着讲学，语气一如平常。

第九章　良知常在　圣学心脉

在明军密集火攻和奋力冲锋下,朱宸濠的六万军队纷纷败溃,宁王妃嫔纷纷投水自尽,宁王、李士实、刘养正,以及投靠他们的朝廷命官按察使杨璋、布政使梁辰等数百人被生擒。

宁王就擒之后,以战俘身份乘马入南昌,望见官军军容整肃,强颜笑道:"这是我的家事,何劳你们如此费心?"

一见王守仁,他就大声道:"娄妃是一位贤妃,一直对我苦谏,适才投水而死,希望你能妥善安葬她。"

王守仁面色沉静如水,盯着狼狈的朱宸濠,久久不语。

朱宸濠强装出来的豪迈一点点散去,不由得长叹一声:"纣用妇言亡,而我不用妇言亡,天意啊!"

此刻,所有平叛者都长舒一口气,然而,谁也没有想到,这是一场大灾难的序幕。

胜利有罪

王守仁平定宸濠之乱的过程,差不多可以用"谈笑间樯橹灰飞烟灭"的潇洒来形容。但他动作太快,一下子打破了官场惯有的缓慢节奏和微妙平衡,让很多官场中人一时难以适应和招架。更何况,王守仁遇到的是一个另类皇帝。

当宁王举事的消息传到北京时,明武宗的反应不是恐慌,不是愤怒,而是兴奋——终于有机会指挥一场平叛战争了,而且场地还是在山清水秀的江南,这可比在塞北顶风冒雪有趣多了。于是,武宗下达圣旨:着令总督军务威武大将军总兵官后军都督府太师镇国公朱寿统领各路兵马，南下征剿叛军，以安边伯朱泰为先锋。

"朱寿"就是明武宗自己，"总督军务威武大将军总兵官后军都督府太师镇国公"是他自封的官号。这个官号文武兼备，有本官，有差遣，有加官，有爵位，显示了"朱寿"全军统帅的身份，彰显着"朱寿"对大明朝的"不灭功绩"。先锋官朱泰，就是许泰。许泰世袭武职，是明孝宗弘治十七年（1504年）的武状元，和江彬一样，都以勇武有力和投机钻营得到武宗赏识。这一次武宗决意大玩"南征游戏"，跟许泰和江彬二人的怂恿、鼓动分不开。

内阁大臣们当然不答应，拒不拟旨，言官也照例谏阻，但武宗心意已决，以许泰为先锋，以太监张永、张忠提督军务，以兵部侍郎王宪管粮饷，统率浩荡大军奔向江南平叛。不料，就在此时，朝廷接到了王守仁的捷报。这让已经整装出发的大军情何以堪，这让玩兴正浓的皇帝如何罢手？

紧接着，王守仁的《请止亲征疏》也呈报上来了。尽管王守仁在奏疏中一再吹捧皇帝的英明神武，但依然难解武宗心中的郁闷。更何况，许泰等人鸡蛋里挑骨头，摘抄了王守仁奏疏中的个别字句无限放大，故意生出事端。

《擒获宸濠捷音疏》中，有"尤愿皇上罢息巡幸，建立国本，端拱励精，以承宗社之洪休，以绝奸雄之觊觎"等字句。他们摘抄此句的潜台词是，圣上不务正业，不顾国本，所以导致宁王反叛。

《旱灾疏》中，有"伏望皇上罢冗员之俸，损不急之赏，止无名之征，节用省费，以足军国之需，天下幸甚"等字句。他们强调此句是揭露王守仁对朝廷的不满，王守仁认为当前朝廷风气太差，分不清主次，认不清好坏，干不了正事。

《请止亲征疏》中，有"臣谨于九月十一日亲自量带官军，将宸

第九章　良知常在　圣学心脉

濠并逆贼情重人犯督解赴阙外"等句。他们向皇帝指出，王守仁狂妄自大、贪功求赏、蔑视朝廷。

在武宗看来，王守仁的这些句子里带着刺，刺上带着钩，钩上带着毒，要多恶劣就有多恶劣。

《请止亲征疏》中的句子让江彬、许泰等人既愤怒又不安，愤怒的是王守仁不给他们一丝立功机会，甚至要把一干罪犯直接送到京城。真要这样，皇帝的打仗兴致怎么纾解？部属们期待的赫赫战功到哪里去找？宁王府上的财富怎么索要？更让人不安的是，王守仁一定掌握了宁王与钱宁等人的来往信件，如果任由王守仁来京，寻找证据这件事就变得不再名正言顺，打击政敌就变得难上加难了。必须得鼓动皇帝南征，必须得让武宗对王守仁起疑，必须得从王守仁那里找到宁王与朝廷相关人员密谋的直接证据。为了实现这些目的，江彬、许泰等人"正义凛然"地提出疑问：王守仁凭什么说已经把叛军消灭干净了，谁能保证没有漏网之鱼？谁能保证贼党不再死灰复燃？单听王守仁一面之词不行，皇帝必须亲临现场考察才是。宁王作乱，准备时间长达数年，之前不但无人揭露，反倒纷纷为他遮掩，甚至私下提供帮助，这些叛逆者隐藏在朝中，必须要到宁王府上查找线索，否则就会遗漏证据，贻害无穷。即使皇帝接受王守仁献俘，也应该到南都去，那样既节省时间，又大大压缩营私舞弊的时间和空间，更容易获得真相。最为可疑的是王守仁。据之前的消息，宁王向陆完推荐过王守仁，而且王守仁与娄氏家为世交，与朱宸濠岳父娄忱是至交，与朱宸濠的"国师"刘养正是好友，王守仁的学生冀元亨在宁王起事前还代替王守仁到朱宸濠府上论学……种种迹象表现，王守仁最有通敌的嫌疑，王守仁所谓的献俘就可能是一场阴谋……

事实一经颠倒，本来有点打退堂鼓的武宗立即又来了精神：去，必须亲征；查，必须要严查！御驾亲征很有必要，军事高压势在必行！

王守仁很敏感地意识到事情的不对劲，具体来说，他在王琼身上看到了危险信号。打败朱宸濠后，他曾给王琼写信，请求给自己放个假，好到祖母坟前烧烧纸，再看看生病的父亲。王守仁在信中不无悲哀地说道："我现在正行船于江上，真想弃官偷跑回家，您难道眼睁睁看我受此煎熬而不愿以举手之劳帮个小忙吗？"

正常情况下，王琼是会同意王守仁的请求的，即使不准，也应该迅速回信，好言安慰他一番。但奇怪的是王守仁迟迟没有收到回音。不单是给王琼的信，就是给朝廷的上疏也像泥牛入海，没有任何信息反馈。之前如果出现类似情况，王琼一定会来密信提醒他，但现在他仍然保持着可怕的沉默。

王守仁预感到了朝廷的不满。南昌监牢里也出了问题，朱宸濠不吃不喝，如果他再有个三长两短，那麻烦可就大了！不能再等了，必须尽快启程献俘，否则夜长梦多，后果承担不起。

王守仁的献俘船走到广信时，遇上了太监张忠派来的取俘船。负责取俘的有两个人，一位是宦官，另一位是武将。他们拿着张忠御马太监的印信与江彬总兵的印信，要与王守仁办理交接手续。王守仁并未立即表态，他先让龙光带着两位取俘官去查看战俘，自己则盘算着下一步的行动。在朱宸濠与朝廷权臣的通信中，钱宁的最多，来往钱款礼物以及所办事项也最为详细；其次便是吏部尚书陆完；再次是大太监张永，书信涉及违制、隐私的事件并不多，且语气隐晦，当是另有交往渠道；张忠的信件只有几封，

第九章　良知常在　圣学心脉

多涉及钱款礼品。

平心而论,对于张永,王守仁还是存了几分好感的,此人虽然也是"八虎"之一,却明白事理,进退有度,在与杨一清联手除掉刘瑾后,适度低调,并主动与钱宁等人拉开了距离,不像张忠、许泰那般荒唐、无耻。

正在王守仁思虑之际,龙光匆忙回来,给他讲述了一个细节。这个细节不禁让人倒吸一口凉气。龙光说,在看到俘虏朱宸濠时,那位将军很仔细地检查了朱宸濠的身体,还特意问朱宸濠能不能继续指挥打仗……什么意思?难道他们想把朱宸濠放掉,让他再次召集兵马,陪皇帝玩一次打仗游戏?一瞬间,无数惨烈场景一一闪现在王守仁面前。他相信自己的判断,在顽劣的皇帝面前,没有什么是不可能的;在江彬、张忠那里,没有什么是他们不敢干的。看来,事情比他预想的还要糟。对手不再是几个难缠的小人,而是带着几个难缠小人、行事没有底线的任性皇帝。怪不得朝廷对自己的上疏没有任何回应,王琼对自己的请求一味保持沉默!事到如今,原本应该撒手不管,将战俘上交,自己后撤,管他天翻地覆!可真的那样做的话,自己又与江彬、张忠有什么区别?

"不劳各位,献俘之事,本官要亲自去!"王守仁的语气斩钉截铁,他直接拒绝与接俘人交涉,不留半点商量余地。

圣学血脉

王守仁拒绝交接战俘,这让张忠恼羞成怒。偏偏此间李士实、刘养正、王春等重要战俘相继伤病加重，不治身亡。如果再把朱宸濠耗死，那可真是跳进黄河也洗不清了。王守仁与众人商议后，决定先把朱宸濠交给张永。

王守仁所乘船只驶入钱塘，张永此刻就驻扎在那里。想让张永接受宁贼不难，毕竟这是脸上增光的事情，难的是如何让张永为王守仁说话。放眼整个朝廷，也只有张永有资格对抗江彬他们了。但张永也是"八虎"之一，宦海老油条，心机、城府甚深，怎么可能轻易被人牵着鼻子走？

果不其然，王守仁拜访张永时，张永拒不相见。王守仁也不干等，直接闯了进去，而且直奔张永卧室，大马金刀地坐在他的床榻上。张永抬起头来，第一次近距离打量这个清瘦多髯的阳明先生。

张永对王守仁闯进来的举动并没有太过震惊，他一个百战百胜的指挥官如果没有这点胆力，那才不正常。真正让张永吃惊的是王守仁的安详神态：脸上没有堆积的愁云，眼睛里也没有纵横的血丝，眼白如羊脂玉，眼眸如点黑漆，清凉凉的，让人舒服。

王守仁侃侃而谈，如平时讲学一样："张公啊，江西民众好苦啊，他们久遭宁贼荼毒，如今大乱之后又碰上干旱，即使如此，民众也还要供应军饷。如果再加负担，百姓被逼无奈，一定会落草为寇，啸聚山林。当地一些百姓当初参与宸濠之乱算是被胁迫，如今倘若再次造反，那就永远不会再回头了，江南必成土崩之势，治理起来就相当困难了！"

张永点头，徐徐道："我这次来，不是为了抢功，就是为了防止你所说的民意激变。你也看到了，皇帝身边小人太多，一旦有人无中生有，必会激起事端。陛下乃神武之君，性格异于常人，只有顺着他才能把事情办好，万一逆了他的心意，那些小人就会趁机挖坑

第九章　良知常在　圣学心脉

设套，让栋梁白白受损却无益于天下苍生呀。"

聪明人说话，既能点到为止，又能一针见血。

张永指指窗外江边。

王守仁点头微笑："朱宸濠以及他的那些密信，我都带来了，通通交给张公。"

张永心里仿佛突然绽放出一朵花——这些信件证物，才是他朝思暮想的，也是江彬他们虎视眈眈的。自从宁王起事，朝中大部分权要惶恐不安，生怕交结宁王事发，受到胁迫、牵连。

张永与朱宸濠交往不多，但也与其探讨过实质、敏感内容。这些信件，只要有一个字落在江彬手里，就会化成满天的风语。更何况钱宁与朱宸濠交往太深，江彬、许泰他们肯定会把钱宁往死里整，再借机搞株连，牵连自己几乎就是板上钉钉的事。张永的恐慌、杂乱，一如罩在官帽下的白发，每当夜深人静时便披散在眼前，狰狞如厉鬼。他为此还派心腹找到了王守仁的老友、政治盟友杨一清咨询对策。最终，他决定以静制动，在钱塘等王守仁到来。果然，江彬他们在王守仁身上碰了钉子，而王守仁终于找到了自己，还亲手送上了自己想要的东西。

王守仁献俘之后，便暂住西湖净慈寺，养病静心，闭门讲学。在许多隔岸观火的人看来，王守仁不过是穷途末路，关门等死而已。许多门人弟子也颇感老师迂腐，刀都架到脖子上了，还讲哪门子学啊？

碰了钉子的江彬决定向王守仁动刀，直接向武宗密报：王守仁原本与朱宸濠串通一气，准备谋反，只是形势变化，临时反水，把共同起事改成背后捅刀，否则，他不可能这么快平息叛乱。

武宗一听，点头称是，立即组成查勘组，点名让张忠、许泰、章纶、祝续、许孟和、齐之鸾等人奔赴南昌，深入调查朱宸濠反叛实情以及与王守仁的关系，同时要求王守仁把所有战俘都送到南京，加紧审理、定罪，好挖出朝廷内鬼。

王守仁决定赶赴南京，亲见武宗，亲自解释。但正在气头上的武宗不想见王守仁，江彬更是借题发挥，直接派宦官在镇江截住王守仁，硬生生把他挡了回去。王守仁无奈，只得折返南昌，在经过彭泽时，他登上了小孤山，不禁悲从中来，作诗道：

> 人言小孤殊阻绝，从来可望不可攀。
> 上有颠崖势欲堕，下有剑石交巉顽。
> 峡风闪壁船难进，洪涛怒撞蛟龙关；
> …………
> 奇观江海讵为险？世情平地犹多艰。
> 呜呼！
> 世情平地犹多艰，回瞻北极双泪潸！
> （《王阳明全集·卷二十》）

"小孤"之山，可远望却难以登攀。这个"小孤"就是据于高位的小人，正是这些小人的钩心斗角，使得一马平川的朝堂竟然险过江海之上的波涛汹涌。回首北望，双泪涟涟，九死一生的功臣反倒像十恶不赦的罪犯，而这种"小孤"之感，何尝又不是王守仁此时写照？

现实比预想的还要残酷。张忠、许泰等人比王守仁还要早一些到达南昌，他们带着军队，气势汹汹闯进城里，说是要搜捕逆党，而他们最先抓起来的竟是王守仁的第一干将、平叛第一功臣、江西按察使伍文定。

被五花大绑的伍文定怒火中烧，大骂道："我不顾九族被诛的危险，冒死为国家尽忠杀贼，有什么罪？你们是天子的使者和心腹，却污辱忠臣义士，这是公然为逆贼报仇啊，该杀的是你们。"

张忠、许泰哪听这些辩解，直接命人把伍文定撂翻在地，一顿猛抽……

接下来，他们又逮捕了冀元亨，理由是冀元亨曾私下接触朱宸濠，意图谋反。

连南昌老百姓都知道，冀元亨是奉了王守仁之命侦察宁王之事，而且当庭高唱正节大义，与宁王针锋相对，他怎么可能是反贼呢？相比之下，朝廷派来的军队倒更像盗贼：他们横冲直撞，四处抓人，动不动就砍头，弄得南昌城鸡飞狗跳。

王守仁痛心无比，却又无可奈何，眼睁睁看着身边人被他们抓走、关押、侮辱。部下和弟子看不下去，恨不得扬眉出剑，生啖其肉。有将领接连找到王守仁，声称要以牙还牙，至少要教训教训这帮王八蛋。

此刻的王守仁，脚下烧着地狱烈火，头顶压着万仞高山，一个撑不住就会粉身碎骨。他不能解释，也不能对抗，因为此刻的敌人是皇帝。

南昌守军个个看着王守仁的眼色，但凡王守仁眼光中闪过一丝杀意，他们就会把朝廷这帮人扯碎。可是，王守仁的面色始终平静如水，他的眼神高远如天空。种种刁难、层层圈套，在王守仁这里都是浮云幻影。他告诫弟子们，眼下正是修炼身心的大好机会，宁静致远，险躁送命，稍有差池，就会被扣上一顶蓄意谋反的帽子。

弟子中的苦笑者不在少数：宁静致远，还能致多远呢？现在的局面是天塌地陷,"天"就是那个昏庸皇帝,"地"就是那群贪功营私的魑魅魍魉,天地都崩坏了,还能走到哪里去?

王守仁摇头:"心外无物,良知良能。天地都在自己心中,怎么会天塌地陷呢?"他整整衣衫,目光扫过门人弟子,捋了捋胡须,朗声说道:"自用兵以来,自我感觉格物致知的功夫越来越精透。心像一面镜子,一动不动地照着自己的念头,但凡有一个杂念,都能清清楚楚显示出来。特别是处在目前难以忍受的境界,更要学会观照自己、考验自己、打磨自己。就像金子在烈焰中那样,越锻炼越精纯。这个时候只有忍得住、看得开、走得稳才算是真知真见,才算是知行合一……"

众人蓦然一惊,都抬起头来看着王守仁。是啊,此刻最痛苦的是先生啊,他去监狱里探了冀元亨,临走时还被锦衣卫羞辱了一通,之后又被许泰等人纠缠了大半夜,他也咳嗽了大半夜……若说委屈,哪个委屈得过先生?

王守仁似乎看透了大家的想法,又说道:"自经历这次大利害、大毁誉,一切得失荣辱,真像过耳清风。就算此事过去,平叛之事成为一件不世之功,那又怎样?不过是过眼浮云,只是心中的一抹景象,该忘的也要通通忘掉。你们都要牢记:为天下大事去牺牲容易,干成天下大事却很难;干成大事容易,不贪图这份功劳却难;不贪图干大事的功劳容易,能忘掉所有的功劳最难。这正是千古圣学真正的血脉所在(死天下事易,成天下事难;成天下事易,能不有其功难。不有其功易,能忘其功难)……"

门外响起了掌声,众人抬头,发现是张忠等人,他们个个面带揶揄之色,眼里冒着杀气。

第九章　良知常在　圣学心脉

斗智斗勇

王守仁挥挥手,门人依次从后门退出。张忠见状,背着手走了进来。其他人很知趣,从外边关了门。

"听先生高论,咱真是佩服。"张忠长满横肉的脸上挤出笑容,"如果巡抚大人能帮咱找到叛贼跟朝堂勾结的证据,那咱们可真是感激不尽,有啥问题都好说。如果找不到,冀元亨他们就得押解到诏狱了,那边先生也住过,最明白啥情况!"

王守仁沉默片刻,说道:"确有信件,但已毁在战火之中。所谓元亨通贼之事,我已说过多次,纯属冤枉,我还要向陛下上奏疏,也请诸公明察!"

大部分信件,王守仁已经送给张永,还有部分信件,他已密封,再也不会让它们见到天日,否则,又是一场腥风血雨,不知道会有多少无辜人受到牵连。之前探看冀元亨,王守仁已经暗示他做好牺牲的准备。

张忠等人走后,弟子们再度过来,请教下一步怎么办。王守仁以手蘸水,在桌上写了个"忍"字。

朝廷的军队在张忠等人的煽动下,轮番到巡抚门前闹事,或酒后肆坐谩骂,或成群找碴儿挑衅,动不动就舞刀弄剑,简直如市井无赖一般。王守仁看见时,动之以情,晓之以理,只是以礼相待。为了减少老百姓的痛苦,王守仁令巡捕官告知市井,让他们暂时都搬到乡下去住,只留下老人在家看门即可。

王守仁又发出公告,表达了对北方军士离家思乡的同情,号召本地居民尽好地主之谊，好好招待他们，同时，在伙食、疾病方面悉心关照。至于王守仁本人，每次外出若遇到北军出丧，一定停车慰问，安排上好的棺椁，再感叹安慰一番才离去。

王守仁负有盛名，无论是学问还是兵法，都是一流。北军中不乏好学之士，原本以为大名鼎鼎的阳明先生不好接近，没想到他竟如此平易近人，便趁闹事之机拜访、学习。而那些穷凶极恶之辈又发觉根本吓唬不住王大人，更有兵士近距离接触后发现这位威名赫赫的王大人竟然如此简朴，比自己的长官好伺候多了，心生向往……久而久之，北军竟然对王守仁越来越尊重了。

北军的变化让张忠他们既懊恼又无力，他们发觉自己的手段在王守仁面前如同儿戏，根本起不了多大作用，而被他们折腾不休的南昌城却弥散着越来越浓重的仇恨之气，老百姓对朝廷军队厌恶至极，城中各处已经出现了好几起袭军事件。

眼看冬至节临近，王守仁下令城市祭奠，祭祀亡灵，纾解怨气。及至冬至当天，王阳明又令人贴出《罢兵济幽榜文》，文中有如下断肠之语：

> 三岁孩童哭断肝肠，难寻父母；千金财主创成家业，化为灰尘。侯门宰相也凄惶，柳巷花街浑冷落。浮生若大梦，看来何用苦奔忙；世事如浮云，得过何须尽计较？……

文辞悲，人心更悲。新经宸濠之乱的南昌城里哭声连绵，在无边悲痛里夹杂着愤怒与诅咒。朝廷军士在这举城的哀哭声里泛起乡愁，感动良知，班师的呼声越发高涨。张忠、许泰黔驴技穷，但总觉得此行窝囊，打算在大庭广众之下让王守仁出出丑。

张忠他们准备好了硬弓长箭,打算在校场中与王守仁比赛射术。在他们看来,王守仁单薄、瘦弱,拉起弓来都费劲,更别提射中靶心了。倘若王守仁推辞不射,他们就取笑他纸上谈兵,空有其名,打胜仗要么是瞎猫碰上了死耗子,要么是窃取了其他人的军功;倘若他在拉弓时伤了筋骨,他们就再准备两个狠人冒充郎中,借口对他推拿,趁机下死手,给他来个分筋错骨,让他当场变成废人。

但事情再一次出乎这群小人的意料,还是大大出乎他们的意料。王守仁慢慢拿起弓箭,拉弓时似乎没怎么用力,也没怎么瞄准,弓背却突然弯曲,弓弦一虚,箭如游龙,破风飞射,三发三中,都稳稳扎在鞭心上,震羽之声嗡嗡不绝。

张忠、许泰使劲揉揉眼,他们真不敢相信,瘦弱的王守仁竟然有如此神力!然而,更令张忠害怕的是,王守仁每射中一箭,北军便在一旁轰然叫好,声音一浪高过一浪。

"难道我们的军队全都要姓王了不成?"许泰他们彻底怕了,急匆匆鸣金收兵,班师回朝。

临行时,王守仁又去探望冀元亨。冀元亨是重犯,要随朝廷军队一同撤走,而后被送到锦衣卫的监狱。这几天,冀元亨的日子好过些,饭食不错,他也没添新伤,王守仁特地把近来的"良知"心悟写给他。冀元亨放下手稿,抬头看看先生,又瞅了瞅旁边浑身紧绷的狱卒们,挣扎着起来要行礼,但被王守仁一把搀住。

"先生,我们是不是马上就要分开了?"

王守仁点点头,指了指书稿:"可看到了心里?"

冀元亨重重地点点头,一脸欣喜之色:"先生苦心,元亨已知!"

王守仁眼含关切,手却在冀元亨手背上的青瘀处使劲一按,冀元亨疼得一皱眉,用询问的目光看向王守仁。

"疼吗?"王守仁问道。

冀元亨点点头。

王守仁再问:"知道疼的那个东西疼不疼?"

冀元亨摇头:"不疼。"

"就是这个。勿助勿忘,神光独耀,良知良能……"

旁边监视的狱卒一脸懵懂,冀元亨却展颜笑了起来,神情宛如一个得了宝贝的孩子。

张忠、许泰带领大军撤离南昌,急急去已经移驻南京的武宗皇帝那里告状。他们添油加醋,大肆渲染,告诉武宗,王守仁不但大恶,而且大奸,善于蛊惑人心,精通旁门左道,这种人一旦结党造反,后果不堪设想……

江彬等人日夜不断地诋毁,让武宗越来越相信王守仁居心不轨,立即把张永找来下棋聊天。自从献上朱宸濠,又把王守仁送来的密信销毁,张永在武宗面前轻松自如了许多。

棋局过半,武宗领先,脸上露出一丝笑意,问张永:"你怎么看王守仁?"

张勇手里拈棋:"主子可曾听到朝廷大臣们夸赞王守仁?"

"没有。"武宗问,"难道他们也觉得王守仁想造反?"

"他们是嫉妒,王守仁功劳太大,没有什么错处,所以朝臣集体哑口无言。"张永轻轻落下棋子,"陛下还能与臣等在这里下棋,实在有赖于王守仁,否则,南京城早就是罪濠的乐土了。说王守仁谋反,多是道听途说,陛下可以把说他谋反的人叫来,细细推问,到底在什么时间、什么地点、王守仁究竟有哪些把柄,令那人将这些一一书写在案，录成证词，再找来王守仁对质，不就水落石出了吗？"

武宗再次盘问江彬等人，发现他们所说的都是个人印象，没有确凿的事实。江彬见武宗较了真，知道诬告行不通了，便趁机说道："不如再试验王守仁一下，请圣上立即召他过来，如果王守仁闻令即来，就证明他没有反意，如果他迟疑，就是真想造反。"

武宗觉得这招儿可行，便派使者去宣王守仁。江彬却暗地里买通相关部门和中官，让他们在圣旨中加了一项内容：让王守仁再次献俘，把次要战犯都带过来。江彬加这一项是借此拖延时间。同时，他还请传圣旨的使者放缓口气，放松姿态，迷惑王守仁，令其心生懈怠，晚些上路，早早获罪。

江彬这些小动作哪能逃得出张永的眼睛，他一听到消息便派人快马加鞭赶到南昌，预先通知王守仁做好一切应对的准备。

朝廷使者确实很会选时间，到达南昌时正好是正德十五年（1520年）的正月初一，他猜想，王守仁怎么也要磨蹭个一天半天，把年过完再说。但他怎么也没想到，王守仁听完圣旨，脚未旋踵，连家都没回，便带上囚犯，跟着中官们上了船。

江彬、许泰他们很快就接到了信息，知道王守仁非但没中圈套，还给他们来了一记杀招——面见皇上，联手张永陈述实情。江彬赶紧部署行动，要求属下无论如何不能让王守仁进南京。

正月初八，王守仁一行船到芜湖，江彬、张忠早就派人拦在那里，同时在周边秘密安插眼线，一边接收囚犯，一边拒绝王守仁继续北上。

王守仁无奈，既不能进，也不能退，便在芜湖下船，退入九华山。

江彬却对明武宗说："王守仁来得很快，恐怕有人走漏了消息，所以我们把他拦住了，好借机观察他是否真有造反之心。"

致良知

王守仁一进九华山，江彬等人的脸上便露出丝丝狰笑，既得意又兴奋。得意的是，他们料准了王守仁的行踪，且预先在芙蓉阁、无相寺、莲花峰等地安插了探子，这些探子都是打探情报的老手，只要王守仁有一句怨言、一个可疑动作，便会被织成相关罪证，落进他们布好的天罗地网。

王守仁除了带着学生们登山看景、赋诗吟诵，就是打坐静修。无论是弟子还是探子，看到的王守仁都不再是那个心忧天下、皱眉沉思的王守仁，而是寄情山水、融于自然的王守仁。仿佛此前船上的王守仁与此时山中的王守仁根本不是一个人，就像江上的一片雾与山中的一片雾，貌似而实非。

探子们逐次向朝廷上报王守仁的行踪，不敢撒谎，甚至有人向武宗汇报亲身感受：王守仁连官员的气派都没有，根本就是个方外修道之人。一段时间下来，连武宗都对王守仁产生了好奇，甚至动了见一见王守仁的念头。他想知道那个一坐就两三个时辰不动、说话时眼睛放光的王守仁到底是一个怎样的特殊存在。

善于察言观色的江彬、张忠等人，很快就揣摩透了皇帝的心思，且迅速想出一条毒计："皇上，不如下一道旨意让王守仁过来，等他走到半路，再次拦阻。如果他立刻就回，说明他一定心怀怨恨，回去就要造反；如果他停留，不去，执意要见陛下，就说明他心内无鬼，绝无怨恨之情。"

这等随意、荒唐的建议，偏偏武宗朱厚照觉得有趣，连忙差人下一道旨意，宣王守仁进南京。等张永得知这一诡计时，为时已晚，王守仁已然乘船到了南京上新河，再次碰到了江彬与张忠。

上新河在南京西南江心洲上，这里是朝廷官船停泊处，朱宸濠等人就被关押在上新河。

江彬传皇帝口谕，让王守仁交俘即行，不必停留。

一边是奉旨见皇上，一边是奉口谕不让见，皇帝的自相矛盾让人摸不着头脑。王守仁推测出三种可能：第一，如果此刻江彬他们诬告成功，应该抓捕自己，而不是快速驱离，这说明自己无罪；第二，皇帝先是下旨召见，继而又无原因拒绝召见，说明皇帝改变了主意，而促使皇帝改变旨意的必定是江彬等人；第三，江彬想必也害怕皇帝的想法再次改变，这才迫使自己快回南昌。况且，这样的场合，张永应该出现。见不到皇上就算了，总是要见见张永的。王守仁请求在上新河暂留，江彬不许可，说皇帝有旨，让他速回。

王守仁则回复说："一则，为臣体弱，同行之人奔波劳顿，确实需要休息；二则，万一皇上再有事情召见，我等也好及时回旨。"

江彬大笑，说："那是不可能的，你们知趣点，快些走吧！"

王守仁立刻抓住江彬的破绽，突然发力，大喝一声："江彬大胆，你是在替皇上做主吗？"这一声犹如霹雳，把江彬吓得一哆嗦。他这才反应过来，自己得意忘形，说话不过脑，犯了大忌，被王守仁抓住了把柄……

为了找个台阶下，江彬勉强同意王守仁滞留一日，但懊恨之意越发浓重。

张忠撇嘴一笑："咱们也不用太过难受，还有一个杀招可用！"

江彬看了看张忠，突然拍一下自己脑袋：可不，朱宸濠不是已经到手了嘛，可以让朱宸濠串供呀，不怕整不倒王守仁，不怕拿不到头等军功。

朱宸濠正恨王守仁，听说有人想要陷害他，替自己报仇，何乐而不为？他立即变成了江彬等人的"盟友"，凡江彬所需要的材料，他都绞尽脑汁编造、提供。在张永、张忠、许泰、朱辉联合审问时，朱宸濠大泼王守仁脏水，不惜一切也要把他拖下水。

不过几天时间，江彬他们便炮制了一套完整的黑材料上交给武宗。与此同时，给事中祝续也上了奏疏，诬奏王守仁与朱宸濠私通。祝续的加入，立即煽起一股舆论，这让之前嫉妒王守仁的文臣们陆续附和，与江彬他们共同发声。

有给事中的奏疏，有当事人的证词，形势突然变得恶劣起来，王守仁的处境岌岌可危。关键时刻，兵科给事中齐之鸾挺身而出，为王守仁辩护、奔走。

齐之鸾是安徽桐城人，字瑞卿。他刚正敢言，无论是武宗巡边还是南巡，他都谏言劝阻。正是因为这份强烈的正义感，反倒让顽劣的小皇帝对他产生了强烈的信任，并让他担任自己的近侍官。

齐之鸾是前往江西调查王守仁的小组成员，对朱宸濠叛乱情况熟悉，又与王守仁素无交往，他说话自然有分量。他在奏疏中写道：

> 臣等窃惟修怨者必怀反噬之心，诬人者多为溢恶之语，仇家之口，大抵难凭。宸濠潜蓄异谋，积有岁月，天夺其魄，遽尔举兵，将谓大事可以幸成，天位可以力取，固已悍然无所顾忌矣。而都御史王守仁仰仗神算，勠力擒之，遂使奸雄一旦失

望,则宸濠之深仇,孰有过于守仁者?所以必加诬构,始遂其心,是犹己则为盗而指擒获之人为同盗也。

齐之鸾说,心怀怨恨,肯定会反咬一口,极尽污蔑之能事,所以,仇人所说,不能作为凭证。朱宸濠心怀异志,心抱侥幸,早就想叛乱了。王守仁予以当头痛击,生擒宸濠,使他数年心血付之东流,他必然会陷害王守仁。

臣等愚昧,伏计圣明固已洞烛其奸,必不听信。但所虑者,王守仁忘身徇国,功在社稷,而一旦为仇人所诬如此,将使英雄豪杰作戒前车,长养寇持禄之风,沮图功立事之志,国家缓急,何以使人?此臣等所以日夜思惟,深惜国体,而冒死为陛下言之。若必任罪以宸濠之言为实,臣等请以数口之家,为天下第一流赎也。……

齐之鸾接着说,皇上圣明,必然不信奸贼的话。他所担心的是,像王守仁这样舍身为国的人,如果有功不赏,反受其罪,那影响就太过恶劣,从此,能打败贼寇的也不会打了,反会利用贼寇来挟持朝廷,再也不会为国家杀贼立功了。照此下去,国家一旦遇有紧急情况,还有谁来效力呢?如果皇上执意要听朱宸濠的,他就用全家人性命为王守仁担保,保他没有政治问题。

齐之鸾不但上书皇帝为王守仁鸣不平,还当面斥责朱宸濠,一一驳斥他的虚妄之词,说到激动处,不禁目眦欲裂:"王守仁虽为一介书生,但豪气干云,道义为先,即使是现在,他都讲究朋友情谊,厚葬了娄妃,礼葬了刘养正的母亲。你呢?你除了害死妻子、祸害属下、逼迫百姓，还干了什么？"这番言辞，直骂得朱宸濠面红耳赤，羞愧难当，在场之人也无不动容。

齐之鸾秉持着这种大无畏精神，先后七次上疏，为王守仁鸣不平，为数十万株连受害者说真话，使大批无辜者免受家破人亡的噩运。

有了齐之鸾的辩解，再加上张永的周旋，王守仁终于有惊无险，免遭一难。可江彬却时时坐卧不安，不断派人监视王守仁的一举一动。

王守仁得知后，淡然一笑，对学生说："我只是同朋友讲学论道，教童生习礼歌诗，这有什么可怀疑的呢？如果真有祸患，是逃避不了的。"

然而，小人不足畏，天象足堪忧。

这一年，江西既有旱情，又遭水患。百姓刚经过战乱便碰到天灾，还要负担武宗及朝廷大军的巨量供给，如果朝廷再向百姓催徭催税，十有八九会官逼民反。王守仁接连上疏反映灾情，请求朝廷免去钱粮赋税。但皇帝并没有批准。

王守仁为减轻百姓负担，会同巡按御史唐龙、朱节等人，将宁王朱宸濠的家产变卖，折成官银，代民上缴，同时把宁王府侵吞百姓的田地财产一一退还原主。王府剩余米粮被收入官库，救济灾民，这才解了燃眉之急……

大约是顽劣的皇帝也觉得自己玩得过火了，所以他决定收手。

正德十五年（1520年）七月，王守仁按照朝廷的意思，上《重上江西捷音疏》，重新上报平定宸濠之乱的捷音，新版捷音疏开头便一本正经地称皇帝为"大将军"，说"大将军"对平定宸濠之乱早有谋划、安排，最后又为皇帝身边那些亲信，包括江彬、张忠、许泰等人，一一表功……

《重上江西捷音疏》内容太过荒唐，偏这荒唐终止了皇帝的闹剧，朝廷终于师出有名，收兵有功。正德皇帝顶盔掼甲，在南京举行了一场别开生面的受俘仪式，终于圆了这一场近乎儿戏的亲征大梦。

正德十五年（1520年）闰八月，王师正式北返。王守仁的亲朋好友则为他长吁了一口气。

黄绾在写给王守仁的信中说："今奸欺盈朝，欲为宗社深虑，而事权在人，惟在外可以终济明哲。煌煌君子，其留意焉。"意思是说，奸佞满朝都是，赶紧离开才对。

王守仁何尝不知情势危急，但他不能走，冀元亨还在监狱里，他得上书呼吁，四处求援；官职不能废，他还要履职尽责；讲学放不下，他还要广开教门，大兴良知之教……

十二月五日，明武宗走至通州，赐朱宸濠死。

正德十六年（1521年）三月十四日，三十一岁的明武宗崩于豹房。

四天之后，江彬等人下狱。

四月二十二日，明世宗继位，大赦天下。

新皇帝，新气象。世宗朱厚熜以藩王身份继承皇位，历史似乎马上就要切换到清平盛世模式。

两天后，齐之鸾上《清理刑狱疏》。病伤交加的冀元亨沉冤昭雪，但在出狱五天后便去世，终年四十岁。冀元亨在狱中时每天都受酷刑，但他从未妄言一字，更没有冤枉一人，自身伤痕累累，却能善待其他囚犯如兄弟。

冀元亨离世时，王守仁仿佛有所知，大病了一场。

六月十六日，五十岁的王守仁接到圣旨，应诏北上。以他的赫赫战功，总该获得提拔、重用。

但政治的云谲波诡总是出人意料。一场政坛高层的洗牌，将张永、王琼等人一并洗掉。张永原本就是"八虎"之一，而王琼是以士大夫之身勾结内官，且一贯办事不经内阁，所以他们都受到了猛烈的攻讦，王琼一度被定为死罪，最后免死，被流放戍边。

不管王守仁愿不愿意，他都被看作王琼的人，因而注定不能被重用。于是，奉召进京的王守仁才走到钱塘，便接到了第二道圣旨——原地止步，等待后续安排。

这一切都是因杨廷和而起。原来，以杨廷和为首的内阁唆使言官进谏，提出王守仁不能受赏的理由："朝廷新政，武宗国丧，资费浩繁，不宜行宴赏之事。"意思是说，王守仁功高劳苦不假，却不宜在这个多事之秋论功受赏。

如果是其他人听到这个消息，不啻五雷轰顶，但对于王守仁而言，却如打破牢笼。他再次上疏，请求回家省亲。一个月后，朝廷的"后续安排"出台：王守仁不必进京，授职南京兵部尚书，大约相当于投闲置散，回家省亲的上疏当然也得到了批复。

此时，已是正德十六年（1521年）八月，距王守仁上次离家已然整整过去五年。

五味杂陈的王守仁在绍兴写有《归兴》二首：

其一
百战归来白发新，青山从此作闲人。
峰攒尚忆冲蛮阵，云起犹疑见虏尘。

岛屿微茫沧海暮，桃花烂漫武陵春。
而今始信还丹诀，却笑当年识未真。

其二
归去休来归去休，千貂不换一羊裘。
青山待我长为主，白发从他自满头。
种果移花新事业，茂林修竹旧风流。
多情最爱沧州伴，日日相呼理钓舟。
（《王阳明全集·卷二十》）

百战归来，白发缕缕，桃花烂漫。这是王守仁心境的真实写照。此后三年，是王守仁一生最后一段相对惬意的日子——但也只是"相对"而已，他不可能"青山从此作闲人"。树大招风，山高自寒。无论王守仁的"江湖"有多远，始终都会有风波卷来。

尾　章

心体光明
湛然成圣

正因为彻悟人生，王守仁才在"大礼议"事件中抽身远离，让双方保持微妙的平衡，朝廷未再掀起腥风血雨。正因为彻悟人生，在广西思恩、田州叛乱不可收拾，朝廷无将可派，再请王守仁出山时，他没有半点含糊，以悲天悯人之心，行雷霆霹雳手段，近乎完美地平定了叛乱。

这种彻悟，是心体，是良知，也是王守仁留给后世学人的神秘机锋和接引密码。

"大礼议"中的"微态度"

大礼议是嘉靖朝前期的一件政治大事,围绕这一事件的争斗激烈,聚讼数年,其间,大批朝臣下狱,十六人遭廷杖身亡,其争议所在是朝廷该用怎样的礼数与称呼对待新皇帝的亲生父母。

正德十六年(1521年)三月,明武宗驾崩于豹房。武宗既无子嗣,亦无兄弟,以杨廷和为首的内阁力排众议,从湖广安陆迎请朱厚熜进京继位,是为嘉靖皇帝。朱厚熜时年十五岁,是明武宗的堂兄弟,其父是已经故去的兴献王朱祐杬,其母为蒋氏夫人。嘉靖继位五天后,令礼官集议,以便拿出适合父亲兴献王的称谓和典礼意见。

杨廷和一派坚持正统理法:新皇帝是藩王小宗入继大统,合理合法的条件就是入嗣孝宗,变成明孝宗的儿子,必须尊伯父孝宗为父,称"皇考";对亲生父亲只能叫"皇叔考兴献大王",对亲生母亲必须称为"皇叔母兴献王妃",皇帝对亲生父母则要自称"侄皇帝"。亲生父母一下子变成了叔父母,小皇帝极为不满却也无奈,因为这是礼部的意见,代表了大部分朝臣的想法。

阁臣们势大力重,小皇帝却心有不甘,于是,他想召王守仁入朝。王守仁既是一代文宗,又有赫赫武功,足以抗衡阁臣。为此,小皇帝登基不久就写了诏书,急召王守仁进京行赏受封,六月初发诏:"以尔昔能剿平乱贼,安靖地方,朝廷新政之初,特兹召用。敕至,尔可驰驿来京,毋或稽迟。钦此。"但到了七月,杨廷和便出手阻拦了，还找了个堂皇理由：朝廷新政，武宗国丧，开支巨大，不宜举行赐宴行赏之类的活动。世宗皇帝拗不过阁臣，只能升任王守仁为南京兵部尚书，眼睁睁看他中途折返。

正在此时，观政于礼部的张璁出现了。张璁博才，对"三礼"研究颇深，但屡试不中，四十七岁才考中二甲进士。针对大礼议事件，张璁上疏，支持皇帝，反驳礼部意见，提出"继统不继嗣"说，认为世宗是继承皇统，而非继承皇嗣，仍应以生父为考，请在北京另立兴献王庙。这让皇帝喜出望外，声称终于"父子相全"了。可张璁到底只是个见习官员，势单力孤，很快又被杨廷和外放南京任刑部主事，世宗不得不再次妥协，等待时机。

此时的王守仁已然获批省亲，回到了心心念念的故土，整日访亲宴游、讲学养身。大礼议之争，不禁让他想到当年之事。

正德十四年（1519年）八月，王守仁去南京献俘，被江彬、张忠困在芜湖达半月之久，偏此时听闻父亲病重的消息。当时，王守仁就生出弃职远遁的想法：找个地方隐居，尽心尽力侍父尽孝。由于很快又听说父亲转危为安，他才没有成行。事后，他曾问弟子们："我当时想弃官回家，你们怎么就没人支持我呢？"门人周仲答道："先生思归太切，有些偏激，似是着相了。"王守仁反问道："事关天理人伦，此相如何不着？""事关天理人伦，此相如何不着？"由此可见，王守仁认为张璁是对的：天理人伦，自然而然，皇帝坚持以自己父母为父母，有什么过错呢？

既然心许，为何不力挺呢？此时，如果王守仁登高一呼，必会响应者云集，注定会对杨廷和造成重重一击，不但能报排挤之仇，还能赢得皇帝好感，登朝入阁、做到首辅也不是没有可能。

尾章　心体光明　湛然成圣

然而王守仁看得很清楚，大礼议之争，更多是权力之争。杨廷和一方举的是"儒家宗法"之旗，擂的却是"制约皇帝"之鼓；皇帝虽声声要"父子相全"，实际却处处想"专制集权"。更何况，内阁身后还站着明武宗的母亲张皇后，世宗麾下也有许多等待机会的少壮派，他们都会借大礼议发力较量，朝堂已经变成了火药桶。王守仁无论支持谁，都是在帮他人磨刀，得势者必会大开杀伐，只有抽身远离，才能让双方保持微妙的平衡，不至于内讧不止，再掀起一番腥风血雨。

世宗希望王守仁站出来，杨廷和却盼着王守仁倒下去。

王守仁回家不久后，阁臣们便对王守仁发动了一轮"追击"：对平定宸濠之乱的论功行赏，朝廷貌似奖励，实则打压。虽然王守仁被授爵新建伯，三代并妻子一体追封，子孙世袭，每年有禄米一千石。但口惠而实不至，没有铁券，岁禄也没有真发。更要命的是，军功册也被删改，跟随王守仁平叛的功臣除了伍文定，均未论功，有的官位甚至遭到裁削，死于冤狱的冀元亨也被朝廷忘记了。王守仁在《再辞封爵普恩赏以彰国典疏》中痛惜道："今日，臣受到特殊奖赏，而其他人寸功未立，明显是臣当年诓骗部下，用众人的牺牲成全一己之私，可谓以忠信始，以贪鄙终，外以欺人，内失初心，这让臣怎么面对他们呢？"

杨廷和等人要的就是这个效果：让王守仁脸面扫地，众叛亲离，备受煎熬直至崩溃，使他无力翻身抗衡。

世宗冷眼旁观，他总感觉王守仁该出手了：支持自己，反击杨廷和。王守仁确实出手了，但是没有举旗呐喊，只是衣袖轻挥。

嘉靖元年（1522年）二月间，当支持世宗的门人霍韬、席书带着撰写的《大礼疏》来见王守仁时，王守仁表态：对霍韬的意见，内心赞同；对席书的意见，明确支持。不仅如此，他还劝解那些原本反对世宗的弟子转变立场。比如，高徒陆澄由于反对世宗丢了官职，但是他不以失官为忧，反以耿直为荣。王守仁指教他道：不可于故纸堆中寻求准则，只问当下心之所安才对。于是陆澄改弦更张，再度上书，全力支持世宗。

杨廷和对王守仁的攻击依然在继续。

嘉靖元年二月，王华逝世，王守仁请朝廷为父亲赠谥号，却遭到礼部尚书毛澄的拒绝，理由是有人揭发王华曾在科考中受人贿赂。这对于孝子王守仁来说无疑是一大侮辱。他在上疏中痛语道："朝廷不赐谥，老父死不瞑目。如果臣父果真有此事，而我为他文过饰非，便是不忠、无耻之人，这是最大的不孝，纵然逃过王法，也难逃鬼神惩罚。"结果，毛澄只回复道："我只按照礼法办事。"

九月，在杨廷和的授意下，监察御史程启充、吏科给事中毛玉又上书弹劾王守仁，说他结党营私、学术不正。御史向信则上书请朝廷削夺王守仁爵官。

对这一切，世宗皇帝都漠然置之。眼下，王守仁的门人黄绾、邹守益、方献夫、马明衡、黄宗明、应良等已然得到起用或重用，这些人都是"继统论"的支持者，此时怎么可能收拾王守仁呢？不仅如此，世宗还盼着王守仁振臂一呼。

然而，王守仁的定力与格局已然超越了个人荣辱得失，也超出了政治对手的想象。朝堂上的事，在王守仁眼里就是一锅粥，无论食材多么名贵，终归只是果腹之物，他不屑为之，只想立德教人而追圣贤，专心弘扬"良知"之教。对大礼议，他看得云淡风轻，还

尾章　心体光明　湛然成圣

特地写诗表明了心迹:

> 一雨秋凉入夜新，池边孤月倍精神。
> 潜鱼水底传心诀，栖鸟枝头说道真。
> 莫谓天机非嗜欲，须知万物是吾身。
> 无端礼乐纷纷议，谁与青天扫宿尘？
>
> (《王阳明全集·卷二十》)

"无端礼乐纷纷议，谁与青天扫宿尘"，显然是对杨廷和等人挑起无谓争端的不满，但这种不满是高空俯瞰式的，而非义愤填膺，是洒脱超然的，而非躬身入局。

至此，世宗已然明白，王门弟子可以利用，但王守仁不可能站出来为他说话了。王守仁不是张璁、桂萼，一心逢迎上意，想要出人头地；也不是老臣杨一清，准备东山再起，掌握权柄。他就是王守仁，不是皇权的一枚棋子，而是一块巨石，无法拿捏。就此，一股含着失望、忌惮的恨意，便在少年皇帝的心中扎下了根。

直心才是道场

王守仁丁忧在家期间，登门求学者络绎不绝。他干脆改造了旧宅，推平仓库，拓展院落，新建楼房五十间，接待四方学子。为使教学环境庄严怡人，一向俭朴的王守仁出手阔绰，于府中新建天泉楼，开设碧霞山房，还凿了一座碧霞池，池上架有天泉桥。

然而，天南海北聚集的人员越来越多，连新建的房屋也容纳不下了。于是，学子们就住到了附近的天妃寺、光相寺，往往是数十人挤到一间屋里。可即使如此，也满足不了住宿要求，更多的学生还在蜂拥而来……

每当王守仁讲学时，学生前后左右坐满，人员不下数百；排不上队的只能等候下一场或下下场。王府院内，吟诵歌咏之声自早至晚。

阳明心学的队伍不断壮大，王守仁门下精英也掀起一波心学风潮。

王艮为了传播王学，竟然跑到京都讲学。他驾着一辆仿古小车，穿戴古人衣冠，沿路聚众讲学。路过山东时，正遇上盗匪攻德州，王艮便自告奋勇进城献言，激励守城将官。至京都后，王艮遇上一位老人。这位老人夜里梦到一条黄龙行雨来到崇文门，落地化成一人，清晨醒来开门时正好遇到王艮，便以为王艮便是黄龙所化。有了这一说法，再加上王守仁早有声名，王艮的讲学很快就轰动了京城。

明世宗嘉靖二年（1523年）的科举会试，主考出了一道奇特的题目：要考生作一篇文章，评价王守仁的心学。掌权者的目的很明确：维护程朱学派，批判心学思想，警告全国考生，莫再误入歧途。在出题人的眼里，王门弟子为了功名，肯定会改变立场，由拥护心学变为批判心学。然而，事与愿违，他们不但替心学做了宣传，还推出了一批"典型"：王门弟子徐珊毅然舍弃前途，愤然交了白卷。徐珊的同门师兄弟欧阳德、王臣、魏良弼等人则反向而行，索性在试卷上阐扬师说，大力颂扬心学。

此时的阳明心学已然"三教合一"，气势恢宏，良知之说简洁明了，入门清晰。王学门徒之中既有白发宿儒，也有文坛新秀，更不乏实力官员。门人四方云集，又各自兴建书院，刊刻著述，稽山书院、山阴县学、真文书院等纷然并起；《居夷集》《传习录》《阳明文录》广泛传播……王学的流行，不单促进了学术发展，也促进了商业发展，渐而形成了社会氛围和民众潮流，又演变成了多方力量共同参与的社会实践活动。

王学的传播如火如荼，怎能不让刻薄多疑的世宗心怀戒备？

嘉靖五年（1526年）五月，杨一清复任吏部尚书、武英殿大学士，入内阁。当时，杨一清虽然入阁，但首辅是费弘，杨一清难以放开手脚，便给王守仁写去书信，王守仁写了回信，便是《寄杨邃庵阁老》之二。

在这封书信中，王守仁写道："权力本身既能带来大利益，也能带来大祸害。小人拥有权力，足以逞其凶恶，君子使用权力，可以成其善行。所以君子不可离开权力，小人不可以拥有权力。"

文中所指"小人"又是指谁呢？

据束景南先生考证，钱德洪在编辑文集时删掉了信中最为敏感的内容，而删掉的文字被收录在张萱的《西园见闻录》中，内容如下：

> 造（下缺文）君，臣虽刘基之智，宋濂之博，通俯伏受成。嗣主莅政，咨询是急。六部分隶，各胜厥掌。故皇祖废左右相，设六部，成祖建内阁，参机务，岂非相时通变之道乎？永乐初，以翰林史官直阁，后必俟其尊显而方登简平章之寄，俨若周宰国卿。是故削相之号，收相之益，任于前用，慎于今养，望于素坚，操于诎表，能于诚显，拔于萃特，崇于礼流，品非可限，历考不足稽矣。英皇复辟，亲擢三贤薛瑄、岳

正、李贤。正德中,逆瑾窃国,囚戍元老,奴仆端揆,犹尊内阁。刘文靖、谢文正之怨,止于褫秩。顾近世之选者,惟曰淳厚宽详,守故习常,是特妇女之狎昵,乡氓之寡尤,岂胜大受者哉?是故约己让善如唐怀慎,是之谓德;忘死殉国如宋君宝,是之谓忠;防细图大如汉张良,是之谓才。不然,鄙于人主,贱于六曹,隳国纲,靡士风。昔文帝故宠邓通,必展申屠之直;钱若水感昌言之见薄,即辟位而去。夫有君之笃托,有臣之自重,胡患于不治耶?

(《王阳明年谱长编》)

这一段议论相权的文字,可谓措词犀利,锋芒毕露。

文中从明太祖朱元璋写到明世宗朱厚熜,对比历代选拔相才、运用相权的情况,对当朝现状极不满意,并特意指出:"顾近世之选者,惟曰淳厚宽详,守故习常,是特妇女之狎昵,乡氓之寡尤,岂胜大受者哉?"大意是说,看近来朝廷选用的内阁重臣,表面上淳厚宽详,实际上因循守旧,他们如女人般唯唯诺诺,谄媚圣上,如乡野农夫般见风使舵,这岂是干大事的材料?这一席话,犀利如匕首,直接插入嘉靖朝廷和世宗皇帝的软肋。

人随势变,此时的杨一清同样对王守仁心存忌惮,唯恐他入阁夺位。所以,这番言论难保不会被世宗看到。可以想见,世宗皇帝看了这封信,是无论如何都不会原谅王守仁了。

心体光明，亦复何言

嘉靖六年（1527年）五月，朝廷忽然下旨，委派王守仁以南京兵部尚书原职兼都察院左都御史，去广西平定思恩、田州的叛乱。

嘉靖四年（1525年），田州土司岑猛野心膨胀，借剿匪之机扩充实力，吞并周边，并大肆贿赂朝廷官员，意欲通过获得他们的支持来扩充地盘。此时的岑猛绝对有称霸广西的野心，却不见得想要谋反。但是，部分官员因为索贿不得而对其提出指控，而吏部尚书桂萼又急于想要政绩，于是，朝廷在没有彻底调查清楚的情况下便派姚镆巡抚广西，带八万士兵直指广西，攻陷田州，逼杀岑猛父子。此后，姚镆一味采用铁腕高压政策，杀降兵、行酷法，结果反倒激起更大规模的叛逆。岑猛余部卢苏、王受集结五万余人再起暴乱，一举攻陷田州府城，接着攻陷思恩府。姚镆虽然集结了四省大军，劳民伤财，非但没有取得尺寸之功，反倒使对手越来越强。

面对这种情况，王守仁并不想去广西履职，三番五次上疏推辞。他虽置身事外，但对思、田之乱的来龙去脉看得清清楚楚：其原始起因只是当地土官仇杀，朝廷擒杀岑猛则失于武断；其本质源于朝廷高层的内斗，费宏、杨一清、张璁、桂萼斗争激烈，短短数月内首辅频换数人；其直接原因在于姚镆急功近利，贸然行事遭到各方掣肘，劳而无功。自己一旦出手，只会遵循良知大道，不会唯朝廷马首是瞻，结果极有可能成为"平定宸濠"的翻版，功成不赏，反而获罪。

但面对汹汹叛乱，朝廷只能倚重王守仁，并勒令姚镆致仕。

圣人之心，无可无不可。良知圣境，来去皆自由。不管朝廷如何对不起自己，毕竟还要顾念天下苍生，还要践行心学大道。嘉靖六年（1527年）九月八日，王守仁准备启程赴两广。当天晚上，他移席天泉桥上，兴致勃勃地同爱徒钱德洪与王畿论学，最后一次总结阐扬"良知"，是谓思想史上大名鼎鼎的"天泉论道"：

> 无善无恶是心之体，有善有恶是意之动，知善知恶是良知，为善去恶是格物。
>
> （《王阳明全集·卷三》）

心的本体太虚空灵，既是真空，也是妙有，宇宙万物皆在其中，无善无恶；人的意念发动，却有善恶之分、拣择之别。致良知即是回归心体本源大道，可以超越物外，自生智慧；修行功夫即是格物，次第消除恶念杂念，不断使心体澄明，以达良知之境。

王守仁又用自身言行为弟子们上了一堂生动的大课，不管前途多凶险，不管背负多少委屈，他始终活在当下，用心如镜，事来心应，事去不留，磊落、洒脱。也正因王守仁的这般魅力，此次出任之旅，追随者四方云聚，沿途百姓则将其奉若神明。

王守仁一路提笔写诗不断，悠然自得，而朝廷和广西两处则忙作一团。朝廷怕王守仁心怀疑虑，干脆撤回了广西的镇守太监郑润。至于叛军首领卢苏、王受，心里已然生出怯意，终日坐立不安。他们清楚，王守仁绝非姚镆可比，一来他用兵如神，威慑力极强；二来其门下能人众多，号召力极强；而且他与布政使林富为莫逆之交，二者联系极为密切。鉴于此，叛军不得不一边派人侦察，一边严军备战。

到达广西，一见到右布政使林富，王守仁就问起钱粮情况。林富是王守仁当年在诏狱的狱友，两人交情深厚，彼此不需客套。林富如实相告："梧州仓库所余，银不满五万两，米不满一万石。"

王守仁转头再问参将李璋兵员情况如何。李璋沉吟片刻，答道："官兵精锐，是湖兵，但受疫情影响，兵员已折损过半。又因为长久不能回家，队伍中怨言四起。"

王守仁再问叛军情况。参将沈希林禀报："敌军已有多次小股骚扰，很不安分……"

入夜，王守仁刚开完会议，门人龙光进来禀告：抓住敌军探子十数人。

"他们都探了什么消息？"王守仁饶有兴趣地问道。

龙光却笑了起来，"有几个人已然跟踪我们一个月有余了，他们竟然还在南昌和吉安旁听了先生的良知之教，有个记性好的，差不多能复述您的原话。这些人，如何处置？"

王守仁也不由得笑了起来，重重咳嗽一声，拈拈胡须，轻声说道："放。"

龙光目光炯炯，盯着先生片刻，会心一笑："先生高妙。"

王守仁饶有兴趣反问："高在何处？"

龙光说："就朝廷而言，兵老师疲，粮草匮乏，百姓流离，杀寇数百，则祸民一方，终不是长久之计；就敌军而言，频频袭扰，是心中虚怯，这么多细作被抓，显然是对先生心存顾忌，甚至是有意为之，意在试探官军对他们持何态度。"

王守仁点头："月初，我已上一疏，表明了观点，建议招抚卢苏、王受，思、田二州仍用土官。今天与众人议定之后，我更加确信招抚才是正途。"

龙光沉声再问:"如果朝廷不同意呢?"

王守仁指了指案头的疏奏草稿,缓缓说道:"杀身而利国家,灭族而福苍生,受死也甘心。冲虚(龙光的字),卢苏那里,还需要你走一遭,一是劝喻,二是探听虚实。"

龙光带着王守仁的书信去见卢苏时,但见军营之外,兵排数里之遥,人人皆持弓露刃。龙光不为所动,神色淡然,意态纵横。卢苏营内没吓到官军使者,反倒激起一阵骚乱,由于龙光多须,其神态颇似王守仁,有人竟然回禀卢苏说王守仁亲自来了。卢苏、王受也一阵紧张,待见到龙光之后,也不由肃然起敬,暗自思量,一个参谋龙光都如此厉害,更何况王守仁?

王守仁的书信推心置腹,龙光一番谈话句句诛心:"你们的实力比起南赣诸匪如何?比起朱宸濠又如何?姚镆不能平乱,是因为不得民心,激起众怒;王公此来,百姓悦服,望风而拜,民心一定,叛兵必成无根之木。你们看似势力强大,实则后援有限,其他土官貌似支持,实则都摇摆不定,在作壁上观。朝廷大兵一动,你们便会腹背受敌。王公之所以按兵不动,实是认为诸位有难言之隐,绝非穷凶极恶之辈……"

龙光回府后,向王守仁汇报了所见所闻,判定卢苏、王受确有接受招抚之意,只是众口纷然,仍有疑虑。王守仁综合判断敌情后,决定尽数撤掉南宁防守之兵,特别是湖广精锐,一律返回原籍,借此表明诚意。

此令一出,不少官员大惊失色,一片哗然:果真如此,叛军一旦兴兵,我等岂不是瓮中之鳖?何必冒这个险呢?就连林富也未免生出疑虑。王守仁挽住林富的手道:"你我已然历经九死一生,还怕这一死不成?如果彼此都怕危险,哪来安全可言?我示以坦荡大道,

尾章 心体光明 湛然成圣

正是要消除反复无常之患啊。事不可迟，迟则生变。"

林富不太相信叛军的诚意，却坚信王守仁的判断，遂召集属下重申巡抚命令，要求严格执行，不得有半点迟疑。

果然，卢苏、王受在经过周密侦察后，认定王守仁是诚心招抚，便派亲信黄富拜见王守仁，表达投顺之意。王守仁立即发给他们免死牌，并保证既往不咎，但也提出条件：二十日之内，尔等必须全数投诚受降，主要头目须囚首自缚至军门，卢苏、王受各受杖一百。

黄富回营，细说情况。王受听说还要挨一百军棍，不免倒吸一口凉气，睁大眼睛瞧了卢苏一眼。卢苏却笑了："有这一百军棍垫底，我倒感觉踏实了。"黄富笑道："我也曾问龙光这一百杖怎么个打法，他说，将军只管穿上厚甲就是，其余他来安排。"

嘉靖七年（1528年）二月二十七日，卢苏、王受带兵投诚，受降仪式之后，解散大部队。王守仁不费一兵一卒，平定了思、恩之乱，创造了不战而屈人之兵的军事神话。

三个月之后，王守仁又利用湖南土司军队返乡、盗匪松懈之机，卢苏、王受等归顺兵员立功心切之势，用时两月，集中力量解决了断藤峡和"八寨"的匪患。此后他又用两月追剿剩余残兵，共斩匪首两千两百三十四人，贼众丧身山野者五千余人。

这支扰动两广百余年、多少次名将挂帅奈何不得的顽固"瑶贼"，就这样轻而易举地被王守仁消灭了。这份两份捷报传至京城，上至皇帝，下至群臣，无不震惊于王守仁的能力和功绩。

然而，功高招忌，树大招风，朝廷上下各种攻击纷然而至。有人指责王守仁平定思、田之乱没按圣旨行事，由剿变抚，征讨大藤峡、八寨"瑶贼"自作主张。而此刻的王守仁对这些都漠然置之，他不屑理会，也没有精力理会。自入两广之后，他身上的炎毒复发，日甚一日，咳嗽不止，全身肿痛，甚至连进食都异常困难。

王守仁几次上疏请假返乡，但朝廷都不同意。嘉靖七年（1528年）十一月，他感觉到自己大限即至，不经朝廷批准，决意返回故乡，在行至广东和江西交界的大庾岭时，病情加剧，遂急招广东布政使王大用前来，托付军事指挥权后，越过梅岭，到达南安府青龙铺，门人南安推官周积来见。

二十九日辰时，王守仁叫来周积，沉默片刻后，他微微抬起头，对周积说道："我要走了。"

周积浑身一颤，忙问："先生，有何遗言？"

王守仁听得"遗言"二字，心里还是泛起一丝隐忧。他想起了尚在襁褓中的儿子，想起了纷纭不定的家事，想起了众多的门徒。但只是一个瞬间，脑海中那些画面全都像泡沫般破灭，归于平静，眼前恢复澄明境界——一切皆在心之本体之中，何必还要庸人自扰？

"此心光明，亦复何言？"王守仁微微一笑，溘然长逝，享年五十七岁。

嘉靖八年（1529年）正月，王守仁丧发南昌，弟子钱德洪、王畿放弃殿试，与养子王正宪一道迎接灵柩。沿途之上，门人弟子纷至哭奠。

王守仁下葬之时，会葬者有数千人之多，哀思如潮。然而，朝堂之上对王守仁的攻讦却从未间断。桂萼率先发难，他细数王守仁处置田州事宜失当、擅离职守等罪过，批判他"事不师古，言不称师。欲立异以为高，则非朱熹格物致知之论"。世宗大怒，使廷臣议罪定处：保留王守仁新建伯的爵位，不予追削，但取消子孙世袭资格，钦定阳明心学为伪学，严令禁止传播。

随着王守仁的去世，王氏子孙的世袭资格被取消，家族也迅速式微。

王守仁有三个亲弟弟，即王守俭、王守文、王守章（王守仁为王华郑氏嫡出，王守俭、王守章为侧室杨氏所出，王守文为继室赵氏所出）；五个叔伯兄弟，即王守义、王守智（伯父之子）；王守礼、王守信、王守恭（叔父之子），还有十几个同宗兄弟。他自己还有妾氏，妾氏又带着亲眷。此外，家族之中还收留了不少亲戚。王氏族中，人口众多，关系繁杂。且随着家族声势壮大，门墙内外难得消停，后生子弟中骄奢淫逸者有之，游手好闲者有之，桀骜不驯者有之。

王守仁生前常年征战，为官在外，因此顾家甚少，面对积重难返的家族弊端，只能寄希望于言传身教，慢慢转化，然而，命运并没有给他足够的时间来重整门庭。

王守仁死后，其子王正亿被黄绾带到南京并抚养成人，成年后成为黄绾的爱婿。除黄绾教导，王正亿还多受到王畿的培育、熏陶。可他没有继承父亲的天资，才学平庸，既没能继承和发扬家学，也没有显赫的功业。在四十三岁时，依照朝廷恢复的恩典，王正亿承袭了伯爵之位。

外有朝廷打压、政敌构衅，内有子弟争产、妾室互斗、悍仆闹事，王氏家族很快就分崩离析。如果没有黄绾、王畿、钱德洪、王艮等一帮弟子保孤安寡，王家只怕是更加狼狈不堪。

好在世宗去世后，在薛侃等人的反复呼吁下，新继位的穆宗皇帝发布了对王守仁的平反诏令，称王守仁为"两肩正气，一代伟人"。万历年间，王守仁从祀孔庙，阳明心学被称为"经文纬武"

之学。朝廷上下一致认为,王守仁的学问以"良知"为根本,究极天人微妙,贯穿文武事业,是从历经患难、磨砺沉思中提炼出来的真学问,与历代圣贤宗旨一脉相承。阳明心学自此渐成显学……

参考文献

[宋]朱熹.近思录.北京：中国书店，2015.

[宋]朱熹.朱子全书.上海：上海古籍出版社，2002.

[宋]朱熹.四书章句集注.北京：中华书局，1983.

[宋]程颢，[宋]程颐.二程集.北京：中华书局，1981.

[明]王守仁.王阳明全集.吴光，钱明，董平，姚延福编校.上海：上海古籍出版社，2011.

[明]王守仁.王阳明集.王晓昕，赵平略点校.北京：中华书局，2016.

[明]霍韬.渭厓文集.桂林：广西师范大学出版社，2015.

[明]冯梦龙，[明]邹守益.王阳明图传.张昭炜编注.上海：上海古籍出版社，2021.

[清]黄宗羲.明儒学案.沈芝盈点校.北京：中华书局，2008.

[清]张廷玉等.明史.北京：中华书局，1974.

[清]谈迁.国榷.上海：上海古籍出版，2008.

束景南.王阳明年谱长编.上海：上海古籍出版社，2017.

束景南.王阳明佚文辑考编年.上海：上海古籍出版社，2015.

冯友兰.中国哲学史.上海：华东师范大学出版社，2011.

钱穆.国史大纲.北京：商务印书馆，2013.

钱穆.阳明学述要.北京：九州出版社，2010.

黄寿祺，张善文.周易译注.上海：上海古籍出版社，2016.

熊逸.王阳明：一切心法.北京：北京联合出版公司，2019.

温春来.从"异域"到"旧疆"：宋至清贵州西北部地区的制度、开发与认同.北京:社会科学文献出版社,2019.

李作勋,毛有碧.贵阳史话.北京:社会科学文献出版社,2015年.

郦波.五百年来王阳明.上海:上海人民出版,2017.

度阴山.知行合一王阳明.北京:北京联合出版公司,2014.